자전거 타고 우리나라 한 바퀴 2600km

멈추지만 않는다면 도착할 수 있다

멈추지만 않는다면 도착할 수 있다

발행일   2022년 06월 20일

지은이   이성윤
펴낸이   손형국
펴낸곳   (주)북랩
편집인   선일영   편집   정두철, 배진용, 김현아, 박준, 장하영
디자인   이현수, 김민하, 안유경, 김영주, 최성경   제작   박기성, 황동현, 구성우, 권태련
마케팅   김회란, 박진관
출판등록   2004. 12. 1(제2012-000051호)
주소   서울특별시 금천구 가산디지털 1로 168, 우림라이온스밸리 B동 B113~114호, C동 B101호
홈페이지   www.book.co.kr
전화번호   (02)2026-5777   팩스   (02)2026-5747

ISBN   979-11-6836-353-3 03810 (종이책)   979-11-6836-354-0 05810 (전자책)

(주)북랩 성공출판의 파트너
북랩 홈페이지와 패밀리 사이트에서 다양한 출판 솔루션을 만나 보세요!
홈페이지 book.co.kr   •   블로그 blog.naver.com/essaybook   •   출판문의 book@book.co.kr

작가 연락처 문의 ▸ ask.book.co.kr
작가 연락처는 개인정보이므로 북랩에서 알려드릴 수 없습니다.

자전거 타고 우리나라 한 바퀴 2600km

멈추지만 않는다면
도착할 수 있다

페달 밟아 떠나는
감사와 행복의 길

이성윤 지음

북랩

자전거 타고 우리나라 한 바퀴 2600km
멈추지만 않는다면 도착할 수 있다

머리말

　2019년 2월에 처음 자전거를 만나 낙동강 자전거 길에 빠져들어 인터넷에서 우리나라 국토 종주 자전거 길(1,900㎞)을 알게 되었고 하루 이틀 50~70㎞를 타다 보니, '그래, 나도 한 해라도 세월이 더 가기 전에 이 길을 하루라도 빨리 올해 안에 종주하여 내 인생에서의 하나의 역사(history)를 만들어보자' 해서 시작한 길을 그해 11월 3일 대한민국 국토 종주 자전거 길을 완주하며 15,809번째 완주자로 기록되었다.

　그 자전거 길에서 만난 자연의 모습과 현상은 내게는 지금껏 살아오면서 느끼지 못한 경이로움과 오묘함을 느끼게 했고 이 땅 위에 살아 있는 모든 생명체들의 존재의 귀함을 스스로 깨닫고 가슴으로 느낄 수 있었던 소중한 생명 존중의 길이었다.

　자전거를 타고, 끌고 오르는 길 위에서 나는 고해성사를 했고 자신도 모르게 눈물을 흘렸다. 그 고된 여정이 이어질수록 마음의 짐도, 마음의 상처도 한 꺼풀, 한 꺼풀씩 벗겨지고 있었다.

　이제 긴 여정이 끝날 것인가?

　아니다.

　인생길에 끝나는 곳이, 끝나는 길이 어디 있느뇨?

　길이 끝나는 곳에 또 다른 길이 있는 것.

　언제나 끝은 또 다른 시작이지 않은가.

　그래서 이번에는 우리나라를 자전거 타고 한 바퀴 돌아보면 어떨까 하는 생각에 인터넷과 책을 찾아보는데, 완전하게 우리나라 국토 외곽을 일주한 기록을 찾을 수 없어 서점에 가서 한국정밀지도, 전국교통정보지도 책을 두 권 구입하여 일주일여 동안 나름대로 남해안, 서해안, 휴전선, 동해안 코스로 대강 계획을 세워보니 2,600㎞ 정도의 거리였고 30~40일 정도 소요될 것으로 판단되었다. 이때부터 내 마음은 온통 우리나라 한 바퀴 일주에 꽂혀 있었다고 해야겠다.

말 그대로 끓어오르는 열정과 설레임을 느끼고, 그래, 어떤 고난이 있다 해도 내년(2020년)에는 이 대사를 꼭 이루자고 다짐하고 다짐했다.

힘들고 어렵더라도 피하지 말자고, 어떠한 시련과 고통이 따를지라도 결코 포기하지 말자고 자신을 채찍질했다.

꿈이 없는 인생은 거리를 방황하는 삶이다.

하나의 꿈과 하나의 목표가 이루어지면 새로운 꿈, 꿈 너머의 또 다른 꿈을 향해 가야 한다.

"여행은 가슴이 떨릴 때 해야지, 다리가 떨릴 때 해서는 안 된다."

비바람에 맞서며 길을 간다.

열기를 내뿜는 아스팔트 도로 위를 뜨거운 숨을 고르며 고개 넘어 길을 간다.

바람은 어디로 와서 어디로 가는가.

나는 누구인가.

나는 어디에 있으며 어디로 가는가.

산다는 것은 무엇인가. 더욱이나 잘 산다는 것은 무엇인가.

온갖 상념들이 스쳐간다.

오라는 사람 없고 기다리는 사람 없는 끝없는 길을 간다. 사람은 자신이 생각한 대로 인생길을 간다.

생각한 대로 말하고 행동한다.

나는 이 길 위에서 새로운 나를 만나기 위해 길을 나선다.

물이 되고 바람이 되고 햇살이 되고 구름이 되고 저기 길섶에 놓여 있는, 자연의 하나인 작은 돌이 되어 자신의 삶을 잊어버리는 물아일여의 그 생경한 감동과 행복을 느끼며 나는 길을 나선다.

오늘 내가 쓰는 이 글은 지금껏 살아온 내 인생의 반성문이요, 남은 내 삶의 지도이기도 하다.

이 땅에 이렇게 오늘이 있기까지 나의 정신적 버팀목이었던 1980년 11월 1일 오십 두 해를 살고 이 땅을 떠나신 어머님(孔妙先)께 이 책을 바친다.

2022년 6월

이성율

목차

3부

DMZ

4부

동해안

5부

거제도 일주와
2,600㎞의 마지막 구간

부록

22박 31일 소요

1부

남해안

우리나라
한바퀴
2600km

⚑ 4월 3일

창원시청 ⋯► 동진대교(39km) ⋯► 좌부천항(4km) ⋯► 내산리고분군(4km) ⋯► 장좌일반산

단(13km) ⋯► 통영 안정(16km) ⋯► 통영 여객터미널(17km) ⋯► 고성군청(26km)

📍 총 119km

오늘 드디어 내 조국 대한민국 국토(남해안 - 서해안 - 휴전선 아래 - 동해안)를 나의 육신을 다하여 자전거로 한 바퀴 2,600㎞를 종주하러 길을 나선다.

새로운 세상을 만난다는 사실에 대한 설레임 한편으로 일반도로 위를 달려야 한다는 것에 대한 걱정과 두려움이 교차하고 내가 이 땅에 살다 갈 내 나라를 한 바퀴, 그것도 자전거를 타고 간다는 사실에 가슴이 벅차오른다.

2020년 4월 3일(금) 06:30 창원시청 앞 광장 최윤덕 장상[1] 동상을 배경으로 큰 심호흡을 하며 자전거에 오른다.

창원의 주 간선도로는 자전거 전용도로라 화단으로 차도와 분리되어 있어 말 그대로 아침 햇살을 받으며 거침없이 바람과 같이 페달을

밟고 출근길 도로를 나아간다.

20대 후반에 공단 건설 중인 창원공단에 안착하여 40년 세월에 흐른 60대 후반 나이에, 그것도 출근 시간대에 시내 길을 자전거를 타고 관통하니 지난 세월과 옛 풍경들이 머릿속에서 솟구쳐나온다.

교통신호에 멈춰 서 있노라니 출근길 직장인들이 창문을 열고 여기저기서 "화이팅", "최고"라고 엄지척, 손을 흔들기도 한다.

왜냐면 등에 짊어진 배낭에 '우리나라 한 바퀴 2,600㎞'라는 글귀를 보고서 그렇게 응원을 보내는데 그 글귀를 가로 30㎝ 세로 40㎝ 크기의 흰색 천에 붉은색 글귀로 인쇄하여 배낭 뒤에 부착한 이유는 2020년 설날 지나고 창원 근교 일반 국도를 체력단련과 차도에서의 적응을 위하여 꾸준히 라이딩을 하였는데[2] 그 경험상 차량 운전자들의 대략 10% 정도가 자전거 운행자들에게 신경질적인 경음기 사용, 혹은 위협적인 운행, 심지어는 욕까지 하는 차량 운전자를 경험하였는바 주위 사람들과 의논해본 결과 위와 같이 배낭 바깥에 부착하여 주행해보면 좀 나아지지 않을까 하는 아이디어에 따른 것이다. 부착하고 일반도로를 주행해보니 하루 60~70㎞ 라이딩하면 신경질적인 차량운전자는 2~3일에 한 명 정도였다.

나의 자전거는 아침 햇살을 받으며 어느덧 창원을 벗어나 따뜻한 남

---

[2] 우리나라의 도로교통법 제2조 17항에서 자전거는 자동차로 분류되어 있음. 도로교통법 제 2조 17. "'차마'란 다음 각목의 차와 우마를 말한다." 4) 자전거. 도로교통법 제13조의 2(자전거 등의 통행방법의 특례) ① 자전거 등의 운전자는 자전거 도로가 따로 있는 곳에서는 그 자전거 도로로 통행하여야 한다. ② 자전거 등의 운전자는 자전거 도로가 설치되지 아니한 곳에서는 도로 우측 가장자리에 붙어서 통행하여야 한다. ④ 자전거 등의 운전자의 보도 통행 허용 - 1. 어린이, 노약자, 신체장애인 등이 자전거를 운전하는 경우. 2. 안전표지로 자전거 통행이 허용된 경우. 3. 도로의 파손, 도로공사나 그 밖의 장애 등으로 도로를 통행할 수 없는 경우. ※ 자전거의 보도 운전은 불법임.

쪽 나라의 바다 마산으로 들어선다. 마산수출자유지역은 1970년 1월 제정된 "수출자유지역 설치법"에 따라 우리나라 최초로 마산시와 이리 시(현재 익산시)를 개발하면서 조성된 곳이다.

저 멀리 마산의 어머니 산인 무학산이 보이고 왼쪽으로 바다를 조망하며 천천히 나의 길을 간다. 한창 공사 중인 해안 뚝방에 앉아 아침 하늘을 나는 갈매기를 보며 옛 생각에 잠긴다.

이곳 마산에 온 것은 1969년 마산고등학교를 입학하면서인데 내가 애초에 희망하고 목표로 했던 고등학교에 가지 못했다는 일종의 나 자신에 대한 불만 내지는 자존감(?)으로 입학식을 앞두고 우울한 날들을 보내고 있는데, 어느 날 선창가에서 보니 여객선이 몇 대 보여 가보니 마침 부산 가는 여객선이 있길래 무작정 표를 끊어 여객선에 올라탔다. 배는 섬을 돌아돌아 부산에 도착하고 해는 서산에 걸리고, 물어물어 부산서 마산 오는 완행버스를 타고 난생 처음 구포, 김해, 진영을 지나고 밤늦게 마산 분수 로터리 시외버스터미널에 돌아왔던 옛일이 떠오른다.

이 사건이 나의 방랑벽의 제1호 사건으로, 한 달에 한두 번은 토요일 수업이 끝나면 바로 이곳 선창이나 시외버스터미널에서 마산 인근 지역을 뚜렷한 일정이나 목표도 없이 배나 완행버스를 타고 떠나는 일이 다반사였는데 그 당시에는 왜 그리도 학교에 다니기 싫었는지 모른다. 그러니 공부하기 싫었던 것은 당연했다.

그때 나의 돌파구는 이 돌출 여행이 아니었나 생각된다. 그때 만난 김찬삼 교수의 『세계의 나그네』라는 여행기는 내 가슴을 설레게 하고 가슴 뛰게 하는 큰 사건이었다.

여행은 인생을 깊고 넓고 풍요롭게 만든다. 우리 모두는 이 땅에 태어나서부터 자의든 타의든 시간과 공간의 지배를 받으며 살아간다. 주어진 시간, 즉 생명의 시간(수명)이라는 한계는 피할 수 없지만 대체로 공평하게 주어졌다. 하지만 공간은 본인의 의지 여하에 따라 크게 바뀔 수 있다.

똑같이 100년을 사는 사람일지라도 공간의 확장, 즉 여행(활동 영역)을 많이 한 사람과 활동치 않는 사람의 삶의 내용과 질이 어떻게 같을까.

세계의 나그네로 불린 김찬삼 교수는 여행가가 아니고 모험가였다. 1960년대 해외 배낭여행, 특히나 아프리카 여행은 모험이 아니라 목숨을 건 탐험, 모험이었다.

오늘의 세계는 문명이 고도로 발달하여 그런 모험 같은 여행지는 세계 어디에도 존재하지 않는다. 그래서 나는 어느 정도 경제적 기반이 되어 경제적 자유와 시간의 자유를 누리고 살 수 있는 시기를 한 해라도 앞당기기 위해 5년 단위의 인생 계획을 갖고 지금껏 살아왔다.

그 시기가 되면 여행사 패키지 여행이 아니라 자동차 세계여행을 하겠다고 계획했다. 2010년부터는 이런 여행 관련 교육, 모임에도 꾸준히 참여하고 있다.

노력한 만큼 성과도 있어 경제적 자유와 시간적 자유도 가지고 향유하고 누릴 수 있게 되었음에 매사 감사하고 또 감사하는 마음으로 살고 있다.

그래도 한 해 두 해 세월은 가고 어느덧 70을 바라보는 세월이 지났다.

언제까지 계속 이대로 가야만 할까?

지금 이 모습이 내가 진정 원했던 삶인가.

더 늦기 전에….

인간같이 살 날이 얼마나 남았는지….

엉킨 실타래 같은 생각들이 파도처럼 밀려왔다 밀려간다.

2019년도 나 홀로 국토 종주 자전거 길 위에서, 인간으로서 살아 있음이 무언지, 행복이 무언지를 깨달았다. 제2의 인생을 살아야 하는 '결단의 시간'이 내 앞에 있음을 직감했다.

하나를 얻기 위해 둘을 버려야 함은 인생사의 자명한 이치. 버틸 수 없는 것을 버티는 게 버티는 거고, 참을 수 없는 것을 참는 게 참는 거라고 누가 말했을까?

자, 더는 자신을 위해서, 나를 둘러싼 여건과 환경을 위해서 버틸 것도, 참을 것도 없다.

이제부터 진정 멋있게 나답게 살아가야 할 세월 아니겠는가.

1980년 11월, 부모님의 짧은 삶(아버님 57세 졸, 어머님 52세 졸)은 언젠가 나에게 닥칠 죽음의 그날에 회한이 있어서는 안 되겠다는 사생관(死生觀)을 심어주었다.

그것은 내일 내 앞에 어떤 일이 닥칠지 모른다는 것과 삶과 죽음은 앞뒤로 붙어 있다는 것. 죽음에 대한 분명한 사실은 언제 죽을지 모른다는 것이다.

어떻게 죽을지 모른다.

어디서 죽을지 모른다.

아무것도 갖고 갈 수 없다.

나 또한 내 유언장을 무엇으로 채울지 또렷하게 답할 시간이 머지않았다.

나는 오늘 지금 이 시간까지 나를 속박하면서 살아왔다. 이 땅에 내 또래의 모든 아버지들과 같이, 아니 조금은 더 삶의 짐을 지고서.

멈추지만 않는다면 도착할 수 있다

이제 그 모든 것에서 벗어나는 자유를 꿈꾸었다. 가슴 뛰는 삶을 살고자 한다. 나다운 나만의 모습으로 나의 인생 스토리를 만들며 살고자 한다.

자전거 여행이 주는 소중한 가치와 깨달음은 자유와 감사, 그리고 자신을 만나는 것이기에 자전거 두 바퀴에 몸을 싣고 다시는 못 올 내 나라, 내 조국을 달린다.

마산 도심을 벗어나 동전고개를 젖 먹던 힘을 다하여 오른다. 육신의 온 힘을 다하여 자전거 두 바퀴를 굴려 유랑(?)하는 것. 방랑자의 기쁨을 누릴 수 있다는 사실.

이 얼마나 큰 축복인가.

고개를 올랐으니 이제 내려가야 할 차례. 우리네 인생이 그렇듯.

그런데 이 무슨 변고인가. 시속 20㎞가 넘으니 앞바퀴가 심하게 흔들리는데, 멈춰서 앞바퀴를 살펴봐도 아무 이상이 없는데….

좌우 브레이크를 잡고서 힘들게 고개를 내려와 길가에 있는 파출소에 들어가 이 지역에 자전거 점포가 있는지 물어보니 없다고 한다.

'아, 이 일을 어쩌나' 하고 생각하다 이번 이 여행길을 나서기 전에 자전거 주행에 저항을 줄이려고 자전거 타이어를 폭이 좁은 것으로(2.75 × 2.1 → 2.75 × 2.0) 교체한 것이 첫 주행이라 아직 제자리를 잡지 못해서 그렇구나 생각하고 다시 길을 재촉한다.

눈에 익은 길을 이른 아침에 지나는데 반기는 이는 동네 강아지들. 처음에는 한 마리에서 네 마리까지 늘어났다. 놈들 앞서거니 뒤서거니 따라오는데 에이, 성가시기도 하고 한편으로 오냐, 같이 갈 때까지 같이 가자고 가는데 도로 우측에 빨간 입간판이 보인다.

　가던 길을 멈추고 보니 '해병대 진동리 지구 전첩비'. 안으로 들어가 둘러보니 6·25 때 북한군이 이곳까지 진출했다는 사실에 다시한번 이 나라의 북한 관련 현실이 떠올라 마음이 무거워진다.

　해병대 진동리 지구 전첩비는 1992년 창원시 마산합포구 진북면 지산리에 건립되었다. 1950년 8월 3일 마산 진동리 지구에 투입된 해병 김성은 부대가 진동리, 고사리에 주둔 중이던 북한군 제6사단 정찰대대를 기습 공격하여 궤멸시킨 것을 시작으로 마산 주변 서북산, 오봉산 등에 주둔하던 북한 6사단을 퇴각하게 만든 대한민국 해병의 첫 육상 상륙작전이었다. 이 전투의 성공으로 마산과 진해를 점령하려던 북한군의 계획을 저지한 김성은 부대 전 장병은 1계급 특진하였다.

끝까지 따라온 개에게는 크림빵을 꺼내 반 조각 주고 다시 길을 나선다.

고성 동해면 방향으로 좌회전하는데 도로 표시판을 보니 77번 국도[3]라 표기되어 있는데 아니, 이 길이 어째서 국도며 홀수인걸 보니 남북 방향임은 확실한데 편의점이 보여 잠시 휴식하며 휴대폰을 꺼내어 카카오맵에서 77번 국도를 따라가보니 남해를 거쳐 전라도 방향으로 계속 가는데 이상하다 싶어 77번 국도를 검색해보니 우리나라에서 가장 긴 국도(国道)이고 아직도 미개통 구간이 있는 걸로 나타나고 내가 가야할 자전거 길과 거의 유사하다.

여명의 시간 아침에서 한낮으로 시간은 흐르고 이 여행자는 자전거의 두 바퀴로 발 딛고 68년 살아온 내 나라 땅을 물냄새, 흙냄새 맡으며 바람 따라 페달을 밟아 앞으로 앞으로 나아간다.

어느덧 창원시와 고성군의 경계에 당도했다. 동진대교를 건너니 바다

---

3) 국도 77호(897㎞): 부산 중구에서 남해안, 서해안, 한강을 거쳐 북한 개성시까지. 경유지는 부산, 창원, 고성, 통영, 사천, 남해, 여수, 고흥, 보성, 강진, 완도, 해남, 신안, 무안, 영광, 고창, 부안, 군산, 서천, 보령, 태안, 서산, 당진, 평택, 화성, 안산, 시흥, 인천, 서울, 고양, 파주.

너머 저 멀리 거제 옥포가 보이고 '한국의 아름다운 길'이라는 표지판이 나를 맞는다.

바닷가에서 낚시하는 사람에게 부탁하여 인증사진을 한 컷 하고 당항만⁴⁾ 방향으로 길을 잡는다.

눈에 들어오는 풍경은 너무나 아름답고 고요하고 평화롭다. 그러나 400여 년 전 이곳 바다는 왜놈들에게 이 나라가 침탈을 당해 그 수모의 시간을 온몸으로 지켜낸 아픈 역사를 담고 있는 당항포 바다다.

당항만을 오른쪽에 끼고 돌고 돌아 어느덧 고성 내산리 고분군에 도착했다.

우리 옛 선조(가야시대, 6세기)들의 무덤을 보니 쓸쓸한 역사의 바람이 불어오고 나그네의 상념을 더한다.

길 위에 있는 나그네의 마음과 입에서 절로 되뇌어진다.

청산은 나를 보고 말없이 살라 하고
창공은 나를 보고 티없이 살라 하네
사랑도 벗어놓고 미움도 벗어놓고
물같이 바람같이 살다가 가라 하네

청산은 나를 보고 말없이 살라 하고
창공은 나를 보고 티없이 살라 하네
탐욕도 벗어놓고 성냄도 벗어놓고

---

4) 당항포: 조선시대 1592년(선조 25)과 1594년에 충무공 이순신 장군이 학익진(鶴翼陣) 전법으로 왜군을 대파(당항포해전)한 곳. 고성군에서 군민의 성금으로 당항포 대첩지를 조성하고 1987년 개장 후 해마다 당항포 대첩 축제를 개최하고 있음.

물같이 바람같이 살다가 가라 하네

사는 게 무엇인지, 잘 산다는 것이 무엇인지 묻고 찾아 떠난 길인데 길 위에서 만난 청산과 바다, 그리고 저렇게 몇백 년을 누워 있는 옛 님들은 나를 보고 말없이 살라 한다.

삶의 쉼표를 즐기며 새로운 삶의 느낌표를 만들고 그리는 이 길 위의 자전거 여행. 어제와 오늘, 그리고 오늘의 삶을 현미경으로 확대해 보기도 하고 망원경으로 당겨 보기도 한다.

그 숱한 시간 속의 모습과 사연들이 스치고 스치운다. 차고 황량한 긴 겨울을 난 질기고 질긴 생명들이 아름답게 꽃을 피워 지천에 널려 있는 화원의 길을 이 나그네는 가고 또 간다.

자, 어디로 갈 것인가.

쉽고 편하고 빠른 길, 아니면 낙타 등의 길로.

나그네는 낙타 등의 길로 나선다.

이 길은 이봉주 선수 훈련 코스였는데 이봉주 선수가 현역 시절에는 해마다 전국 마라톤 대회가 개최되어 3,000명 이상의 마라톤 동호인들이 참가했던 길이다. 왼쪽으로 바다를 바라보며 가지만 말 그대로 오르내림이 연속인 낙타 등의 길이다.

자전거는 사람의 힘으로 바퀴를 돌려야 이동할 수 있는 기기다.[5]

---

[5] 우리나라 자전거 역사: 공기 타이어를 부착한 최초의 자전거는 1889년 영국 존 보이든 던롭이 개발. 우리나라에는 윤치호(1865.11.20.~1945.12.6.)가 1895년 미국에서 가지고 왔다고 함. 1905년(고종 시절이며 을사늑약 체결) 그때 정부의 '가로 관리규칙'에 "야간에 등화 없이는 자전거 타는 것을 금한다"라는 조문이 있는 것으로 미루어볼 때 우리나라도 이 무렵 자전거가 일반인에게 어느 정도 보급되었던 것으로 추정됨. 우리나라 제1회 자전거 대회는 1906년 4월 22일.

자전거를 타고 길을 나서면 자연스럽게 자연을 만난다. 비교와 경쟁은 '0'이고 싱그럽고 상쾌한 바람에 스스로 자연과 동화되어 몸과 마음이 바람같이 시원하게 된다.

오르막과 내리막을 만난다. 그 오르막과 내리막은 인생길의 판박이다. 인생길이 고스란히 담겨 있다. 자전거는 속도보다는 교감이요, 비움이다. 자전거에는 도전이 있고 추억과 낭만이 있다.

조선특구로를 따라 한 마리의 새가 되어 바람결 따라 고갯마루를 오르내리며 페달을 저어 가는데 뒤에서 대형차의 클랙션 소리가 들린다. 나보고 조심하라는 그런 음색이어서 뒤를 돌아보니 트레일러가 도로 우측으로 바짝 붙었는데 길이 커브 지점이라 운전석은 반대편 차선으로 꺾어서 가는데 철 구조물을 실은 트레일러 뒤쪽은 내게 바짝 붙어 순간적으로 앞으로 자전거를 밀어버리고 나는 노견 쪽으로 떨어져 피했다.

순간적으로 자전거를 앞으로 밀치고 땅에 굴러떨어진 나는 그냥 정신이 하나도 없고 몽롱하다.

이때를 말하자면 하늘이 노랗다고 표현해야 하나, 몸을 추스르고 자전거를 거두어 가로수에 기대어 앉아 바지를 벗어보니 오른쪽 무릎 부위에 찰과상이 있고 손발에 피 나는 곳은 없었다.

불평도 불만도 불안도 모두 벗어버리고 앞에 길게 뻗어 있는 열린 길을 열린 마음 내닫는 이 길에서 물 한 모금으로 놀란 마음을 진정시키고 나그네는 고개를 떨군다.

　　울고 웃는 인생사
　　사랑도 있고

이별도 있고
눈물도 있네
한 구절 한 고비
꺾어 넘을 때
우리네 사연을 담는
울고 웃는 인생사
연극 같은 세상사

행복과 불행은 하나의 문을 쓴다.
행과 불행은 언제나 앞서거니 뒤서거니 온다.
슬프다고 너무 슬퍼하지 말며, 좋다고 너무 좋아하지 말 일이다.
몸을 추스르고 다시 길을 나선다. 군데군데 4차선 도로공사로 노면이 형편없어 조심 또 조심하며 거류면 소재지를 지나 한적한 도로변에 앉아 길 위의 만찬을 준비한다.

지난해 우리나라 자전거 길에서도 그랬지만 이렇게 먼 길을 나 홀로 가는 여정에서는 아침에 해가 뜰 시간이면 출발을 해야 하니 아침식사도 거의 편의점에서 판매하는 도시락을 길 위에서 먹어야 했고 점심도 대부분 간편식으로 때우고 저녁은 1인분을 먹자니 탕집이 아니면 2인분을 주문해서 먹는 길밖에 없다.

우리 인간에게 있어서 먹는 것은 곧 생명의 양식이요 근간이 아닌가. 인류 문명의 발생과 발전도 그 근원은 어떻게 하면 쉽게, 많이, 빨리, 맛있게, 편하게 먹을까 하는 인간 본능의 발로 아닌가.

그러나 한 가지, 뱃속의 창자를 가난하게 해야 정신이 맑아진다. 말을 많이 하면 마음의 기가 새어나간다. 먹는 입, 말하는 입을 줄여야 한다. 입보다는 귀를 열어야 한다.

벌써 70세를 앞둔 오늘에야 새삼 이렇게 깨닫고 사니 이 얼마나 다행인가 싶다.

古稀從心. 예로부터 이 나이까지 사는 것은 드물다. 우리 나이로 70세는 고희(古稀)라고 일컫는데 고희의 뜻은 '예전부터 흔한 일은 아니다'로서 이 단어는 중국 두보(杜甫: 712~770년 당나라 시인)의 시 曲江에서 나왔으며, 공자(중국 사상가, 유교를 창시. BC 551~479)는 나이 칠십을 종심(從心)이라 했는데 從心所慾不踰矩(종심소욕불유거: 마음이 하고자 하는 대로 하여도 법도를 넘어서거나 어긋나지 않는다)에서 앞 글자를 따내어 종심이라 칭했다.

바로 이것이다. 스스로 인생의 제약에서 해방된 상태, 사회의 어떤 형태의 제약이나 구속에서 스스로 자유로워질 정도의 경륜과 수양을 쌓은 사람만이 누리는 수준. 이런 수준에 이르는 것이 말처럼 쉬운 것이 아니라는 것에 이르니 내 자신 스스로가 부끄럽고 초라하다.

멈추지만 않는다면 도착할 수 있다

이 깨달음으로 스스로 위로하고 살아남을 그 언젠가 진정 종심의 세계에서 마음 평안을 누릴 날을 기원해본다.

안정공단을 지나고 통영 덕포 일반산업단지를 지나 해안도로를 따라 통영 죽림 신도시에 당도하여 버스정류소에서 마음을 가다듬는다. 통영의 관문인 원문고개를 바라보며, 아휴, 저 고개가 대장정 첫날의 마지막 시험대! 그래 찬찬히 조심조심 전진 또 전진!

좁은 통영 시내 길에서 많은 차량 운전자들에게 본의 아니게 폐를 끼치며 통영 여객선터미널에 도착하여 주위 분에게 인증샷을 부탁하고 오늘의 마지막 길 고성읍을 향하여 출발. 남은 거리는 24㎞. 현재 시각 16시 10분. 늦어도 18시까지는 도착할 수 있을 것 같다.

죽림만 신도시를 거쳐 14번 4차선 국도를 따라 쉬엄쉬엄 가는데 위험할 건 없는데 차량 소음에 정말 힘이 든다. 오전에 발생한 낙상사고 때문인지 오른쪽 팔과 다리가 뻐근하고 무겁게 통증이 오는데 그저 앞만 보고 천천히 진행한다.

고갯마루 휴게소에 들러 고성 앞바다와 해넘이도 보고 싶지만 100㎞로 달리는 국도 4차선 길을 무단횡단한다는 게 엄두가 안 난다. 이 여행의 제1원칙은 안전이 아니던가.

18시 조금 넘어 고성읍내 중심가에 도착하여 편의점에 들러 생수를 구입하면서 민박을 알아보니 토박이 아저씨 말씀은 읍내에는 민박하는 집이 없단다. 하루 묵고 갈 싸고 깨끗한 여관을 묻고는 찾아갔는데, 'Oh! Good.' 4만 원.

속옷과 양말을 손빨래하고 샤워를 하고 나니 조금은 살 것 같다. 저녁식사에는 왠지 소주 한잔 곁들이고 싶어 돼지 두루치기 2인분과 소주 한 병을 주문하여 멍하니 바깥을 바라보며 저녁식사를 하는데 그렇게 썩 입에 당기지 않는다. 밥은 한 그릇 다 먹지도 못하고 소주 5잔으로 식사를 끝내고 객지에서 첫날 밤을 유숙할 여관에 돌아왔다.

오늘 첫날 119㎞ 노정에서의 첫 낙상사고, 그리고 퇴근 시간대 통영 시내의 주행은 큰 고비였고 악몽 같은 시간이었다. 정말 작년에 완주한 4대강 자전거 길은 거침이 없는 길이었는데 오늘 경험한 일반도로에서의 자전거 주행은 정말 긴장을 한시도 놓을 수 없는, 사고 위험을 달고 가는 길이었다.

팔다리는 욱신거리고 잠은 쉬이 오지 않고, 과연 내 자신이 목숨을 담보로 이 자전거 길 2,600㎞를 무탈히 달릴 수 있나 하는 좌절감에 내 마음은 자꾸만 움츠러든다.

"해보기는 해봤어?"

작고하신 정주영 회장님의 말씀이지만 내가 직장생활 16년 동안 관리자로서 아래 직원들에게 가장 많이 했던 말인데….

풍파는 언제나 어디서나 전진하는 자의 벗이다. 거친 파도는 유능한 선장을 만든다 하지 않는가?

아니야, 이 길을 계속 진행하다가 어떤 사고라도 닥친다면… 그때 나의 모습은…? 오늘이 있기까지 내가 어떻게 살아왔는데… 이건 아니야, 이건 무모한 도전이야….

새날이 밝았다.

몸은 천근만근, 나는 자전거에 몸을 싣고 고성 시외버스터미널로 향했다. 무거운 마음으로 여행을 중도 포기하고 마산행 버스에 몸을 싣는다.

⯗ 4월 10일

1일차

고성 시외버스터미널 ⋯▸ 이화공동묘원(14㎞) ⋯▸ 하일면사무소(10㎞) ⋯▸ 지족항(35㎞)

⋯▸ 하동노량항(36㎞, 1박)

📍 총 95㎞

2일차

노량항 ⋯▸ 섬진대교(17㎞) ⋯▸ 여수 시외버스터미널(73㎞)

📍 총 90㎞

　우리나라 한 바퀴 2,600㎞ 자전거 종주를 남몰래 나 혼자 계획하고 주행 코스를 잡고 또 도로주행 연습을 하면서 보낸 6개월여 만에 그 누구의 도움도 없이 떠난 첫날에 무너진 내 자신. 1주일의 혼돈의 시간을 보내고 다시 길을 나섰다.

　다시금 길 위에서 몸소 새기고 새긴 단 두 단어, 감사와 행복.

　지난해 1,900㎞의 우리나라 4대강 자전거 길 종주에서 내 마음에 새삼 이 두 단어 행복은 감사에 비례하고 감사는 행복의 다른 이름이라는 것을 나는 안다. 이 단어를 깨친 후 내 삶이 풍부해졌음을!

　톨스토이는 말한다. "어떻게 살 것인가"라고. 우리 모두는 행복을 추구한다. 행복은 결코 내 삶의 환경의 결과물이 아니고 마음의 상태라고 생각한다.

감사함은 수십억 원 재산과 억대 연봉보다 인생을 더 풍부하게 한다. 고마움을, 감사함을 깨치는 것은 축복이다.

태양, 자연의 산천, 이름 모를 미물의 생명체…. 이 땅 위의 모든 자연의 존재에 대한 가치와 고마움을 느끼면서 자전거 페달을 밟는다.

눈물이 난다, 철이 든다.

내게 이제 바람이 있다면, 사람답게 살다가(Well Being), 사람답게 늙어서(Well Going), 사람답게 죽어야겠다(Well Dying).

진정한 삶은 시간의 개념이 아닌 인간다운 삶, 즉 인간다운 활동(생활)의 개념이라고 생각한다. 요즘 시대는 '100세 시대'라 한다. 죽음은 자연스럽게 받아들여야지, 끝까지 저항해야 할 대상이 아니다. 내 의지로 이 세상에 나온 것은 아니지만 돌아갈 때는 내 의지대로 가고 싶다.

내 생애 가장 젊은 날 오늘. 나는 나만의 역사(history)를 만들기 위해 내가 태어나고 묻힐 내 나라 한 바퀴를 돌아보기 위하여 길을 나선다.

即時現今 更無時節(즉시현금 갱무시절)
바로 지금이지 다시 시절은 없다.

- 임제선사

지나가버린 과거를 가지고 되씹거나 아직도 오지 않은 미래에 기대를 두지 말고, 바로 지금 이 자리에서 자신답게 살라는 말이다.

회사 기사와 함께 6시에 출근 후 고성 시외버스터미널에 도착하니 7

시가 다 되었다. 오늘은 1박2일 일정으로 고성을 출발하여 삼천포항을 경유하여 하동 노량항까지 95㎞ 여정이고, 둘째 날은 하동 노량항에서 섬진대교, 광양제철소, 광양, 순천, 여수까지 진행하는 일정이다.

내가 매일 아침에 집을 나서면서 꼭 하는 일, 인사를 하는 곳이 있다. 내 방 책상 위에 놓여 있는 할아버지, 아버지, 어머니 영정 앞에 목례하면서 인사를 한다. 아니, 어찌 보면 기도라고 해야겠다.

出必告 反必面(출필고 반필면)
　무릇 사람의 자식이 된 자는 밖에 나갈 때는 반드시 부모님께 허
　락을 받고 돌아오면 반드시 얼굴을 뵙고 돌아왔음을 알려드려야
　한다.

오늘 아침은 평소보다 더 떨리는 마음으로 인사드리고 집을 나선다. 한적한 읍내 버스터미널 앞에 도착했다.

회사 기사가 봉투를 내게 내미는데, "사장님 우짜던지 무리하지 마시고 천천히 무탈하게 다녀오이소" 인사하는데 고맙기도 하고 한편 마음이 무겁다.

조용한 시골 읍내 길, 향긋한 아침햇살을 온몸으로 받으며 이 좋은 계절에 한 마리의 나비가 되어 가볍게 가볍게 앞으로 나아간다. 왼쪽에는 송학동 고분군(삼국시대 소가야)이 보이는데 그 전경이 너무나 평온하고 따뜻하게 보인다.

　읍내를 벗어나 4차선(33호 국도) 국도로 들어섰는데 노견이 넓고 잘 관리되어 있고 차량 통행량도 많지 않아 말 그대로 바람결같이 완만한 고갯길을 오른다.

　야호다. 이른 아침부터 야호!

　　　　　　　　　　　　　멈추지만 않는다면 도착할 수 있다

고갯마루에 어렵게 당도했을 때의 헉헉 내뿜는 숨소리, 뛰는 심장, 그리고 스스로 느끼는 이 성취감은 또 다른 큰 기쁨이요, 이 땅에 존재하고 있다는 사실에 감사하고 행복하고 또 행복하다.

이 땅에 태어나서 내 나라 산 하늘을 바라보며 자전거로 달려보는 일(여행)은 분명 소중하고 의미 있는, 자신만의 역사를 만드는 일이다. 이는 자신의 뿌리와 존재에 대한 확인이요, 자기성찰인 동시에 국가와 사회, 국토와 자연에 대한 사랑이고 관심이리라.

고갯마루를 내려와 지방도로 들어선다. 이화공동묘원 입구에 도착했다. 문득 떠오르는 성경의 글귀, "깨어 있어라, 그날과 그 시간을 아무도 모른다."

또 산속의 고갯길로 들어서고 얼마 가지 않아 고개 정상에 당도하니 저 아래 마을이 보이고 하산하는 길의 풍광이 시원하다. 다시 만나는 77호 국도다. 나는 이 길을 따라 삼천포까지 진행하면 된다. 삼거리에서 물 한 모금을 마시고 진행할 앞길을 보니 제법 경사가 있는 첫 고개가 보이는데, 그래, 한 방에 가볍게 넘어보자고 마음먹고 출발!

고갯마루 저 앞에 있는데 저수지 둑도 왼쪽에 보이고, 아, 몸이 이상해지고 호흡이, 숨을 제대로 쉴 수가 없고 가슴이 답답하게 조여오고 시야가 흐려진다.

지금껏 자전거 여행을 하면서 처음 겪는 신체적 이상이다. 어떻게 어떻게 고갯마루에 올라 툭 쓰러졌다. 하늘을 보고 길가 풀섶에 누웠는데 숨이 쉬어지지 않는다. 어떻게든 숨을 쉬고 몸을 움직여보겠다고… 어찌어찌 해서 겨우 자전거에 꽂힌 물통을 잡아 몸을 뒤척이며 물을 조금씩 조금씩 목에 넘기며 '정신을 차리자, 정신을 차리자' 하고 발버

둥을 친다.

얼마나 지났을까. 겨우 몸을 일으켜서 물통을 갖고 길 건너 저수지 둑으로 가서 나무 밑에 드러누웠다. 시간이 얼마나 흘렀을까, 기운이 조금씩 차려져서 머리에 물을 붓고 나무에 기대어 앉아 상의 외투를 벗고 심호흡을 조금씩 할 수 있는 상태까지 되니 기운이 살살 차려진다.

아, 이제는 어떻게 해야 하는지?

이 길은 진정 내가 넘볼 수 없는 길인가?

엄마!

엄마, 나 어떡해요.

꿈속에서라도 보고 싶은 그 이름.

이 세상 삶이 힘들고 고단할 때 나를 부여잡던 그 이름.

엄마!

아무리 힘들고 또 힘들어도 다시 나선 이 길을, 엄마, 꼭 끝까지 함께 하여 지켜주세요.

몸을 추스르고 자전거를 챙기니 아무런 이상이 없어 천천히 길을 나선다.

페달을 천천히 밟으며 77번 국도를 따라 고개를 하나 넘어가서 소방서가 보이길래 마당에 있는 그늘막에 자전거를 세우고 물통을 들고 들어가니 '하일 119 지역대'라는 문패가 있고 직원이 바삐 나와 왜 오셨냐고 묻는다. 자전거 타고 길 가는 사람인데 용변도 보고 식수를 얻고자 한다고 하니 코로나로 건물 내에는 들어오실 수 없으니 그 용변은 저쪽에서 하시고 물통은 채워드릴 테니 바깥에 계시라고 하며 물통을 받아 안으로 들어간다.

마당에 있는 그늘막에 앉아 있으니 젊은 대원 2명이 나와서 물통을 건네주며 내가 신기한지 이것저것 묻는다. 앳되어 보이는 두 젊은 소방대원이 이 시골에서 근무한다는 것 자체가 대견해 보이고 한편으로는 마음이 찡하다.

사진도 찍어주고 우리나라 한 바퀴를 자전거 타고 여행하는 것에 대해 이런저런 얘기를 나누다 무탈하게 가시라는 작별의 인사를 받으며 길을 나선다.

'경남 고성 음악고등학교'라는 명패가 붙은 학교를 만난다. 너무나 뜻밖의 학교라서 가던 길을 멈추고 검색해보니 옛 하일중학교가 폐교되고 2017년 3월에 개교한 음악 전공 특화 공립고등학교다. 참 세상 많이 변했구나 하는 생각이 든다.

마을을 지나고 고개를 넘고 넘어 공룡 발자국이 있는 상족암 삼거리에 도착했다. 버스정류소에 자전거를 거치하고 보건체조를 하면서 몸 좀 풀고 잠시 쉬었다가 길을 재촉한다. 몸 상태는 거의 90% 이상 돌아온 것 같은 느낌이다.

산 고갯길을 시원하게 내려가니 어느덧 삼천포 화력발전소 입구를 지나는데 국도 77호는 4차선으로 바뀌고 어느덧 옛날 삼천포 시내로 진입한다. 도심을 가로질러 남해, 삼천포대교 도로 표시판을 보고 신호등에 따라 가다 서다를 반복한다.

오늘 여정의 백미라고 해야 할 삼천포대교, 초양대교, 늑도대교, 창선대교를 지나는 천상의 길에 섰다. 지나온 고통의 시간은 이 바다 위의 길에서 다 보상받는 기분이다.

바람이 불어오는 곳

(작사·작곡 김광석)

바람이 불어오는 곳

그곳으로 가네

...(중략)...

설레임과 두려움으로

불안한 행복이지만

우리가 느끼며

바라본 하늘과 사람들

힘겨운 날도 있지만

새로운 꿈들을 위해

바람이 불어오는 곳

그곳으로 가네

햇살이 눈부신 곳

그곳으로 가네

바람에 내 몸 맡기고

그곳으로 가네

수평선을 바라보며

이렇게 4개의 다리를 지나는데 차도에서 라이딩은 엄두가 안 나고, 노견에 높이 1m 정도로 분리된 사람 통행이 없는 인도로 진행하는데 폭이 1m도 되지 않아 곡예하듯 무사히 4개의 다리를 지났다.

창선도에 와서는 직진하여 남해로 가는 길을 택한다. 길 건너 보이

멈추지만 않는다면 도착할 수 있다

는 해물칼국수의 큰 입간판에 '예스 땡큐'. 바다가 내려다보이는 창가에 자리 잡고 정말 제대로 된 점심메뉴를 주문한다.

해물칼국수 더하기 해물파전. 드디어 오늘의 만찬이 식탁 위에 놓이는데 인간 본능의 시각, 후각을 확 끌어당긴다. 자전거를 타면서 이 얼마 만에 만나는 맛난 성찬인가!

창선면 소재지를 지나 쉬엄쉬엄 나의 길을 간다. 이 자전거 여행은 세상 속에서 물이 되고, 바다가 되고, 바람이 되고, 구름이 되고, 햇살이 되고, 너른 들판이 되고, 한 마리의 새가 되어 자신을 들어내고 벗기며 가는 상념의 길이요, 下心의 길이다.

창선교에 도착했다. 저 너머에 남해도 본섬이 보인다. 오늘의 여정도 이제 얼마 남지 않았다. 노량항까지 40㎞! 남해섬 우측 해변을 따라가다 남해읍내를 지나 좌측 해변으로 가면 되는 길이다.

해안가 그늘막에 앉아 내 몸을 스쳐가는 뽀송뽀송한 봄바람, 따뜻한 남쪽 나라의 바닷바람을 벗 삼아 편한 휴식을 한다.

눈앞에는 남해 지족해협의 죽방렴(竹防簾)[6]이 보이는데 우리 선조님들이 자연에 기대어 살던 생활의 지혜가 오늘날까지 이어져 이곳 남해 사람들의 40여 가구의 생업이기도 하다.

창선교를 지나 우측에 나 있는 해안가 마을과 마을을 잇는 소로를 따라 말 그대로 룰루랄라 하며 내 세상을 달리는 길이다. 통행하는 사람도 차도 거의 없는 별유천지비인간(別有天地非人間: 다른 세상에 있고

---

6)   죽방렴: 대한민국 명승 71호, 국가 무형문화재 제138-1호. 언제부터 이 어로방법이 있었는지 모르지만 삼국사기에 처음으로 이 어로방식이 문헌에 기록됨.

인간 세상이 아니라는 뜻으로, 경치나 분위기가 좋은 곳을 이르는 말. 李白이 쓴 「山中答俗人」에 나옴).

가다 쉬다를 반복하며 평온하고 조용한 나만의 길을 간다. 여행은 이 세상의 학교요, 몸소 온몸으로 체득하는 책이다. 여행에서 만나는 모든 인연은 인간살이를 가르쳐주고 보여주는 스승이다. 온몸으로 하는 이 자전거 여행은 나를 벗기고 자신을 객관화시켜 자신의 모습을 보게 한다.

선소항에 당도했다. 창선교를 지나 만나는 가장 큰 마을이다. 카카오맵을 보니 저기 높은 건물이 보이는 곳이 남해읍이고 한 2㎞ 해안 길을 따라가다 우회전해서 19번 국도를 가다 남해대교를 지나면 오늘의 여정이 마무리된다.

"아는 만큼 보인다."

이 말은 자전거 여행을 하는 사람들을 위한 말이 아닐까. 여행의 재미는 속도와 반비례한다. 여기저기 다니며 보고 듣고 만지고 느끼는데 자전거만 한 이동수단이 없다고 생각한다. 넘어지지 않을 만큼 더도 말고 덜도 말고 길을 지나가는 공간의 확장이야말로 자전거 여행에서만 느낄 수 있는 느림의 미학이자 즐거움이 아니겠는가.

어느덧 남해대교가 내다보이는 노량공원에 도착했다. 시계를 보니 5시가 되지 않은 시간이라 공원 아래에 있는 충렬사(忠烈祠)[7]에 들러

---

7) 남해 충렬사: 이순신 장군의 신위를 모신 불천위(不遷位)의 사우다. 불천위는 덕망이 높고 국가에 큰 공로가 있는 사람에게 영원히 사당에 모시도록 국가에서 허가한 神位를 말한다. 충렬사에는 1604년 선무공신(宣武功臣) 1등으로 서훈되고 좌의정의 직위가 내려지고 1613년에는 영의정으로 책봉된 충무공의 구국충정의 얼이 서려 있다. 통영 충렬사와 함께 '忠烈'이라는 현판을 처음부터 같이 사용하였으며 조선시대 인조(1623~1649 재위)때 창건.

남해대교[8]를 건너 하동 땅 노량항에서 오늘 일정을 마무리할까 한다. 이곳은 임진왜란이 끝나던 해 마지막 해전인 노량해전(1598. 11. 19.)[9]에서 이순신 장군께서 순국하신 지역이고 사당이다.

자, 이제 오늘의 마지막 길 남해대교를 건너기 위해 다리 초입에 도착했는데 오늘의 이 나라를 있게 한 초석을 다지신 '대통령 박정희'라는 글귀가 남해대교 표지석에 새겨져 있는 것을 보고 마음이 울컥해진다.

물론 나 자신도 학창 시절에는 그때 시절로 말하면 반정부 데모 대열의 한 부분 리더였고 그 행적이 그분의 사망 이후 1983년까지 들추어져 사회생활과 진로에도 일정 부분 지장을 받았지만 지금 50여 년 세월이 흐른 오늘에서는 후회는 없고 그분을 추모하는 마음을 간직하고 산다.

한적한 남해대교를 차도로 주행, 내가 이 다리를 전세 낸 기분이다. 이제는 하동 땅이다. 노량대교 홍보관을 끼고 노량항으로 내려가는데 길가에 커다랗게 식당, 민박이라고 간판이 있길래 집 앞에 멈추고 안에 들어가니 인기척이 없어 두드리고 불러보니 나이 드신 아주머니께서 오신다.

---

8) 남해대교(길이 660m): 1973년 6월 22일 준공. 남해도는 우리나라에서 제주, 거제, 진도에 이어 4번째로 큰 섬. 준공 당시에는 동양에서 제일 긴 현수교였다.

9) 노량해전: 1597년 명량해전에서 크게 패배한 일본의 왜장 고시니가 500여 척의 왜선으로 노량수로로 공격해왔다. 당시 200여 척의 이순신 장군이 왜선을 격파하고 퇴주하는 일본군의 퇴로를 차단하고 명나라 장군 진린을 구하고 끝까지 왜군 잔당을 추격하다 왜적의 흉탄에 맞아 전사함.

밥 먹으러 왔냐고 하길래 밥도 먹고 하룻밤 자고 갈 거라고 하니 "Yes! OK"라는 말씀. 방으로 안내하는데 어라, 건물을 길에서 보니 분명 2층이었는데 집을 돌아 아래로 내려가시는데 이제사 이해가 되네. 도로변에서 꺼진 대지에 건물 한쪽은 지하인 건물이고 한쪽은 바다가

멈추지만 않는다면 도착할 수 있다

보이는 그런 구조다.

숙박비는 3만 원이라, "예" 대답하고, 샤워하고 1층 식당에 있다 식사하러 가겠다고, 자전거 여행하면서 이렇게 수월하게 숙소를 잡으니 이것도 큰 행운(?)이고 기쁨이지 하고 좋아했건만, 오늘 밤에 닥칠 악몽 같은 사건은 '0'도 없었으니 샤워와 빨래를 하고 1층 식당에 가니 우리 집에는 지금 백반뿐이니 저녁식사 하라신다.

연세가 좀 있으신 것 같은데 내가 별난 사람으로 보였던지 이것저것 물어보시고 그러신다. 아침식사를 물어보니 불가. 그러면서 여기는 시골이라 아침식사 할 곳이 없단다. 24시 편의점은… 하고 말이 끝나기도 전에 당근 없단다. 아니, 면 소재지에 그럼 빵 파는 가게는 있냐고 물어보니 파출소 앞 골목에 하나 있는데 별로일 거라고….

사장님께 숙박비, 식비를 지불하고 그 가게를 찾아가서 건빵과 카스테라, 새우깡, 소주 한 병 그리고 두유 2개 사서 방파제로 나간다. 서산에 해는 저물고 이 길 위의 나그네는 오전의 사고에도 몸 성히 살아있음에 감사한 마음이다.

앞 바다 용왕님께 소주 한 잔과 새우깡으로 고수레를 하고 사나이 첫 잔은 One Shot! 바다 건너 저 멀리 광양제철소의 굴뚝에서 나오는 불기둥이 시시각각 변하면서 보이는데 장관이다.

온갖 상념이 밤하늘의 별빛마냥 내게 크게, 작게 그리고 가까이, 깊게 감정이 왔다 지나간다. 그 변고를 무사히 넘겼다는 안도감, 허허로이 바라보는 외로움이 동시에 밀려오며 몸에 힘이 쫙 빠져나가는 기분이다.

외로움은 그림자처럼 여행을 함께하는 '또 다른 나'이다. 인생도 냉정하게 보면 혼자서 어디쯤, 언제쯤일지 알 수 없는 여행길, 홀로의 여행길 아니던가!

　한 잔 두 잔 술에 추위가, 아니 조금은 쌀쌀함이 느껴진다. 내일 아침식사가 들어 있는 비닐봉지를 들고 시원한 바닷바람을 친구 삼아 숙소로 발길을 옮긴다.

　최희준의 하숙생을 부르면서….

　　인생은 나그네 길

　　어디서 왔다가 어디로 가는가

　　구름이 흘러가듯 떠돌아 가는 길에

　　…(중략)…

　　정처 없이 흘러서 간다

　　인생은 벌거숭이

　　빈손으로 왔다가 빈손으로 가는가

　　강물이 흘러가듯 여울져 가는 길에

　　…(중략)…

　　소리 없이 흘러서 간다

　아까 식사하러 나올 때 난방을 틀어놨는데 조금은 맹맹한 상태인 방 안에는 습기가 있고 썩 뽀송뽀송한 분위기는 아니다. 시계를 보니 밤 9시가 다 되어가고 휴대폰의 일기예보는 내일 여정인 하동, 광양, 순천, 여수가 오전 한때 비 60%로 되어 있다.

　나는 작년부터 자전거 여행을 하면서 설정한 규칙이 있는데, ① 하루 일정의 시작은 도로 차선이 또렷이 보이는 정도면 가능한 일찍 출발한다. ② 휴대폰 수·발신은 가능하면 하지 않는다. ③ 여행 일정 내에 있는 어느 지역 지인도 만나지 않는다. ④ 숙소는 게스트하우스, 민박을 우선으로 하고 이 숙박업소를 잡을 수 없을 때는 펜션, 옛날 여관으로 한다. ⑤ 음주는 원칙적으로 하지 않는다. ⑥ 오롯이 홀로 가는 것은 당근.

내일의 일정은 광양, 순천, 여수의 노정이지만 휴대폰 카카오맵을 보며 상세 일정을 잡아본다.

노량항 - 섬진강 문화센터(하동화력발전소: 9㎞) - 광양제철(15㎞) - 여수 시외버스터미널(66㎞). 대략 90㎞. 아침 6시 반에 출발이면 천천히 진행해도 오후 되면 넉넉히 도착할 거리인데 내일 비가 얼마나 올지가 관건.

이렇게 몸 성히 하루 노정을 끝내고 잠자리에 드는데 문득 건강하게 살아 있다는 사실에 참 행복하다는 생각이 든다.

언제 잠이 들었는지 '앗!' 하고 벌떡 일어났는데 왼쪽 귀 아래 턱뼈 아래쪽 목 부위를 지네가 물었던 것 같다. 아픈 것은 고사하고 벌떡 일어나 불을 켜고 방바닥에 있는 이불, 옷, 배낭 등을 하나하나 흔들어 터는데 이놈의 지네는 행방이 묘연하고 거울을 보니 물린 데가 벌겋게 부어오르고 욱신욱신!

물파스도 바르고 아스피린 한 알을 먹고 좀 천천히 다시 이불, 옷, 배낭을 뒤집고 찾아보는데 보이질 않는다.

아름다운 비 이름
가랑비: 가늘게 내리는 비. 이슬비보다는 굵은 비.
보슬비: 바람 없이 조용히 내리는 비.

이슬비: 아주 가늘게 오는 비.

창문을 열어보니 바깥에 가랑비가 자박자박 내리고 시각은 0시 30
분. 시작이 반이라 했던가. 그런데 우리나라 한 바퀴 2,600㎞ 종주는
진정 내게는 이룰 수 없는 꿈일런가?

왜 이리도 사건 사고가 이어지는데?

아무나 도전해서 이룰 수 없는 나만의 역사(history)를 엮는다는 것
이 이다지도 고통을 넘고 또 넘고 이겨내야 하는가. 견뎌내야 하는가.

그래, 세상에 거저는 없잖아.

NO PAIN NO GAIN.

苦盡甘来(고진감래).

밤새 뜬눈으로 앉았다 섰다를 반복한다.

우의를 입고, 그래 이제는 앞으로만 가는 거야. 앞으로만!

그래, 일어나, 일어나. 다시 한번 해보는 거야. 봄의 새싹들처럼.

1차 목표지는 하동화력발전소 9㎞, 지금 시각 6시 20분. 자전거의
속도에 우의는 펄럭거리고 용을 쓰는 열기에 안경은 뿌옇고, 얼굴에는
비가 타고 내리고, 깊디깊은 고통을 느껴보지 못한 사람은 진정한 쾌
락을 느낄 수 없다고 했던가.

돼지는 넘어져야만 하늘을 볼 수 있다. 비와 함께 흘러내리는 땀방
울은 나의 영혼을 씻어내리는 증류수였다.

언제 준공을 했는지 가로등, 신호등까지 설치되었지만 공장은 하나도
없는 황량하고 을씨년스러운 공단 조성지를 지나 앞에 보이는 산 너머
에 보얀 연기가 피어오르는 걸 보니 하동 화력발전소임을 직감하고 쉬

멈추지만 않는다면 도착할 수 있다

엄쉬엄 고개를 넘는다.

고갯마루에 올라서서는 이제 '야호!'다.

잘 포장된 2차선 도로, 거기에 통행하는 차량 한 대 없는 이 길. 내 세상, 바로 내 세상이다.

고개를 내려오니 발전소 울타리 그리고 옆에 섬진강 문화센터가 있다. 나의 안식처 버스정류소를 내 집마냥 차지하고 카스테라, 두유, 물로 허기를 면하고 아스피린도 한 알 꼴깍. 비는 그칠 줄 모르고 보슬비 같은 비가 내린다.

> 빗방울 떨어져 눈물이 되었네
> 한없이 적시는 이 눈물
> 나의 온몸을 적신다
> 나의 온몸을 때린다

정말 너른 들판 한가운데 농로를 '비야 비야 나를 때려다오' 하며 지난다.

앞에 우뚝 선 도로표시판에 쓰인 광양, 섬진대교를 지나는데 노견에 모래가 잔뜩 쌓여 차도로 진행하는데 바람도 세어지고 빗방울도 굵어지는, 말 그대로 비바람을 맞서며 광양제철소 정문을 지나는데 나를 시험하는 비바람은 점점 거세어지고 길 건너편에 버스정류소가 보이길래 몸을 피한다.

세찬 비바람이 그칠 줄 모른다. 내 마음에도 바람이 인다. 몸을 쓰면 마음이 쉬고, 몸을 쓰지 않으면 마음이 바쁘다.

몸이 힘들면 마음은 편히 쉬게 된다. 마음이 쉬면 잡념이 아닌 성찰이 시작되고, 그러면 보지 못했던 사물이 바로 보인다. 사람이 보이고, 풍경이 보이고, 지나간 시간이 보이고 자신의 내면이 보인다. 제대로 보인다. 지나온 세월 속에 힘들고 어려웠던 눈물겨운 시간을 생각하면 현재의 삶에, 나이 든다는 것에 감사하고 행복하다.

이 땅에서 삶에 내게 허락된 시간은 얼마나 남았을까. 앞만 보고 달리다 보니 몸뚱아리 이곳저곳이 지쳐 아프다고 나자빠지고, 그 앳된 모습은 어디로 가고 거칠고 늘어졌고, 피 끓던 정열은 어느새 무딘 눈과 귀가 되어 불알 축 처져 걸어가는 늙은 황소 모습이 되었구나.

훵한 가슴은 더 거두어들일 것이 없는
어느 한 년놈 찾지 않고 눈길마저 없는
초겨울의 들판마냥
빈 쭉정이만 날리는구나

무슨 업보를 타고났길래
그렇게
왜, 그렇게도 헐떡이며 살아왔는지

매사 열정적인 생각과 행동은 어디 가고
가끔씩은 들판 가운데의 고개 떨군 허수아비마냥
바람 불면 바람 부는 대로
비 오면 비 오는 대로
어깨를 떨구는 모습은
세월의 무게만큼이나 낡고 해진

멈추지만 않는다면 도착할 수 있다

나 자신의 모습이리라

나이테의 흔적이리라

이제, 내게 남은 세월

내 인생의 종착역에서

아쉬움, 못 다함의 회한을

하나라도 덜기 위해

저 하늘의 붉은 태양을 안고서

내 발길 닿는 대로

휘이 휘이 걸어가고 싶다

허기가 저서 카카오맵을 꺼내어 보니 제철단지를 지나 다리를 건너 오른쪽 방향으로 가면 편의점이 있을 것 같고, 마침 비바람도 잦아들어 길을 나선다.

와, 이 냄새. 편의점 도시락과 전자레인지에 데운 오뎅국!

이 생명을 보존하게 일용할 양식을 내어주신 하느님 감사합니다.

지난밤 지네에 물린 데는 아스피린을 먹어 통증은 없으나 부기는 더 커져 있는데 타관 객지에서 종합병원 응급실을 찾아가는 것도…

시각은 9시 20분, 여수 시외버스터미널은 50㎞ 남았다. 길은 외길, 여수와 순천을 잇는 옛날 국도인 여수로 중간에 여천 시외버스정류장이 있어 검색해보니 47㎞. 광양 경찰서까지는 자전거 전용도로가 나타나 그냥 죽어라 하고 길을 나선다.

아이고, 하느님, 고맙고 또 고맙고 감사합니다.

광양 익신 일반산업단지를 지나는데 비가 그쳤다. 몸은 지칠 대로 지쳐가고, 페달을 밟고 밟아 전라선 구 덕양역에 도착하여 지친몸 큰 大자로 드러눕는다.

한참 누워 있다 옛 전라선 철길에 놓인 자전거 전용길을 따라가며 여수 시내로 들어선다.

드디어 여천 시외버스터미널. 이 또 행운이! 14시 40분 창원행이 있다니!

먼저 화장실에 가서 축축한 속옷, 양말, 라이딩복을 벗어내고 수건에 물을 적셔서 칙칙한 몸을 깨끗이 닦아내고 뽀송뽀송한 속옷과 일상복으로 갈아입으니 하늘을 날 것 같다는 말이 실감난다.

하느님 감사합니다.

이렇게 일용할 음식과 하늘 날 것 같은 옷을 입게 하심을….

멈추지만 않는다면 도착할 수 있다

🏴 4월 18일

여수 ⋯ 땅끝마을 ⋯ 목포

창원 ⋯ 여수 관기초등학교 ⋯ 여수 화양면 화양고등학교 ⋯ 사촌리 ⋯ 고개 삼거리

좌회전 ⋯ 조화대교 ⋯ 조발도 ⋯ 둔병대교 ⋯ 둔병도 ⋯ 낭도대교 ⋯ 낭도 ⋯ 적금

대교 ⋯ 적금도 ⋯ 팔영대교 ⋯ 고흥군 ⋯ 정암 ⋯ 과역 ⋯ 고흥읍 ⋯ 녹동항

📍 총 87㎞ 자전거 주행

녹동항 16:30 출발 ⋯ 완도군 금당면 금당도 울포항 ⋯ 가학항 자전거 주행(5.6㎞)

⋯ 가학항 18:30 출발 ⋯ 장흥군 회진면 노력항 ⋯ 장흥군 회진면 노력도를 횡단하

여 회진면 소재지에서 1박 예정

여수 출발지에서 녹동항까지 87㎞이고 일정을 이어갈 완도 금당도행 배는 녹동항에서 16시 30분 출항이기에 회사 기사와 여수까지 동행하여 5시에 출발한다. 이번 2박 3일 일정 시작과 끝이 초행길이고 배편을 이용하여 섬을 건너야 하기 때문에 경과 노선과 시간대를 촘촘히 공부하고 작성하여 출발한다.

남해 고속도로 섬진강 휴게소에 들러 길을 재촉한다. 늦어도 7시에는 예정된 출발지에서 일정을 시작해야 배 시간을 맞출 수가 있을 것 같다.

"사장님, 이번에는 더더욱 안전제일입니더"라고 기사가 인사를 건넨다. "예, 천천히 조심해서 돌아가서요" 하고 작별 인사를 하고 나는 그 자리에서 잠시 고개를 숙여 무탈을 기원하며 목포를 향하여 가볍게 출발한다.

22번 4차선 국도로 곧장 직진하다 터널을 지나고 첫 사거리에서 우회전하면 되는 단순한 노선이지만 일상의 생활 영역에서 점점 멀어져 가는 지역이다 보니 긴장감을 늦출 수 없다. 정말이지 4차선 국도에서는 주행 노면은 도로법상으로 60㎝ 정도 확보되어 있지만 노면 청소가 되어 있지 않아 지름 5㎜이상 작은 돌들과 크고 작은 금속성 물체가 많아 정상 주행이 불가능한 현실이기에 부득이 2차선 가장자리로 주행한다.

처음으로 4차선 국도상의 터널을 지나는데 한마디로 표현하자면 소음과 흙모래 날림, 그리고 공기압이 장난이 아니다. 번호도 없는 지방도로는 이른 아침이라 정말 상쾌하고 도로를 전세 내어서 달리는 이 기분 앗-싸! 863번 지방도로를 만나는 서촌 삼거리에서 좀 쉬다 간다.

완만한 산 고갯길을 오르는데 몸이 가벼운 느낌이다. 고갯마루에 오르니 왼쪽으로는 도로 양쪽에 숲이 울창한 샛길이 있는데 카카오맵을 검색해보니 진행방향으로 지름길이고 중도에 마을이 하나 없고 곧장 가면 여자면 해넘이전망대가 있고 거기서는 바로 '여수 백리섬섬길'로 이어진다.

멈추지만 않는다면 도착할 수 있다

봄의 소리가 들린다

봄의 색깔이 보인다 봄의 향기가

남도의 바닷바람을 타고 내 몸으로 들어온다

차가운 겨울 해풍을 견딘

아름다운 섬들이 봄을 맞는 소리가 들린다

섬은

외로움이다

너른 땅과는 떨어져

홀로 견뎌내야 하는

절대 고독의 외로움이다

또, 섬은

갈망이다

너른 땅과 잇대고저 하는

절박한 갈망이다

우리 인생사가 그러하듯

하늘이, 바다가

맑고 깨끗하다

파랗다 못해 시리다

내가 붓이고

물감이라면

온몸으로 뒹굴어

그림 한 점 그리고 싶다

지워지지 않을 유화 한 점 그리고 싶다

잊혀지지 않을 소망 하나 새기고 싶다

멈추지만 않는다면 도착할 수 있다

여수 백리섬섬길은 여수 화양면에서 고흥군 영남면을 잇는 바닷길을 이르고, 오작교라고 부르기도 한다. 다리 이름은 조화대교, 둔병대교, 낭도대교, 적금대교, 팔영대교다.

백리섬섬길은 지금껏 힘들게 달려온 자전거 길의 노고를 보상하고도 남는 그런 풍광을 내게 보여주었다. 이런걸 말하여 고통을 느껴보지 못한 사람은 진정한 기쁨을 느낄 수 없다는 사실이 딱 맞는 것이리오.

홀로 가는 이 길은 영혼이 자유로운 사람을 만들고 외로움은 생각을 키워주고 삶의 영역을 넓혀주는 길이다. 한마디로 비움과 채움, 오르고 내림의 의미, 그리고 감사와 행복의 진정한 의미를 몸소 느끼고 깨닫는 위대한 여정이다.

팔영대교 끝자락에 서서 지나온 길을 되돌아보며 길을 나선다. 진행할 도로는 77번 국도를 가다 843번 지방도로로 2~3㎞ 진행하여 정암면 소재지로 진행하는 길이 지름길이다.

한적한 시골 소로를 달리니 거침이 없다. 그러나 이런 시골의 소로를 가자면 좌우로 이곳에 태어나 이 땅에 발을 딛고 살다 간 옛 님들의 무덤을 자주 만나곤 하는데 그럴 때면 인간 존재의 의미, 삶의 무상함을 느끼며 삶을 반추하게 하고 왠지 모르게 가슴이 아리는 찡한 아픔의 시간이 되기도 한다.

길 위의 나그네는 이곳에서 만찬의 시간을 갖는다.

그렇다. 인생의 묘미는 한 걸음 한 걸음 나아가는 데 있다. 生命은 生의 명령이니, 사람이니 살아야 한다. 사람 구실, 제 몫을 다하여 사람값 하며 살아야 한다.

오른쪽으로 들판을 끼고 조금 달려 녹동까지 가는 4차선 도로를 만나 한적한 게 말 그대로 휘이 휘이 달려간다.

녹동항 도착! 15시 30분 여객터미널에 가서 금당행 16시 30분 승선권을 받아 바깥 광장 벤치에 팔자 좋게 크게 몸을 눕힌다. 이 얼마 만에 맛보는 편안한 휴식이던가.

16시 30분 고흥 녹동항을 떠나 완도군 금당면 금당도행 도선에 몸을 싣는다. 배에 탄 금당도 사시는 분께 물으니 30~40분이면 도착한단다. 아니, 우리 섬에 자전거를 가지고 어떻게 오시느냐고 묻길래 내 배낭을 보여주니 깜짝 놀라시며 이것저것 물어보면서 자기는 62살인데 금방 자기 집에 하룻밤 머물고 가라는데 아유, 아저씨 고마운데 제 일정상 그럴 수 없다고 말씀드리니 그러면 가학항까지 거리는 얼마 안되지만 산 고개가 험하니 자기 봉고트럭에 태워다주겠단다.

그분은 나보고 저 그늘막에 잠시 쉬고 있으라 하고 빨리 가서 차를 끌고 오겠다고, 차에 오르니 맥주 2병과 안주봉지가 놓여 있고, 붕 하고 차는 출발하고 6㎞의 고불고불 산길을 돌아 금방 가학항에 도착했다. 시간을 보니 장흥 노력항행 배 시각 18시 30분이니 40분 정도 남았다.

그분은 이곳 출신으로 이곳에서 중학교까지 다니고 광주에 나가 야간고등학교를 졸업하고 육지에 살다 5년 전 고향 땅에 들어와 어선을 하나 장만하여 바다가 주는 대로 거두며 생활하고 있는데 내가 메고 있는 배낭을 보니 자신의 젊은 시절 꿈을 실천하고 있는 사람을 만나 이렇게 나를 붙잡았다고….

준비해 온 맥주 2병으로 그렇게 그렇게 못 다한 꿈을 얘기하고, 길 위에서의 짧은 인연의 배웅을 받으며 장흥 땅으로 향하는 배 위에서 손을 흔들며 금당도를 떠난다. 먹먹한 가슴을 움켜잡고….

인연이란 것에 대하여

(김현태)

인연이란?

누군가가 그랬습니다
인연이란
잠자리 날개가 바위에 스쳐
그 바위가 눈꽃처럼 하얀 가루가 될 즈음
그때서야 한번 찾아오는 것이라고...
그것이 인연이라고...

누군가가 그랬습니다
인연은
서리처럼 겨울 담장을 조용히 넘어오기에
한겨울에도 마음의 문을 활짝
열어놓아야 한다고...

누군가가 그랬습니다
먹구름처럼 흔들거리더니
대뜸, 내 손목을 잡으며
함께 겨울나무가 되어줄 수 있냐고...

눈 내리는 어느 겨울밤에

눈 위에 무릎을 적시며
천년에나 한번 마주칠 인연인 것처럼

잠자리 날개처럼 부르르 떨며
그 누군가가 내게 그랬습니다

　남도의 바다 위에서 하루라는 '끄트머리'를 멍하니 바라본다. 황혼의
해가 느릿느릿 서쪽으로 서쪽으로 걸어간다. 우주의 신비, 사이와 사이
의 경계, 여기와 저기, 오늘과 내일, 낮과 밤, 빛과 어둠.
　잠시 잠시 머물다 가는 길을 가는 나그네가 묻는다. 지나온 길, 후회
는 하지 않느냐고. 나는 대답한다. 번민도 좌절도 많았지만, 나는 나의
길을 성실히 걸어왔기에 결코 후회는 않는다고. 그리고 말을 잇는다.
하지만 다시 그 길을 걷고 싶지는 않다고.
　인생은 고행(苦行)이라 한다. 더하여 인생은 고행(孤行), 그 누구도 대
신 할 수 없는 외로운 여행. 누구에게나 우주의 중심은 자기 자신이다.
길을 가는 나그네가 된 나는 자유를 누리며 '나는 누구인가' 물으며 자
아(自我)를 찾아 사색하며 스스로를 뒤돌아보며 자성(自省)의 시간 속
에서 고난을 이겨내는 자존(自存)과 자존(自尊)의 정신으로 자애(自愛)
의 마음으로 이 길을 간다.
　지금 이 모습으로. 이 시간에, 이 땅에 건강하게 존재함에 감사하고
행복하다.
　나도 저 노을처럼 늙어가야지….

배는 어느덧 뱃고동을 울리며 장흥군 회진면 노력도 노력항에 도착했다. 벌써 어둠이 내리고 자전거 전조등, 후미에는 교통 수신호 안전등을 켜고 7㎞ 떨어진 회진면 소재지를 향해 천천히 간다.

길 가는 사람에게 물어 식당을 찾으니 손님은 없고 나이 드신 아주머니께서 맞는데 메뉴를 보니 돼지 두루치기가 보여 식사를 해주시겠다는 말씀에 얼마나 황송하고 고마운지, 양도 밥도 Good!

그래 이 맛이야 하며 행복한 마음 식당 사장님께 물어 찾은 여관, 나이 드신 내외가 운영하는데 전후사정을 말씀드리니 안내실 옆 큰 온돌방을 내어주신다.

내 일상과 같은 편안하고 평온한 잠자리. 길 위의 나그네는 깊은 잠에 빠져든다.

멈추지만 않는다면 도착할 수 있다

🏴 4월 19일

회진항(장흥군 회진면) ⋯ 대덕읍(7㎞) ⋯ 전남 강진군 마량면 마량항(13㎞) ⋯ 완도 신지도 송곡항(18㎞) ⋯ 완도대교(23㎞) ⋯ 해남군 북평면 땅끝마을(27㎞) ⋯ 해남 송지면(10㎞)

📍 총 98㎞

가뿐한 몸, 맑고 기분 좋은 마음으로 새 아침을 맞이한다. 5시 가까운 시각, 배낭 챙겨서 숙소를 나선다. 오늘 일정은 완도를 거쳐 땅끝마을까지 88㎞인데 몸 상태가 좋으면 5~10㎞ 더 진행하려고 한다.

숙소를 나와 회진 버스터미널 쪽으로 오다 보니 편의점이 있어서 마음속으로 땡큐 하며 들어가서 아침식사로 불고기 도시락, 오뎅, 바나나우유, 두유, 바나나, 크림빵, 초콜릿 등을 구입하고 편의점 한켠에 앉아 식사를 하는데 편의점 사장님께 이것저것 물어보면서 내 여행 일정을 말하니 깜짝 놀라면서 길을 안내해주시는데 이곳에서 대덕까지는 2차선 지방도로는 경사가 심하니 가지 말고 들판 가운데 농로로 가서 저수지를 만나면 왼쪽으로 나가서 23번 국도를 타고 왼쪽으로 곧장 가면 고금대교를 만난다고 하신다.

나의 자전거 여행길에는 설레임이 있다. 가보지 않은 길, 새로운 풍경이 기다리는 그곳 그 길, 아름다운 대한민국, 내 조국의 산하가 나를 기다리고 있다.

눈과 귀, 마음을 열고 세상을 호흡하면서 아직 가보지 않은 저기 저 길을 가면 갈수록 마음은 가벼워진다.

용기 있고 실행하는 자만이 새로운 하늘과 새로운 땅을 만난다. 더 빨리, 더 멀리, 더 좋은 것을 차지하기 위해서가 아니라 새로운 세상을 보고 듣고 느끼고 배우고 깨닫기 위해 길을 간다. 낯선 길을 간다.

이 알싸한 새벽 공기와 흙냄새를 온몸에 채우고 가는 길 위에서의 행복한 이 가슴 그 누가 알랴!

23번 4차선 국도(장흥대로)를 이른 아침 시간이어서 그런지 나 혼자 가는데 정말 이 시간 나를 위해 내어놓은 것 같은 기분이다. 대덕읍을 벗어나서부터는 길은 2차선으로 변하고 산 고갯길이 이어진다.

평화롭고 고요한 마을, 그리고 마을 앞 들판, 고개를 오르고 내리고 이제 강진 마량면으로 들어서고 같은 국도 23호인데 도로명은 청자로로 바뀌고 길을 지나다 눈에 들어오는 '숙마마을'이라고 새겨진 큰 마을 표석이 보이길래 자전거를 세우고 보니 이 마을의 내력이 기록되어 있다.

멈추지만 않는다면 도착할 수 있다

  이곳 마량(馬良)은 강진 땅의 끝자락으로서 완도와 맞닿은 곳으로 고
려시대에는 청자를 왕도인 개성으로 옮기던 뱃길의 시작점이었으며,
조선시대에는 제주도에서 키운 말이 진상품으로 올라가는 항구로서
말이 보름 이상 머물렀다 하여 마량이라는 지명이 만들어졌으며 주위

에 말이 잠자고 키우는 곳이라 하여 숙마, 원마라는 지명이 생겼다고
한다.

마량천을 지나 짧은 고개를 오르니 77번 국도가 나타나고 아래로
마량항이 보인다. 넓은 주차장이 있어 그늘막 벤치에 앉아 한참을 쉬
고 골목을 돌아나가는데 마량면사무소, 놀토수산시장, 마량5일장, 한
의원, 양의원 등이 보이는 걸 보니 제법 큰 항구인 것 같다.

역사의 고장 마량을 뒤로하고 77번 국도를 올라 고금(古今)대교를 지
나 고금도(완도군 고금면)로 들어서는데 '고금인의 꿈'이라고 새겨진 비석
이 보여 읽어보니 이 지역 사람들의 끈끈하고 강한 의지가 새겨진 글
이다.

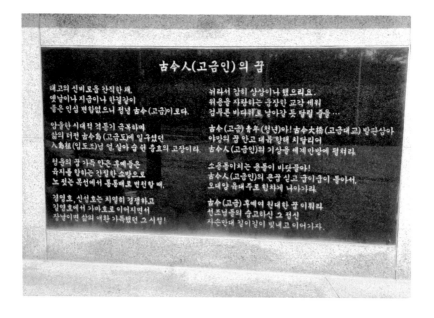

고금도의 중앙을 가로지르는 77번 국도를 따라가니 왼쪽으로 시원
한 바다가 나를 맞는다. 그런데 이 바람은 또 어디서 오는가? 먼 앞에

멈추지만 않는다면 도착할 수 있다

보이는 하늘과 바다는 파랗다 못해 눈이 시리다.

와!

앞에 우뚝 활처럼 다리 중앙이 볼록 솟아 있는 다리가 이 나그네를 압도한다.

장보고대교(길이 1300m). 바로 다리를 건너지 않고 버스정류소에서 쉬고 있는데 한 사람이 나타나길래 얼마나 반가운지… "아저씨 저 사진 좀 찍어주실래요?" 앞으로 갔다. 좀 더 가라고 손짓을 하고 찰칵, "보세요" 하고 휴대폰을 건네주는데 모습을 보니 외국인 근로자. 인도네시아에서 왔단다. 배낭에서 초콜릿을 건네고 이야기를 나누다 보니 전복 양식장에서 일하고 있고, 지금은 완도읍내 가는 길이란다.

짧은 만남을 뒤로하고 오늘의 1차 목적지 완도로 향한다.

장보고대교에 당도했으나 자전거를 타고 갈 수가 없다. 차들은 고속

주행, 노견 폭은 1m 정도, 노견은 양호하나 다리 중심이 너무 볼록 솟아 있고 바람이 보통이 아니다. 도저히 안 되겠다 싶어 다리 위에서 1톤 트럭이 보이면 손을 들고 태워달라고 히치하이킹(hitchhiking)을 해보지만 이 낯선 다리 위에서 그 어느 부처님 같은 분이 이 애원을 들어주리오.

바람 때문에 1,300m의 장보고대교를 뒤뚱뒤뚱하면서 자전거를 끌고 내려오니 이 나그네의 심신은 번아웃(burn out) 상태. 바로 쉴 만한 곳도 없고 해서 고개를 조금 오르니 저 앞에 조그마한 로터리가 보이고 직진하면 신지도 명사십리 해수욕장이고 우측으로 77번 국도로 진행하면 신지대교를 지나 완도읍이다.

도로 길가에 소공원이 잘 꾸며져 있어 벌렁 누워 휴식. 마음 같아서는 명사십리 해수욕장에 가서 해변의 모래를 밟고 싶지만 이 나그네는 길을 재촉해야 한다.

완도와 신지도를 잇는 신지대교를 지나는데 바람의 세기가 보통이 아니다. 그래, 불어라 바람아. 나의 길에 맞서서 불어라.

어느덧 완도읍, 오늘의 목적지 해남 땅끝마을까지는 대략 30㎞ 조금 넘는 걸로 판단된다.

읍내 길을 지나다 냉면을 하는 식당이 보이길래 들어섰는데 이것도 내 복인가. 시계는 11시 반 좀 덜 됐는데 입구 좌석 빼고는 손님이 만석이 아닌가. 만두에 물냉면 주문. 나의 식욕을 100% 만족시켜주니 길 위의 나그네는 그저 행복할 뿐.

완도읍에서 13번 국도 4차선 길을 따라 내 나라 내 땅의 산천경개(山川景槪)가 내 것인 양 휘이휘이 길을 간다. 가진 것 크게 없고 내세울 계급도 없지만 어디에 연연하지 않고 몸은 좀 고달프지만 이 세상 그

멈추지만 않는다면 도착할 수 있다

저 온 이 몸, 나이 칠십(古稀: 人生七十古来稀에서 나온 말로 예로부터 사람은 70세까지 살기 드문 일)에 건강한 심신으로 내가 죽어 묻힐 내 나라 땅 구석구석 한 바퀴를 자전거를 타고 여행한다는 것이 얼마나 큰 생의 축복이요, 한 사내의 인생에서 얼마나 뜻 있는 역사인가.

완도대교를 지나고 완도군 달도를 지나 해남 땅에 당도하니 눈에 익은 77번 국도가 나를 맞는다. 그래, 내 살던 곳에서 온 77번 국도야. 땅끝마을을 거쳐 너의 길이 끊긴 목포 땅까지 가보자꾸나.

77번 국도는 산 고개를 오르고 내리며 들판 길도 올라갔다 내려갔다를 반복한다. 여기가 어디쯤인가, 하늘이 훤히 열리고 눈에 들어오는 만경창파(万頃蒼波). 바람이 너무 세게 불어 자전거를 끌고 가는데 땅끝 조각공원이라는 표지판이 보여 그곳으로 발길을 돌려 바람을 피한다.

파도는

꽃잎 되고 싶었다

열 번

백 번…

부딪치고

또 부서져서

허옇게

하얗게 떨어지는

서러운

저 흰 꽃잎들

눈 아래 보이는 바다는 바람에 일렁이고 바람이 세도 너무 세다. 거세다. 작년과 올해 자전거 여행길에서 만난 가장 센 바람이다. 땅끝마을까지는 9㎞가 남았다.

베토벤은 "훌륭한 인간의 두드러진 특징은 고된 환경을 이겼다는 것이다"라고 했고 역경은 강한 인간의 시금석이라고 했다. 고난은 승리의 전주곡이다.

어찌되었든 1시간 내에는 땅끝마을에 도착하리라 다짐하고 페달을 밟는다. 드디어 땅끝마을에 도착했고 지금 시각 16시, 자전거를 세워두고 땅끝전망대에 오른다. 지나온 길들이 눈에 아른거린다.

인간사 세상에 공짜는 없다. 모두가 피와 땀과 눈물, 인간의 도전과 열정의 징표인 3대 액체를 요구한다. 삶은 자신의 꿈을 이루어가는 길 여행이다.

땅끝항 해변으로 와서 인증사진을 찍고 이곳에서 숙박을 생각하다, 목포 방향으로 77번 국도를 타고 가기로 마음을 고쳐먹고 떠난다. 송림이 우거진 송호 해수욕장을 지나고 왼쪽으로 바다를 끼고 송지면 소재지로 가면서 혹시 민박이 있나 알아보니 없다면서 읍내(면 소재지) 가기 전에 여관이 있단다.

서쪽 하늘에서는 노을이 물들고 바람은 땅끝을 돌아나오니 잦아들었다. 여관에 드니 나이 드신 사장님께서 놀라시면서 도대체가 70이 넘어 보이는 어르신이 왜 이 시간에 자전거를 타고 여기 오셨냐고 하는데… 빨래와 샤워를 하고 가르쳐주는 대로 길 건너 식당에서 매운탕으로 허기를 채운다.

하루를 무탈히 마쳤다는 뿌듯함과 성취감이 피로를 걷어낸다. 내일 목포까지 가야 할 여정을 정리하고 몸은 잠 속으로 빠져들고 나그네는 평온한 쉼의 나라로 들어간다.

멈추지만 않는다면 도착할 수 있다

⚑ 4월 20일

해남 송지면 ⋯ 진도 울돌목(42㎞) ⋯ 해남 화원면(15㎞) ⋯ 영암군 삼호읍(22㎞) ⋯

영산강 하굿둑 인증센터(13㎞) ⋯ 목포 시외버스터미널(4㎞)

📍 총 96㎞

이른 시간 6시에 숙소를 나선다. 해변가라 그런지 약간 해무가 끼인 날씨. 송지읍내의 편의점에 들러 일용할 양식을 배낭에 채우고 땅끝 해안로인 77번 국도를 따라 1차 목적지인 진도 울돌목으로 가벼운 마음으로 출발한다.

누군가 그랬던가. 산다는 것은 떠돈다는 것이요, 쉰다는 것은 죽는 다는 것이라고. 이곳은 참 풍요로운 땅(지역)이라는 것을 느낀다. 수심 이 얕은 바다와 하천, 나지막한 산, 그리고 들판, 더하여 자연과 인간

멈추지만 않는다면 도착할 수 있다

의 땀의 결정체인 염전. 달리 표현하면 참 조화롭고 푸근한 그런 삶의 환경이다.

고천암 방조제를 지나 고천암 자연 생태공원에 빌길을 멈춘다. '고천암 철새도래지'라는 안내판을 보니 전 세계 가창오리의 98%가 고천암 호를 찾는다고 되어 있는데 그저 놀라울 뿐이다.

간척사업으로 만들어진 이곳은 바다와 호수, 그리고 끝이 보이지 않는 갈대밭. 한마디로 장관이다.

자연과 사람이 더불어 사는 세상!

바로 이 자리, 이 시간이 아닐까 싶다.

서울의 어느 스카이라운지에 견주리요. 나그네의 아침 식단이 차려진다.

드넓은 들판에는 봄의 모습, 봄 냄새가 지천이요, 앞으로 나아가는 길은 평지! 말 그대로 천상의 길이다. 나그네의 입에서는 절로 노래가 터져나온다. 길 위를 가는 나그네는 노래를 부른다.

일어나 뛰어라 눕지 말고 날아라
어느 누가 청춘을 흘러가는 물이라 했나
어느 누가 인생을 떠도는 구름이라 했나
날아라 날아라 고뇌에 찬 인생이여!

부르고 또 부르다 휴대폰에서 노래를 틀어 제대로 불러가며 왼쪽으로 바다를 끼고 아침 해풍을 받으며 가는데 좌우로 엄청난 규모의 태양광 시설도 보인다. 이곳은 분명히 논이었을 덴데 씁쓸한 기분이 든다.

저 멀리 2개의 진도대교가 보인다. 누구나 경험하는 심정이지만 여행을 하는데 목적지가 눈에 들어오면 왠지 기분이 나고 설레이지만 나 같은 자전거 여행자, 온 힘을 다하여 이동하는 여행자에게는 몇 배로 기분이 '업'된다.

시계를 보니 10시가 덜 된 시각. 울돌목[10]의 이곳저곳을 돌아보는데 이곳의 백미는 다리 아래에 내려가 소용돌이치며 돌아가는 바닷물이 아닌가.

바닷물의 속도와 소리는 공포심마저 갖게 한다.

여기 이곳에서 떠오른 말, "용서는 하자, 그러나 잊지는 말자." 우리 민족의 숙명적인 이웃나라 일본. 이 정부에 와서 일본과의 감정적인 대립관계. 진정한 복수의 길은 知日이다. 알기 위해서는 다가가야 한다. "친구는 가까이, 적은 더 가까이"라는 말이 있지 않은가.

점심을 먹기에는 이른 시간인지라 77번 국도를 따라 13㎞ 떨어진 화원면 소재지로 페달을 밟는다. 거의 평지와 다름없는 길을 내 나라에서 가장 좋은 계절인 봄 햇살을 받으며 넉넉한 마음으로 힘차게 달려간다.

갈증이 느껴진다. 몸이 생명수를 갈구한다. 칠십이 다 된 오늘까지 살아오면서 물의 맛과 소중함을 이 자전거 여행길에서 정말 확실히, 절

---

10)　울돌목은 서해와 남해가 만나는 지점이면서 진도와 해남 땅이 맞닿는 수로로서 조수 간만의 차이에 따라 썰물 때는 서해에서 남해 방향, 밀물 때는 남해에서 서해 방향으로 조류가 매우 빠르게 흐른다. 조차가 큰 사리 때에는 유속이 10~12노트(약 19km~22km/h)로 매우 빠르다. 이렇게 빠른 조류를 이용한 것이 이순신 장군의 명량해전(1597년 9월 16일, 선조 30년)이다. 빠른 조류로 인해 교각을 바다 한가운데에 세우기가 힘들었으므로 사장교 공법으로 진도대교(1984년 10월 개통)를 건설했다.

실하게 깨달았다.

2019년 8월 1일 한낮 제주도에서의 자전거 길은 영원히 잊을 수가 없다.

물 한 모금의 간절함을… 물은 生命水!

사람의 몸은 70%가 물로 이루어져 있고 혈액의 90%가 물로 되어 있다. 몸을 움직이게 하는 근육도 75%, 몸을 지탱하는 뼈도 22%가 물로 구성되어 있다.

사람이 처음 만들어지는 시기인 수정란 상태일 때는 99%가 물이고 갓 태어난 아기 신체는 90%가 물이다.

죽음을 앞둔 노쇠기 때에는 몸속에 물이 50% 정도밖에 되지 않아 소위 말해서 비쩍 마른 상태가 되는 것이다. 물속에서 태어난 육신에서, 점차 물이 몸속에서 빠져나가면서 육신의 생을 마감하게 된다.

좌측으로 제법 도시 같은 모습을 보니 해남 화원면 소재지다. 귀중한 일용할 양식을 보충해야 할 시간이다. 읍내에 들어가서 매운탕 하는 집은 다리를 건너가면 있단다.

식당을 들어가서 "혼자인데 매운탕 주서요" 하니 멈칫하더니 "에, 앉으세요" 하고는 등에 있는 내 배낭을 보고 왔다갔다하면서 말을 건네니 주위 분도 합세하여 질문 공세다.

매운탕인데 전라도의 밥상답게 찬이 8가지. 오메! 이렇게나 많이… 이 얼마 만에 맛보는 진수성찬인가! 나오면서 계산하니 12,000원이라는데 2만 원을 드렸다. 주거니 받거니 하다가 중간 값으로 15,000원을 드리고 목포로 출발.

여행은 시공의 만남과 이별을 통해서 일상을 아름답게 가꾸는 인연의 산실이다.

여기서 목포 시외버스터미널까지는 29㎞. 슬슬 굴러가도 2시간이면 되겠다. 77번 국도에 오르는데 얼마 못 가서 우측으로 금호 방조제로 간다.

나는 간다, 길을 간다. 이렇게 살살 부는 바닷바람을 몸에 걸치고 이 좋은 풍광을 내 눈, 내 마음에 보고 느끼면서….

이름 없는 두 번째 방조제를 지나고 그다음은 제법 긴 영암 방조제를 지나 영암 땅에 당도했다.

큰 배들이 보이고 현대 삼호아파트가 우뚝 솟아 있다. 야-호! 6차선 도로인데 자전거 전용도로도 있으니 이 얼마나 좋으냐. 바다 건너 목포시내가 보이고 저 멀리 하늘에는 케이블카가 오고 간다. 가슴이 뛴다. 이렇게 좋을 수가….

멈추지만 않는다면 도착할 수 있다

영산강 하굿둑[11]에 도착했다. 1년 만에 다시 서는 이곳. 그때 영산강 종주 때의 감정과 지금의 감회는 비교할 수 없을 정도로 가슴이 벅차고, 가슴이 울컥하고 목이 메인다.

---

11)   영산강 하굿둑: 목포시 옥암동과 영암군 삼호읍 나불리를 연결. 길이 4,350m, 높이 20m. 1981년 완공.

2부

서해안

우리나라
한바퀴
2600km

서해안 종주길을 나서며

사람은 대체로 자신이 생각한 대로 인생길을 간다. 생각한 대로 말하고 행동하고 이것이 모여 습관이 된다. 습관은 제2의 천성으로, 모이고 쌓여서 그 사람 삶의 모습이 된다.

그래서 좋은 습관을 길들여야 한다. 내게 있어서는 "남과 같아서는 남과 달리 될 수 없다"가 생의 한 모토이자 나 자신의 모든 일상에 강한 암시가 되어 삶의 형태가 그렇게 하나둘 쌓여왔다. 거기에 하나 부연하자면 제대로 인간값, 인간 노릇 하고 살자는 것이다.

하나를 성취하면 또 하나의 목표를 세우고, 그것이 채워지면 또 새로운 목표를 세웠다. 내가 목표를 세웠지만 그 다음에는 목표가 나를 이끌었다.

인간사 그저 설렁설렁 되는 것이 어디 있느뇨?

고(故) 정주영 회장님의 말씀 "해보기나 해봤어?" 라는 일곱 글자는 한시도 잊지 않고 살고 있다. 힘들고 어렵더라도 포기하지 말자고. 그 어떤 시련과 고통이 따를지라도 결코 주저앉지 말자고 나를 채근하며 내밀고 왔다.

높이 나는 새가 멀리 본다. 우리 모두는 높이 날기를 열망한다. 하지만, 높이 나는 새가 되기를 바라면서 그에 수반되는 대가를 간과하고 있다. 비상하여 새로운 하늘과 새로운 땅을 만나기 위해서는 피와 눈물과 땀을 감내하는 치열한 몸짓이 따라야 한다.

멈추지만 않는다면 도착할 수 있다

2019년 2월 자전거를 처음 만나 그해 4월부터 시작하여 11월 대한민국 국토 종주 자전거 길 1,900㎞를 단독 완주했다. 그 자전거 길에서 나는 새롭게 탄생했고 이후에 살아갈 삶의 길을 정립했다.

짧은 두 단어, 감사와 행복.

그리고 인간값, 인간 노릇 제대로 하고 죽음을 맞이하자.

이번 여정은 4월 29일부터 5월 3일까지 신안 안좌도에서 인천(인하대학교)까지 육로 490㎞, 선박 이용 5회, 4박 5일이다. 한마디로 힘든 일정이다.

⚑ 4월 29일

목포항(14:00) ⋯ 남신안 농협2호 페리 ⋯ 신안군 안좌도 복호항 ⋯ 팔금도 백계항

(13㎞) ⋯ 중앙대교 ⋯ 은암대교 ⋯ 암태도 암태면 남강항(6㎞) ⋯ 자은도 자은면사

무소(14㎞)

📍 총 33km

8시 20분 창원 출발, 10시 50분 광주 도착 고속버스편으로 창원을 출발한다. 칠순이 다 된 이 나이에도 내 책상 위에 있는 할아버지. 부모님 영전에 깊이 인사드리며 먼 길 떠나는 이 자식과 함께하시고 무탈하게 지켜주십사 하고 손을 모은다.

버스는 제때 도착. 10시 40분 부랴부랴 목포행을 보니 15~20분 간격인데 11시 40분 버스표 손에 넣고 오가는 사람 구경도 하고 휴대폰으로 오늘 내일 일정도 다시 체크하다 목포행 버스 출발이요. 12시 50분 목포 도착했으니 빠른 동작으로 목포 연안 여객선터미널까지 페달을 밟는다.

남신안 농협2호 페리선은 "뚜-" 하며 출항. 한마디로 와아!

유달산이 보이고 엄청나게 긴 목포대교가, 그리고 하늘엔 목포 앞바다를 가로질러 케이블카가⋯.

멈추지만 않는다면 도착할 수 있다

도대체가 이 여객선은 안내방송도 없이 첫 번째 섬에 배가 닿는다. 급히 섬 주민으로 보이는 남자분께 물으니 다음에 내리면 된단다.

신안군[12] 안좌면 안좌도 북호항에 15시 20분 하선. 안좌도 - 팔금도 - 암태도 - 자은도로 가는데 805번 지방도를 따라가면 오늘의 목적지 자은면 소재지에 도착한다.

나지막한 산과 그 아래에 자리 잡고 있는 마을들, 그리고 경지 정리가 잘된 들판들을 보니 참 정겹고 풍요로운 정경이다. 자연스럽게 노래를 중얼거린다.

비록 배불리 못 먹고 못 입던 시절이었지만 내 고향 그리운 그곳. 누구나 고향은 마음 한구석에 늘 자리 잡고 있는 법. 먹고 사느라 정신없이 지난 날들이 이렇게 나이가 들어가니 더욱 그 시절의 고향이 간절히 그립다.

고향의 봄

(이원수 1911~1981)

나의 살든 고향은 꽃피는 산골
복숭아꽃 살구꽃 아기 진달래
...(중략)...
그 속에서 놀던 때가 그립습니다

---

12)   신안군: 인구 39,000명(2022년). 유인도 72, 무인도 932, 총 1,004개의 섬이 있다. 1969년 신안군 신설, 전 지역이 다도해 해상국립공원에 지정.

멈추지만 않는다면 도착할 수 있다

안좌도를 지나 팔금면 팔금도에 왔는데 한적한 지방도를 따라가니 오른쪽으로 목포와 신안 암태도를 연결한 천사대교가 보이고 앞 바다에는 넓은 갯벌이 펼쳐져 있다.

오른쪽에 조성되어 있는 소공원 팔각정에서 잠시 쉬어간다. 까만 돌로 된 기념비가 있어 읽어보니 삼도 수군통제사 이순신 장군이 병영을 설치한 지역이라 하여 '군영소(軍營所)'라 쓰여 있다.

 805번 지방도 길은 계속 이어져 가는데 우측으로는 목포로 가는 2 번 국도와 만나고, 나는 곧장 일편단심 805 지방도를 따라간다. 황토 로 덮힌 낮은 구릉을 넘는 시골길, 들에는 파릇파릇 봄의 생명들이 일 어나고 그 위에 작은 저수지 둑과 수로들, 양지바른 곳마다 옹기종기

　　　　　　　　　　　멈추지만 않는다면 도착할 수 있다

모여 있는 정다웁고 포근함이 느껴지는 마을들. 그 어디서도 고개 들면 보이는 갯벌과 호수 같은 바다 그리고 섬, 섬들… 이것이 자전거 길 위의 나그네 눈에 들어오는 풍광이다.

이 아름다운 황톳빛 섬들의 풍광과 섬과 섬을 잇는 다리들을 건너서 길이 바다와 맞닿은 곳, 그곳으로 나그네는 가고 있다.

이제 오늘 일정의 끝 섬, 암태도와 자은도를 잇는 은암대교를 넘어 자은도에 들어서니 바로 염전이 보이고 나그네는 곧장 기동삼거리로 달려간다. 이 자은도는 기동삼거리 동백 파마머리 벽화가 있는 섬으로 유명세를 탄 곳이기도 하지만 우리나라에서 12번째로 큰 섬, 해수욕장이 9개, 거기다 바람이 심하게 분다고 하여 윈드비치로 소문난 동네다.

　자은면 소재지에 도착하여 온통 민박, 펜션 입간판인데 비수기 평일인데도 첫 집, 둘째 집 다 50,000원! 어휴, 흥정을 거듭하여 40,000원 OK!

　식당을 소개받아서 먼저 해수욕장으로 달려간다.

　　　　　　　　　　　　　멈추지만 않는다면 도착할 수 있다

바다 너머로 지는 태양의 노을을 바라보며 지금까지 지나온 인생 노정을 되돌아본다. 그간의 인연들에게 고마웠다고 감사하다고, 그리고 오늘 이렇게 몸 성히 살아 있음에 감사하고 행복하다.

남은 생의 시간이 다하는 그날까지 반듯한 나만의 역사(history)를 만들며 살자고 다짐해본다.

신안 섬을 떠나며

내 삶의 젊은 날 한동안은 앞이 보이질 않았습니다
그 세월 내 견디고 넘으니 살 만했습니다
삶이란 한낱 꿈에 불과하다지만
그럼에도 살아보니 행복했습니다.

여기 이곳 전남 신안 자은도
새벽녘에 냉한 차가운 바닷바람
해 질 무렵 우러나는
노을의 색조와 냄새
그 어느 것 하나 눈이 부시지 않은 것이 없었습니다

신안 자은도 자은면사무소 ┉ 자은고교 여객터미널(12㎞, 9:26) ┉ 신안군 증도면 왕바위 선착장 ┉ 짱뚱어다리 ┉ 증도대교(11㎞) ┉ 사옥도 ┉ 지도대교 ┉ 신안군 지도읍사무소(8㎞) ┉ 무안군 해제면 도리포(23㎞) ┉ 칠산대교 ┉ 영광군 염산면 설도항(9㎞) ┉ 백수 해안도로전망대(22㎞) ┉ 백제 불교 도래지 ┉ 영광군 법성포(8㎞) ┉ 고창군 공음면사무소(7㎞) ┉ 무장면사무소(8㎞) ┉ 아산면사무소(8㎞) ┉ 고창군 흥덕 터미널(13㎞)

📍 총 128㎞

내가 태어나고 죽어갈 내 나라의 산하를 자신의 온 힘을 다하여 자전거로 달려가는 여행은 분명 소중하고 의미 있는 일이다. 이것은 자신의 뿌리며 존재에 대한 확인이요, 자기성찰의 길이다. "내려올 때 보았네 올라갈 때 못 본 그 꽃"이라는 시어(詩語)처럼.

아침 9시 25분 자은고교 선착장에서 맞은편 섬 증도로 가는 조그마한 철제 페리선에 몸을 싣는다. 이 배의 승선자는 나뿐인데 나를 맞이하는 선원은 2명. 배는 바로 출항하고 선원 2명은 자전거를 끌고 타는 내가 궁금한지 옆에 앉아 이것저것 물어본다.

오늘 노정은 정말 부지런히 페달을 밟아야 하는, 약 130㎞ 거리인데 증도에 9시 40분 도착하여 110㎞ 넘는 전북 고창군 흥덕까지 가자면 저녁 6시까지 8시간 동안 평속 13~14㎞로 주행해야 하는데 영광군의 백수 해안도로가 가장 난코스다.

오늘도 가자! 힘내어 가자!

참고 또 참고 견디어내자!

1차 목적지 중도대교까지 11㎞. 해변 나지막한 언덕에 자리 잡은 엘도라도 리조트를 돌아 우진 해수욕장 솔밭길을 정말 갈매기마냥 시원시원히 달려간다. 길이는 2~3㎞ 정도 되는 것 같고 뒤는 솔밭, 정말 멋진 해변이다.

짱뚱어다리에 도착하여 여행객에게 부탁하여 인증사진을 찍고 출발. 이곳은 유네스코 지정 생물권 보호지역으로 갯벌 습지 보호지역이다.

    Slow City란 1999년 이탈리아에서 시작되었으며 이탈리아에 본부가 있다. Slow City의 철학은 성장에서 성숙, 삶의 양에서 질로, 속도에서 깊이와 품위를 존중한다. 2005년 우리나라에 Slow City 위원회가 결성되었고 담양, 완도, 신안, 하동, 예산, 남양주, 전주, 상주, 청송, 영월, 제천 등의 도시가 가입되어 있다.

    길은 어느덧 중도대교를 지나 사옥도로 이어지고 곧장 지도대교를 지나 송도로 들어가는데 야트막한 구릉 2개를 지나니 멀리 신안군 지도읍이 한눈에 들어오고 짧은 다리를 건너니 바로 지도읍이다. 11시가 조금 넘은 시간, 805 지방도로를 타고 무안군 해제면 도리포로 향한다.

    들판 한가운데 놓인 편안한 길을 달리니 속도가 18㎞를 오르내리고, 횟집에 들러 매운탕으로 만찬을 하는데, 그래 이 맛이지! 가야 해 가야 해 나는 가야 해!

반가운 77번 국도를 만나 9㎞ 떨어진 설도항(영광군 염산면)으로 가는데 곧장 뻗어 있는 칠산대교(2019년 12월 개통)를 지나 영광군으로 들어서고, 곧바로 설도항 13시 조금 넘은 시각, 물 한 모금으로 목을 달래고 오늘 일정의 고비인 백수 해안도로로 출발. 농로 이용하여 지름길로 나가서 77번 국도를 만나니 이어 고갯길이 시작되고 길 양쪽으로 영광 모시떡 가게들이 많이 보인다.

내가 나에게 이렇게 다독인다. 그래 지금까지 잘했고 잘하고 있고 잘 할거라고…

백수 해안도로전망대를 향하여 영차 영차 힘내며 가는데 내 뒤에서 자동차 클랙션이 빵빵 울리고 운전사가 손짓을 하더니 붕 하고 추월하면서 저 앞에 차를 세우고 손짓을 해서 다가가니 차에서 내리는데 자기는 이 길 초입에서 모시떡을 제조해서 판매하는데, 법성포 배달 가는 중인데 조금 전에 내가 자기 가게 앞을 지나는 것을 봤는데 내 배낭에 붙어 있는 '우리나라 한 바퀴 2,600㎞'를 보고 감동을 먹었는데 나를 붙들어 떡을 조금 챙겨주고 힘든 고갯길 태워줄까 하며 생각하던 차에 희한하게 법성포 주문이 있어 가는 길에 나를 세웠다면서 빨리 타라고 재촉한다. 자신은 47살로 작은 오토바이 장만하여 텐트 가지고 전국 일주가 꿈이고 꼭 하고 싶다고 한다.

서해바다 전망 좋은 곳에 잠시 정차하여 인증샷을 찍고 영광대교를 지나 법성포로 직행한다. 길가에 보니 '백제 불교 도래지'라는 입간판도 보이는데 통과. 바닷물이 법성포 읍내까지 들어오는데 온통 굴비 가게다.

고마우신 사장님 어느 점포에 모시떡 배달하고 나더러 어디까지 가시느냐고 묻고는 차를 몰아 어느 편의점 앞에 주차하시더니 초콜릿, 두유, 오렌지주스를 사 와서 모시떡을 내게 주시는데… 한마디로 눈물이 나도록 감사하고 또 감동이다.

명함을 주고받고 길 위의 인연은 이별하고 각자 제 길로 가야 한다. 사장님 감사합니다. 정말 감사합니다.

내내 건강하세요 하고 마음으로 인사하며 나는 내 길로 나섰다.

스쳐 지나가는 길 위에서의 인연, 고마운 인연들을 생각한다. 나누는 인연, 찾아주는 인연, 믿어주는 인연, 힘을 북돋아주는 인연.

온 세상 봄의 향기와, 생기가 가득한 이 계절. 나는 그 누군가에 어떤 인연으로 기억될까?

꽃은 피어나지 말라 하여도 계절이 바뀌고 시절이 지났다고, 흘러가 버린 시간 탓하지 않고, 그 자리에 언제 그랬냐는 듯이 다시 꽃은 피어나고.

바람은 불어오지 말라 하여도 언제나 그 자리에 머물지 않고, 내 의지와 상관없이 하늘 뜻에 따라 바람은 불어오고.

인연은 다가오지 말라 하여도 바람 불어 스치듯 민들레 홀씨처럼 날아와, 질경이 인생처럼 질긴 생의 인연이 되고.

그게 인연이 되면 삶이 되고 정이 되고 사랑이 되는 것.

고마운 길 위의 인연을 뒤로하고 나그네는 나의 길을 떠난다. 오늘 일정에 남은 길은 45㎞, 지금 시각 15시. 부지런히 가면 오후 6시에는 전북 고창 홍덕면에 도착할 수 있을 것 같다.

일차 목적지는 고창군 공음면 7㎞. 국도 22호선 2차선 도로를 따라 구릉 같은 산과 들길을 지나 금방 도착하는데 너무나 작고 조용한

면 소재지다. 이곳은 동학농민혁명(1894~1895년) 발상지이고 면소재지를 지나 이 지방의 유명한 고창 청보리밭 입구를 사진 한 컷만 담고 지난다.

보릿고개

(노래 진성)

아야 뛰지 마라
배 꺼질라
가슴 시린 보릿고갯길
주린 배 잡고
물 한 바가지 배 채우시던
그 세월 어찌 사셨소
…(중략)…
어머님의 한숨이었소
아버님의 통곡이었소

몸이 늙어지면 추억은 젊어진다고 했던가. 먹을 것이 없던 그 시절, 중학교 입학하고서 처음 도시락을 싸 가지고 학교에 갔는데 시내 사는 동급생들은 하얀 쌀밥 도시락을 먹는데 내 도시락은 절반이 보리밥이라 어린 마음에 부끄럽고 해서 밥도 못 먹고 교실을 슬그머니 빠져나왔던 아픈 추억이 이 노래말에 겹쳐 마음이 아린다. 채 한 세기도 지나지 않은, 배고팠던 어린 시절 우리의 자화상이다.

세월이 무상한가, 역사가 무상한가. 어느덧 세태는 변하여 먹고 입는

게 넘쳐 오히려 골라 먹고 골라 입는 시절이 되었다. 아까운 것을 모르는 사치와 낭비의 시대가 됐다. 등 따숩고 배부른 지가 얼마나 되었다고… 당대도 지나기 전에 서글프고 한 많았던 보릿고개 시절은 까마득하게 잊혀진 오늘이다.

오늘의 이 풍요는 하늘에서 그냥 떨어진 게 아니다. 춘궁기 보릿고개를 넘어온 한 맺힌 선대 세대들의 피눈물로 이룩한, 밤낮 없는 노력의 결과이건만… 누가 말했던가, 고통의 역사를 잊으면 또 다시 고통의 역사는 반복된다고.

보릿고개, 결코 다시 겪어서는 안 될 이 나라 이 민족의 恨의 역사다.

나지막한 산과 들을 끼고 이 풍요로운 고창 땅을 말 그대로 휘이휘이 간다. 읍내에 당도하여 문화재를 알리는 밤색 표지판을 보니 고창 무장읍성, 객사, 동헌의 이름이 보이고 거리를 보니 300m 거리길래 잠시 그곳으로 발길을 옮긴다.

멈추지만 않는다면 도착할 수 있다

오늘 여정도 종점에 다다르고 몸에는 피곤이 밀려온다. 버스정류장에 앉아 허벅지, 종아리, 어깨, 팔목에 맨소래담으로 마사지를 하고 8㎞ 떨어진 고창군 아산면으로 출발!

734번 지방도로 가는데 이 고장의 황토 흙냄새, 넉넉한 들판의 푸른 물결이 나그네의 마음을 한층 가볍게 한다. 아산면 이곳에는 선운산의 사찰 선운사가 있고 고창 고인돌 유적이 있고 그 유명한 풍천 장어의 고장이기도 한데 이 나그네는 입맛은커녕 발도 못 디뎌보고 말 그대로 스쳐 지나가는 나그네 신세. 아 애닮고 애닮도다!

아산면에 도착하니 시간은 17시 30분, 이 나그네 앞길은 13㎞나 남았구려. 허리에 맨소래담 마사지, 종아리에는 물파스 바르고 오늘의 종착지 흥덕면을 향해 힘내어 출발. 카카오맵을 검색하여 지방도보다 작은 마을과 마을을 이어주는 소로를 따라 산과 들을 끼고 이 나그네 한 몸 하룻밤 묵어갈 곳을 찾아간다.

서해안고속도로 아래 박스 통로를 지나 들판 한복판으로 길은 이어지고, 나그네는 피곤한 몸을 다독이며 한낮에 따뜻한 봄바람이 놀다 간 저녁 들길을 가네.

들판에 서서 문득 떠오르는 한 소절.

봄 같은 사람

(이해인)

너무나 따스하기에
너무나 정겹기에
너무나 든든하기에

언제나 힘이 되는 사람

그 사람은

봄 같은 사람입니다

저녁 7시 조금 넘어 고창군 흥덕에 도착했다. 이번 서해안 여행길 중
에서 가장 크고 번성한 면 소재지로 보인다.

먼저 주린 배를 달래기 위해 이곳저곳을 기웃거리다 곱창전골집으
로. 일용할 양식을 주신 분께 감사하고 이렇게 몸 성히 밥숟가락을 들
수 있는 건강함에 한 번 더 감사.

식당에서 옆에 있는 손님에게 혹시 이곳에 민박을 물으니 없다는 대
답, 그러면 아저씨, 옛날 여관은 어디에 있냐고 물으니 거리가 좀 있지
만 있다는 대답. 그분이 일러준 대로 천리타향 밤길을 나서서 흥덕중
학교를 지나 길가에 있는 숙소 발견. 또 여기서 길 위의 인연이 된다.

멈추지만 않는다면 도착할 수 있다

내외분이 고향 땅에서 운영하시는데 이 땅은 선친에게 물려받았고 창원 삼미특수강에서 근무하다 퇴직하여 십수년 전에 오셨단다. 입구 큰 온돌방을 내어주시고 숙박료 얼마냐고 하니 기어코 안 받겠다고 하여 결국 30,000원을 억지로 건네니 빨래할 것 내놓으시라는데 내가 한다니 한사코 내놓으란다.

천리객창(千里客窓)에서 이 나그네는 온갖 상념에 잠긴다.

오늘 이동 거리는 자그마치 130㎞. 백수 해안도로 고개에서 손을 내밀어주신 인연이 있었기에 이만큼 달려왔다. 두 바퀴에 몸을 싣고 홀몸으로 창원을 떠나 목포까지, 신안 섬을 출발하여 이곳까지 600㎞를 큰 사고 없이 안착했다는 사실이 너무도 감사하고 행복하다.

여행은 어떤 형태라도 센티멘털을 동반한다. 홀로 하는 여행, 더욱이나 온몸으로 하는 이 자전거 여행은 더 그렇다. 모든 과정을 오롯이 홀로, 여하한 상황이든 감내해야 한다. 강해져야 하고, 내려놓아야 하고, 먼저 다가가야 한다. 먼저 낮추어야 하고 참아야 한다. 반성하고 감사할 줄 알게 된다.

발가벗은 나를 만나게 되고 행복의 참된 의미를 깨닫게 한다. 하여 여행은 인생을 풍요롭게 한다.

⚑ 5월 1일

고창군 흥덕면 ⋯ 부안군 줄포면(11㎞) ⋯ 부안군 상서면사무소(12㎞) ⋯ 새만금 방조
제 홍보관(14㎞) ⋯ 새만금 방조제 ⋯ 충남 서천군 장항읍(50㎞) ⋯ 서천군 서면 춘장
대 해수욕장(31㎞) ⋯ 보령시 웅천읍 무창포 해수욕장(15㎞) ⋯ 보령시 남포면 용두
해수욕장(3㎞)

📍 총 136㎞

오늘의 여정도 꽤 만만찮은 거리지만 전북 지역은 경상도 지역과 달리
도로가 나지막한 구릉 같은 산과 들판을 가로질러 가는, 말 그대로 자전
거 여행하기는 편안한 도로 여건이다. 학창 시절 지리 시간에 배웠던 우
리나라 지형은 동고서저라는 사실을 몸으로 확인하는 여행이기도 하다.

어제 길 위에서 만난 좋은 인연 두 분과의 여운이 남아 있는 탓인지
몸은 가뿐하고 기분 좋은 마음으로 아침식사를 할 수 있는 조용하고
아담하고 아기자기한 지방도로 아닌 소로를 따라 상쾌한 새벽 공기를
맞으며 줄포 땅으로 출발.

사람들은 항상 알 듯, 모를 듯한 끝내 관통하지 못하는 의문부호(?)
의 그늘 밑에 살고 있다.

나는, 나의 실체는 누구인가?

나는 어디에 있으며 지금 어디로 가고 있는가?

어떻게 살고 있으며 어떻게 살아야 잘 사는 것인가?

그 누구도, 그 어떤 학문도 이에 대한 답을 내어주지 못한다. 스스로 찾아야 한다. 세상에는 수많은 길이 있다.

모두가 태어나면서 각자 자신의 길을 간다. 자신의 마음이 담긴 길에는 자유가 있고, 고통이 있고, 평안이 있고, 사랑이 있고, 희망이 있다.

모든 길은 첫걸음으로 시작된다. 천 리 길도 첫 한 걸음이 시작이듯, 첫 한 걸음은 다음 한 걸음과 다르다. 한 걸음 사이에 이전 것은 지나가고 새로운 것이 다가온다.

하늘이 다르고, 바다가 다르고, 땅 냄새가 다르고, 산이, 물이 다르고, 꽃과 풀이 다르고, 사람이 다르고, 무엇보다 자기 자신이 다르다.

5년 전, 10년 전, 50년 전 내가 오늘의 내가 아니듯이, 외로움, 목마름, 온몸을 누르는 고통을 참고 견디며 가는 이 한 걸음 또 한 걸음이 즐거움이 되고 점점 행복으로 변해가는 자신을 느끼며 오르고 내리며 길을 간다.

어느덧 자신도 모르는 사이에 한 고개 또 한 고개마다 영혼과 육체는 한 꺼풀 한 꺼풀씩 껍질을 벗는다. 이 나 홀로의 여행은 나 자신을 찾아가는 '순례자의 길'이라 생각한다.

이제 이 시간 70을 앞둔 인생의 능선에서 내 나라 팔도강산을 보고 느끼며 깨닫고 나 홀로 간다. 이 길은 자신을 정금같이 단련하는 기회의 시간, 반성의 시간, 감사의 시간을 갖게 한다.

이렇게 읊어본다.

청산도 절로 절로
녹수도 절로 절로

산 절로 수 절로

산수 간에 나도 절로

이 중에 절로 난 몸이니

늙기도 절로 절로

- 김인후(1510~1560, 조선 중종~명종)

줄포읍(전북 부안군 줄포면)내 중심도로를 지나다 불이 켜진 식당이 있어 백반이 된다기에 정말 오랜만에 시원한 생선국을 배불리 먹고 새만금 방조제를 향하여 페달을 밟는다.

정말 이 지방은 하늘이 내려주신 복토(福土)라고 생각한다. 큰 산은 띄엄띄엄 몇 곳이고 올망졸망한 집동산 같은 낮은 산들이 끊어졌다 이어지고, 그 아래 풍경 좋고 아담한 마을들이 들을 앞에 두고 자연의 모습을 닮은 양 모나지 않고 조화롭게 자리 잡고 있다.

부안군 상서면사무소 앞을 지나니 구암리 지석묘군(전북 부안군 하서면) 안내 표지판이 보이는데 역시나 이 지역은 산 좋고 물 좋고 들판이 넓어서 오랜 옛적부터 사람들이 모여 살았다는 사실이 확실한 것일 터. 왼쪽으로 산을 보며 산모퉁이를 돌아나가니 끝이 보이지 않는 갯벌과 시원한 바다가 이 나그네의 눈을 확 끌어당긴다.

새만금 방조제(참조)[13] 홍보관으로 가니 코로나로 휴관이다. 방제조로 올라가 본격적인 라이딩(riding)을 시작한다. 그것도 창원에서 처음 만나 지금껏 만났다 헤어졌다를 반복한 77번 국도를 타고서.

---

13)　새만금 방조제: 길이 33.9㎞(세계 최장 방조제). 전라북도 군산, 김제, 부안 앞바다 연결. 공사기간 1991.11.16.~2010.4.27.. 면적은 토지 283㎢, 담수호 118㎢. 방조제 바닥 폭 평균 290m, 방조제 높이 평균 36m.

첫인상은 그저 넓게 끝이 보이지 않는, 길게 일직선으로 뻗은 도로와 파란색 바다가 나를 압도한다. 드넓은 바다와 바다 물결 표면으로 쏟아지며 반짝이는 윤슬의 향연은 자연이 만들어내는 예술 작품이 그 얼마나 아름다운지 다시 한번 그저 감탄하게 한다.

눈앞에 방조제와 이어져서 신시도, 무녀도, 선유도, 장자도로 이루어진 고군산군도가 보이는데 정말 눈을 떼지 못하게 하는 풍광이다.

멈추지만 않는다면 도착할 수 있다

이렇게 시원한 마음으로 새만금 방조제를 달리고 달려 새만금 수산시장이 보이는 방조제 끝에 다다랐다. 시간은 10시 반을 가리키고, 잠시 허기를 메우고 27㎞ 떨어진 장항(충남 서천군 장항읍)을 향해 군산항을 끼고 다시 출발한다. 자전거 전용길이 노견에 구분되어 곧장 뻗어 있는 평지 길을 신나게 달린다.

전북 군산과 충남 서천군 장항읍을 잇는 동백대교를 지나 장항읍에 도착하여 눈에 뜨이는 중국집에 들어가 짬뽕밥으로 간단히 점심을 때우고 남은 여정을 챙겨보니 춘장대 해수욕장 28㎞, 거기서 무창포 해수욕장 13㎞, 합계 41㎞. 어둡기 전에 무난히 도착할 수 있을 것 같다.

지방도 617번, 국도 21번, 지방도 607번, 그다음 무창포 도착인데 고개가 3군데 정도 보인다.

역사는 과거와 현재를 잇고

다리는 사람을 잇는다

장항을 2시 조금 넘어 출발한다. 읍내를 지나 들 가운데로 난 617번 지방도를 가는데 '장항 생태 산업단지'라는 입간판이 보이는데 한쪽 귀퉁이에 교회만 보이고 텅 빈 공단 부지가 너무 황량하다.

지나왔던 전북 지방의 지세(地勢)와 거의 닮아 구릉산, 마을, 하천, 전답을 지나 21번 국도에 오른다. 제법 숨을 헉헉대며 고개를 오르는데 친절하게도 어랭이 고개라고 조그맣게 팻말이 보인다. 또 산을 관통하는 고개! 이제 607번 지방도다. 영차영차 페달을 밀어 나지막한 고개를 오르고 또 오른다.

"피할 수 없으면 즐겨라."

셰익스피어는 아플 때 우는 것은 삼류, 아플 때 참는 것은 이류, 아플 때를 즐기는 것이 일류 인생이라고 했다. 바로 지금 이 시간 고갯마루에 서서 이 말을 떠올린다.

하루의 여정이 끝을 향해 가는 이 시간, 입에서는 단내가 나고 손목, 어깨, 허리, 허벅지, 장딴지는 저리고 아리고 터질 것만 같다고 아우성을 하는 이 시간. 오, 누가 이 길을 대신 가리오.

내가 나를 달래며 간다. 티끌 모아 태산이요, 적소성대(積小成大)요, 우공이산(愚公移山)이니라.

춘장대 해수욕장에 도착하니 제법 사람들이 붐빈다. 공중화장실에서 맨소래담으로 이곳저곳 마사지하고 힘들다 힘들다고 아우성친 나의 엔진에게도 에너지 보충도 잊지 않고, 자, 이제 오늘의 종착지로 출

멈추지만 않는다면 도착할 수 있다

발.무창포 해수욕장(충남 보령시 웅천읍)까지는 14㎞. 6시 전에는 도착할 수 있을 것 같은데 주말이라 숙소가 은근히 걱정이 된다.

솔내음을 온몸에 묻히며 무창포로 떠난다. 좌측은 서해, 우측은 부사호인 부사 방조제에 오르니 말 그대로 일망무제(一望無際).

오늘 하루 여행길의 피로를 일거에 털어낸다. 호수와 바다, 그리고 어슴프레한 저녁노을, 더하여 시원한 서해의 바람. 이런 것을 고진감래(苦盡甘來)라고 했다.

방조제 길은 끝나고 산모퉁이를 돌아나가니 나지막한 산을 뒤에 베고 들을 앞에 두고 자리 잡은 조그마한 마을에서 저녁 연기가 피어오르는데 가슴속 깊이 숨어 있던 그리움을 흔들어 깨운다. 땅거미 해 질 무렵 시골 마을 집 굴뚝에서 빠져나온 연기가 흩어진다.

느리게

고요히

밥 익는 냄새가 마을에 퍼지면

사람들은 하나같이 순해진다

산 아래 엎드려 앉은 마을은

아늑한 어머니의 품이 된다

어머니가 무쇠 솥에 저녁밥 해놓고

밥을 먹으라고 큰 소리로 부르며

기다리시는 모습이

눈에 어립니다

607번 지방도를 따라 무창포 해수욕장에 도착했다. 인근 가게에 들러 민박집을 물어보니 저기 위쪽 해수욕장 끝머리에 가면 마을에 민박

집이 많다고 일러주신다.

천천히 페달을 밟으며 마을에 닿아 민박집을 알아보니 해변 쪽에는 없고 동네 안쪽에 있는데 주인아저씨가 데리러 온다고 하여 동행했는데 마을 앞에 있는 해수욕장은 무창포가 아니고 용두 해수욕장(보령시 남포면)이란다.

주인아저씨는 나보다 한 살 어린데 시원찮은 식당에 가지 말고 자기하고 집에서 저녁을 같이 먹자는데 아저씨도 4대강 자전거 여행 중이라며 한참 이야기를 주고받으며 소주를 반주로 곁들인 저녁식사는 오랜만에 맛보는 푸짐한 저녁이었다.

서해 노을의 시간에 내 마음의 흔적을 남겨본다.

삶은 흔적을 남기는 일
어느 곳에서 어떻게 살았는지
아무리 감추려 해도 드러나고 마는
숨길 수 없는 나의 마음 나의 모습
하루에 두 번 만나고 헤어지는
우애 좋은 형제, 밀물과 썰물
너 오고 나 가고
모래밭에 남긴 아름다운 흔적

　일상에서 벗어나 깨달음의 파도가 밀려오는 이 나그네의 길에는 우리 산하는 생명의 오름으로 넘실댔고 손도 발도 없는 바다는 파도가 춤을 추었고 그 속을 지나는 나그네도 어울려 온 몸으로 춤을 추었네. 그 춤은 침묵의 춤, 고독의 춤, 감사의 춤, 환희의 춤이었다. 삶과 죽음을 깊이 깨닫는 순례의 길이었다.

　　하늘에는 별
　　땅에는 생명의 푸르름
　　바다에는 외로이 떠 있는 섬, 섬 하나
　　거친 비바람 속을 참 잘 견디며 왔네
　　대답 없는 길을...
　　고마웠어요
　　스쳐간 인연들

　　　　　　　　　멈추지만 않는다면 도착할 수 있다

객창에 잠 못 이뤄

서해 밤바다를 바라보며 서 있네

바람만 스쳐가네

찬바람만 스쳐가네

5월 2일

보령시 남포면 용두 해수욕장 ⋯▶ 대천 여객선터미널(12㎞, 7:40) ⋯▶ 보령시 오천면 원산도 선촌항 ⋯▶ 원산 안면대교 ⋯▶ 태안군 고남 폐총 박물관(6㎞) ⋯▶ 서산시 부석면 간월암(38㎞) ⋯▶ 홍성군 서부면 서산 A 방조제 끝(6㎞) ⋯▶ 서산시청(25㎞) ⋯▶ 당진시 석문면 장고항(38㎞)

📍 총 125㎞

　오늘은 내 인생에서 가장 젊은 날이다. 그리고 남은 내 인생의 첫 날이다. 오늘 내가 이렇게 몸 성히 살아 있음에 감사하고 스스로를 사랑하면서 인내해야 한다. 유일한 生을 그냥저냥 별일 없이 제 몸 하나 건사하고 살아서는 안 된다. 우리 삶에 고통이 없으면 존재의 이유가 없고, 인생 삶의 향기는 고통에서 피어난다.

　헬렌 켈러(미국, 1880.6.27.~1968.6.1., 농인·맹인)는 "내가 사흘 동안만 볼 수 있다면 얼마나 좋을까"라고 하면서 "그 첫째 날은 나를 가르쳐주신 선생님 모습을 보고 산과 들, 그리고 노을을 보고 싶다. 둘째 날은 일출을 보고 밤에는 밤하늘을 보겠다. 셋째 날은 아침 일찍 시내에 나가 일상생활을 하는 활기찬 사람들의 모습을 보고, 영화를 보고 저녁에는 화려한 네온사인 빛나는 시내에서 쇼핑도 하고 그리고 집에 돌아와서는 사흘간 눈을 뜨게 해주신 하느님께 감사의 기도를 드리고 싶다"

라고 했다.

헬렌 켈러는 우리가 얼마나 감사할 것이 많은지를 깨우쳐준다. 그의 소망은 지극히 평범하고 소박한, 우리가 그저 일상에서 누리고 사는 것이었다.

감사할 수 있다는 것은 그만큼 마음에 평화가 있다는 것이요, 따스함이 있다는 것이요, 행복의 뜻을 깨치고 안다는 것이다. 몸 성히 존재한다는 그 자체가 축복이다. 이렇게 내 의지에 따라 먹고, 오고, 가고 하는 것 그 자체가 감사하고 행복한 것 아닌가. 이 나그네는 오늘 아침도 감사하고 행복한 마음으로 길을 나선다.

6시 대천항으로 출발! 길은 자전거 전용길에 경사도 거의 없이 40여 분이면 갈 수 있는 10㎞ 거리. 607번 지방도 따라 남포 방조제를 지나면 곧장 대천항(보령시 신흑동)이다.

3.7㎞의 남포 방조제를 한 마리의 갈매기가 되어 횡하니 지나 대천항 연안 여객선터미널 앞에서 편의점이 있길래 아침식사거리로 도시락과 오뎅국을 데우고 생명수와 간식용도 구매하여 서늘한 해풍이 이는 편의점 앞 벤치에 앉아 식사를 하는데 편의점 사장님께서 검은 비닐봉지를 하나 건네면서 가시는 길에 드시라고 내민다.

아이고 사장님, 밤에 잠도 못 주무시고 힘들게 사업하시는데 이러시면 안 된다고… 옥신각신하다 감사히 잘 먹겠습니다 하고 배낭에 넣고 얘기가 오가다 보니 이분 고향이 창원이고 부모님도 창원에 거주하시는데 어찌하다 처가곳인 이곳에 정착하여 이 사업을 하고 있다는 말씀.

이렇게 길 위의 인연을 만나고 나는 7시 40분 대천항에서 원산도 선촌항(보령시 오천면)으로 가는 배를 타기 위하여 작별의 인사를 하고 길 건너 여객선터미널에 도착했다.

먼저 배표를 구입하고 주위에 있는 분께 자전거를 좀 봐달라고 하고 화장실에 가서 간이 세수를 하고 오니 웬 자전거 여행자가 내가 둔 자전거 옆에 서 있다는 사실에 한편 놀랍고 반가운 마음에 서로 인사를 건넨다.

그 자전거 여행객은 대구에서 왔는데 34세고 자동차 부품회사 직원이고 광주에서 서울 종주 여행 중인데 여행 중 자전거 여행자를 만났다고 너무 반가워하는데, 이 몸도 그러하지요.

배를 타고 가면서 서로의 일정을 보니 시화 방조제까지는 같은데 자기의 원래 계획은 계속 육로로 가는 것이고 나는 장고항에서 화성 궁평항으로 배편으로 가는 여정이라 내 여정에 맞추어 시화 방조제까지 동행하기로 하고 선촌항에 내렸다.

멈추지만 않는다면 도착할 수 있다

선촌항에서 태안으로 가는 길에 오르니 또 반가운 77번 국도를 만나 텅 빈 길 위에서 동생, 큰형님 하면서 씩씩하게 기분 좋게 태안군 안면도 종주길인 77번 국도를 가는데, 30분 못 와서 고남면사무소 있는 곳에서 대구에서 온 청년이 머리가 땅하고 배가 아파서 도저히 못 가겠고 어디 좀 누워야겠다고 하니 이게 웬일인가. 길 건너에 보니 폐총 박물관이 있어 들어가 현관 입구에 옷가지를 깔고 눕게 했다.

이 대구 젊은 여행객은 와일드 캠핑(Wild Camping)을 하는지라 엄청난 힘이 들고 육체적 에너지 소모가 되는 일반 자전거 여행보다 15kg 정도의 무게가 추가되는, 한 단계 높은 수준의 여행자다.

나는 한편 걱정이 되는 게, '혹시 코로나가…?' 서로 전화번호를 나누고 2시간에 한 번씩 통화하기로 약속하고, 내가 배탈약 정로환과 간식거리를 건네주고 길을 나서는데 마음이 무겁다.

1차 목표지점인 간월암(서산시 부석면)을 검색해보니 39km 거리인데 12시 전까지는 도착할 수 있을 것 같다. 도로는 2차선에 구릉같은 산을 오르고 내리고 들길을 지나 잘도 간다.

도로 양쪽으로는 펜션, 민박집 안내판이 이어지고 어느덧 그 이름도 익히 들어온 꽃지 해수욕장 입구에 와서 잠시 목을 축이고 다시 출발, 1시간여를 지나 77번 국도와 작별하고 간월암으로 가는 소로로 접어든다.

드디어 눈앞에 보이는 곧게 뻗은 서산 방조제[14] 정주영 회장님의 뚝심과 배짱, 그리고 범상한 발상으로 이룩한 국토 개조 대역사의 현장

---

14) 　서산 방조제: A지구는 서산시 부석면 간월도~홍성군 서부면 궁리. B지구는 태안군 남면 당암리~서산시 부석면 창리. 공사기간은 1979년 8월 물막이 공사 시작으로 1982년 10월 물막이 공사 준공(B지구), 1984년 3월 물막이 공사 준공(A지구). 방조제 길이 7,686m. 특기사항은 천수만의 초속 7m의 해수를 극복한 정주영 회장의 폐 유조선 공법.

이다. 좌측에는 잘 경지 정리된 끝없는 들판, 우측에는 천수만이 보이
는 멋진 길을 비상하는 갈매기마냥 달리고 달린다.

 일정관계상 간월암 경내 관광은 생략하고 곧장 서산 방조제 A지구
로 향한다.

정주영 회장님의 말씀 중 몇 개를 살펴보자.

① 불가능하다고, 해보기는 해봤어? ② 스스로 운이 나쁘다고 생각하지 않는 한 나쁜 운이라는 것은 없다. ③ 길이 없으면 길을 찾아라. 찾아도 없으면 길을 만들어나가야 한다. ④ 시련일 뿐이지, 실패는 없다. 내가 실패라고 생각하지 않는 한 이것은 실패일 수 없다. ⑤ 사업은 망해도 다시 일으킬 수 있지만 신용은 한 번 잃으면 끝이다. ⑥ 열심히 일하고 절약하고 모은다면 큰 부자는 못 되어도 작은 부자는 될 수 있다. ⑦ 나는 젊었을 때부터 새벽 일찍 일어난다. 그날 할 일에 대한 기대로 설레 늦게까지 자리에 누워 있을 수가 없기 때문이다.

서산 방조제 A, B지구를 지나 궁리항(홍성군 서부면 궁리)에서 천수만을 바라보며 회덮밥으로 허기진 배를 채우고 서산시청으로 향한다. 오늘 종착지 장고항(당진시 석문면)까지는 62㎞ 남았고 시간상으로 보면 오후 6시 정도면 도착할 수 있을 것 같다.

오전에 동행했던 젊은이에게 위치를 물어보니 안면 초등학교를 지났다는데 나하고는 2시간여 차이가 나는 지점이다.

서산시청까지는 25㎞로, 거의 콘크리트 포장된 농로로 부지런히 거침없이 진행할 수 있는 여정이라 14:30이면 도착할 수 있을 것 같다.

바람처럼 왔다가 이슬처럼 가는 인생
오늘도 지구별 위에서 몸 성하게 살아 있다는 것에 감사하며
마음의 소리에 귀를 기울이며 길을 간다
내 이 세상 태어날 때는 나는 울고 세상 사람은 웃었다
나의 이 생의 끝이 보이는 잡힐 듯한 이 시절,

내 지구별 끝에서는 세상 인연들이 울고
나는 기쁘게 떠날 수 있기를 소망한다

나의 이 여행길은 체력도 중요하지만 마음의 근력도 중요하다. 어찌 보면 순례 같은 이 자전거 여행길은 이어지면 이어질수록 체력은 물론 좋은 생각, 좋은 습관의 내적인 힘이 점점 길러진다. 이는 이 자전거 여행길이 주는 큰 선물이요, 기적이라 할 것이다.

이 아름다운 내 나라 내 조국 땅을 몸 성히 주유(周遊)한다는 그자체가 기적이요, 감사요, 큰 행복이요, 축복이다.

이때 떠오르는 선인(先人)의 말씀.

백문이 불여일견(百聞而不如一見)
백견이 불여일각(百見而不如一覚)
백각이 불여일행(百覚而不如一行)
백 번 듣는 것이 한 번 보는 것보다 못하며
백 번 보는 것이 한 번 생각하는 것보다 못하고
백 번 생각하는 것이 한 번 행하는 것보다 못하다.

서산 방조제 공사로 조성된 끝없이 너른 들판 길을 달리고 달린다. 정주영 회장(1915.11.25.~2001.3.21.)께서 65세에 시작해서 70세에 이룬 이 거대한 들판 한가운데에 서서 그분을 기리며 묵상한다.

천수만 서산 들판에 서서

인생의 해는 중천을 지난 지 이미 오래고

서쪽 저 산등성에 닿으려 하고 있는데

나 이제 이곳에 서서

더 무엇을 욕심내며 무엇을 탐하겠습니까

사람이 살 수 있는 날이

그 얼마나 더 남았다고...

이렇게 온몸을 스쳐가는 바람처럼

살다 살다

때로는 그 누군가의

더위를 식혀줄 수 있는

한 자락의 바람이 된다면

더 이상 무얼 바라리오

남아 있는 소망 하나 있다면

힘들고 지친 이를 위해

내 뜨거운 눈물 한 방울 흘릴 수 있는

그런 따뜻한 마음 하나 간직하여

이 작은 손으로나마

그들을 보듬을 수 있는 나였음 좋겠습니다

하여 내 인생

지금 이 바람처럼 허허로이 스쳐 지나가리

저기 저 물처럼 유유히 흘러 지나가리

　들판 길이 끝나자 높이 솟은 아파트들이 보이고 바로 서산 시내를
관통하여 서산시청에 도착했다. 화장실 벽에 붙어 있는 글귀가 나의
눈길을 사로잡는다.

　　달팽이도 산을 넘는다
　　먼저 간 사람이 이기는 것이 아니라
　　끝까지 간 사람이 이긴다

　그렇다. 나는 지금껏 살아오면서 보통 주위 사람들보다는 삶의 짐이
무거웠다. 정말 열심히 밤낮을 일에 매달리고 살았고 주위 사람과 똑
같이 해서는 내 집을 가질 수가 없었고 경제적 궁핍에서 쉬이 헤어날
수가 없었다.

　고로 남과 똑같이 해서는 남과 달리 될 수 없었다는 생각으로 살아

　　　　　　　　　멈추지만 않는다면 도착할 수 있다

왔다. 이 인생 늘그막에 이만하면 경제적 고통에서 벗어났다고 생각할 즈음부터는 나다운 自由人이 되고 싶었다. 그것도 길 떠나는 나그네가 되어 자유를 만끽하고 내가 나를 찾고 싶었고, 나를 다독이며 나를 사랑해주고 싶었다.

어쩌면 장자와 이태백, 김삿갓을 흉내 내면서 우리나라 팔도강산을 장자의 소요유(逍遙遊)[15]같은 그런 날들을 꿈꾸고 왔다고 하면 맞을 것 같다.

아침에 대천에서 동행한 대구 젊은이에게 전화하니 몸 상태가 썩 좋지는 않지만 서산 방조제 A지구에 거의 다 왔다는데 자기는 오늘 서산 시내로 일정을 끝내겠다며 나에게 진행해서 가라고 한다.

내 몸 상태도 썩 좋은 상태는 아니지만 어떻게든 당진 장고항까지는 가야 하고, 갈 자신이 있다. 남은 거리는 37㎞. 609번 지방도로 가다가 정미면(당진시 정미면)에서 609번 지방도를 벗어나 이름 없는 들길로 가면 차량 통행도 없고 편하고 1~2㎞ 거리가 단축될 것 같다.

70을 목전에 둔 이 나이에 지금까지 살아오면서 오롯이 내 스스로 선택하고 행동으로 옮긴 모든 일(행위)들 중에서 가장 육체적 고통과 보람이 있고 기쁨이 있고 행복감을 갖는 일(행위)은 이 자전거 길 여행이다.

이 길은 돈이 있다고, 시간이 있다고 갈 수 있는 길이 아니다. 돈과 시간, 그리고 튼튼한 육체, 강인한 정신력과 굽힘 없는 도전정신, 열정

---

15) 장자(莊子, 중국, 기원전 369~289)의 말로 逍遙遊(소요유)는 소(逍) - 소풍 간다는 뜻, 요(遙) - 멀리 간다는 뜻, 유(遊) - 노닌다는 뜻이다.

이 있어야 한다.

고통과 성찰 그리고 기쁨이 교차하는 길이다. 순례길이다. 지나온
삶을 되돌아보고 내일을 정립하는 길이다. 삶의 진정한 가치를 성찰하
고 통찰하게 하는 길이다.

감히 나는 말한다. 이 길을 나서는 사람은 축복받은 사람이요, 진정
용기 있는 사람이라고.

비단 자전거가 아니더라도 우리나라 국가에서 지정하여 걷는 길이
있는데, 나도 이 자전거 여행길에서 그 길을 걷는 순례자들을 많이 만
났다. 나의 의견은 오롯이 혼자서 걸어가라는 주장인데, 나의 권유에
따라 몇 사람이 지금도 여행 중인데 참으로 좋은 기회를 만들어주어
서 고맙다는 인사를 받곤 한다.

우리나라 국가 지정 관리 도보 여행길			
명칭	개통일	거리	구간
해파랑길	2016년	750km	부산 오륙도 해맞이공원 - 강원 고성 통일안보공원
제주 올레길	2007년	425km	제주도 한 바퀴
서해랑길	2022년	1,800km	해남 땅끝마을 - 강화도
남파랑길	2020년	1,470km	해남 땅끝마을 - 부산 오륙도 해맞이공원
DMZ 평화의 길	2022년	524km	강화평화전망대 - 고성 통일안보공원

나지막한 산기슭과 들판, 그리고 아담한 마을을 지나는 649번 지방
도를 따라가다 보니 진한 바다 갯내음이 나는 하천을 만났는데 지역을

검색하니 당진시 정미면이다.

주말이라 지방도를 벗어나 농로를 따라 장고항으로 가다 산어귀에 앉아 온몸에 맨소래담으로 마사지를 한다.

그래 너 성윤아! 잘 참고 견디며 열심히 여기까지 왔잖아! 잘했어! 정말 잘했어!

어제의 내가 오늘 이 시간의 나를 다독이고 위로한다.

장고항에 다다르니 머리도 아프고 몸에 기운이 쏙 빠져나가고 힘이 없고, 조금은 메스꺼운 증상이 보여 약국에 들어가 얘기를 하니 약을 2가지 주고 푹 쉬고 따뜻한 물에 몸을 좀 풀어야겠다고 하는데… 통행 차량이 많아 진행하는 둥 마는 둥 민박집, 펜션을 4군데나 전화해보니 방이 없단다.

다섯 번째 집에 전화해보니 해변가 횟집 2층을 소개하는데 좀 허접할 거라는 얘기이고, 거기 아니면 오늘밤 이곳은 주말이라 방이 없을 거라는 말씀.

그 민박집에 가니 2층으로 안내하는데 방에는 거울도 옷장도 없고 이불, 수건 2개. 음료수는 2층 계단 입구 정수기에서 음용하고 숙박비는 60,000원이라는데 흥정은 안 되고 고스란히 60,000원 지불. 식사는 생선국이나 회덮밥으로 하라는 말씀.

내일 일기예보를 보니 오전 중 강수확률 90%. 오후는 쾌청. 대구 젊은이가 걱정되어 전화하니 서산시청 다 와 간다는 얘기. 어찌할 거냐 물으니 서산시내에서 자야겠다고, 그리고 몸 상태는 나른하고 힘이 없다는데… 이런저런 얘기 끝에 결론은 용달차에 자전거 싣고 장고항에서 숙박하기로 하고 방 하나 별도 예약.

이번에는 50,000원으로 식사 후 장고항 포구 구경 나가보니 이곳에서는 전국 유일하게 실치라는 어종이 잡히고 해마다 당진 장고항 실치 축제가 4~5월에 열린다고 한다.

대구 젊은이가 장고항 민박집에 도착해서 얘기를 나누는데 "큰형님, 저 코로나 의심되니 마스크 쓰세요" 하는데 깜짝 놀라 마스크를 챙겨 쓰고 내일 아침 8시에 배가 있으니 그리 알고 빨리 씻고 푹 자라고 이르고 방에 들어와 내일의 여정을 확인하고 길 위의 자전거 여행자는 깊은 잠에 빠져든다.

⚑ 5월 3일

장고항(8:00) ⋯ 화성시 우정읍 국화도(9:40) ⋯ 화성시 서신면 궁평항(10:20 출발)

⋯ 안산시 탄도항(17㎞) ⋯ 시화 방조제 입구 방아머리(18㎞) ⋯ 시화 방조제 ⋯ 인하

대학교(37㎞)

📍 총 72㎞

서해안 여정 다섯째 날, 마지막 날이다.

틀림없이 나의 몸시계는 아침 5시가 안 되어 나를 일으켜세우고, 창문을 열어보니 일기예보대로 좀 거친 바람과 가랑비보다 센 비가 내리고 이 비에 나는 맥이 빠지고 몸에 힘이 풀린다.

이른 아침에 장고항에는 비가 내리고 길 위의 나그네는 이렇게 소망한다.

언제나

누구에게나

봄비 같은 사람이 되게 하소서

풍요로움과 꽃과 열매를

맺게 하는

봄비 같은 사람으로 살다

가게 하소서

인간 세상을 구성하는 3대 요소인 공간(空間), 시간(時間), 인간(人間)
에 사이 간(間)자가 있는 것은 결코 우연이 아니다. 철학공약수라고 한
인간 속의 사이 간(間)을 두고 노신(魯迅, 중국, 1881~1936)은 "사람은 사
람과 사이 때문에 인간이며, 겸허하고 사양하는 윤리와 도덕을 사이에
두어야지, 욕망이나 이해타산만으로 밀착되어 사이가 없으면 사이가
못 된다"라고 했다.

이 사이 間에 가장 잘 어울리는 우리의 음식이 있으니 이는 된장으
로, 그 자체는 요리의 반열에 끼지 못하지만 요리에서는 빼놓을 수 없
는 훌륭한 양념 역할을 한다.

그래서 된장은 예로부터 다섯 가지 덕이 있다고 했는데 첫째, 丹心
(단심) 다른 맛과 섞여도 제 맛을 잃지 않는다. 둘째, 恒心(항심) 오래 두
어도 변질되지 않는다. 셋째, 無心(무심) 각종 병을 유발하는 기름기를
없애준다. 넷째, 善心(선심) 맵고 독한 맛을 부드럽게 한다. 다섯째, 和
心(화심) 어떤 음식과도 조화를 이룬다.

된장처럼 잘 숙성된 그런 삶을 유지하면 큰 벼슬, 큰 부자가 아니더
라도 성공한 삶이니 "그래도 이만하면 잘 살았네"라고 자부할 수 있는
인생이 아닐까 생각해본다.

이번 여행길에 처음으로 우의를 입고 장고항 선착장으로 가는데 비
바람이 장난이 아닌데 은근히 걱정이 된다.

섬에 가는 배시간

구 분		장고항출발
3/15부터 10/30까지	1항차	08:00
	2항차	10:00
하	3항차	12:00
4월.5월	4항차	14:00
계	6월.7월	5항차	16:00
8월.9월	6항차	18:00
10월	7항차	

7항차는 임시운항 일몰시간 변경시 시간조절
• 운항시간 이외에도 승객이 정원이될 경우 수시운항.
• 요금(왕복) •일반:10,000원 •소인:6,000원

섬에서 나오는 배시간

구 분		국화도출발
3/15부터 10/30까지	1항차	07:40
	2항차	09:40
하	3항차	11:40
4월.5월	4항차	13:40
계	6월.7월	5항차	15:40
8월.9월	6항차	17:40
10월	7항차	

7항차는 임시운항 일몰시간 변경시 시간조절
• 운항시간 이외에도 승객이 정원이될 경우 수시운항.
• 요금(왕복) •일반:10,000원 •소인:6,000원

－왕복요금－
대인 10,000원
소인 6,000원

아이고 용왕님, 고맙습니다.

다섯 명이 타고 배는 국화도로 출항하여 바로 국화도 간다. 비를 피하려고 컨테이너 매표소로 가니 같은 배에 탔던 아주머니께서 매표소 문을 여시는데 물어보니 본인은 이 섬의 부녀회장이고 펜션 3곳, 마을 거주 8가구가 이 섬의 전 세대고 장고항 - 국화도 선박은 정부 자금으로 구입하여 마을에서 운영하고 부족분은 지자체에서 받고 국화도 - 궁평항은 여객선사에서 운영한단다. 8가구가 합심하여 섬 앞바다에 10개 낚시터를 운영하여 다들 경제적으로 괜찮게 생활하신다는 말씀.

9시 40분 배편으로 궁평항(경기 화성시 서신면)에 10시 20분에 도착하니 하느님이 보우하사 비는 오는 둥 마는 둥 얼마나 감사한지! 301번 4차선 지방도에 올라 가뿐하게 전곡항을 지나 탄도항에 좀 이른 시간이지만 아침 겸 점심식사를 위해 들어간다.

조개탕을 시켰는데 대구 총각은 식성 좋게 먹는데 나는 씩씩하게 넘어가지가 않는데 몸 상태가 그렇게 좋지는 않다. 어제 받은 약을 먹고 목, 어깨, 손목, 허리, 다리를 맨소래담으로 마사지하고 16㎞ 떨어진 시화 방조제 입구에 있는 방아머리 해수욕장으로 출발.

탄도항에서 식사하고 나서니 301번 지방도는 2차선으로 바뀌고 양방향 차량이 오다가다를 반복하여 진행하는데 날은 덥고 차들은 매연을 뿜어대고 미친다. 정말 미치겠다.

고갯마루에 올랐는데 우측 저 아래로 시화호수가 보이고 들과 마을이 있고, 보자 하니 우측에 있는 소로가 어느 쪽으로 연결되나 검색해보니 방아머리까지 도로가 연결되어 있어 대구 총각을 데리고 301번 지방도를 탈출한다.

말 그대로 야호! 하며 방아머리에 도착했건만 사람 키 높이보다 50

㎝ 정도 더 높은 철망 울타리가 앞에 버티고 있는데 둘이서 이쪽저쪽 탈출구를 찾다가 궁리를 낸다. 뚝방 끝 도랑으로 총각이 철망끝을 잡고 맨몸으로 넘어가고 나는 가방과 자전거를 조심조심 젖 먹던 힘을 다하여 넘겨주고 끝에 나도 맨몸으로 서커스하며 철망을 탈출.

인근 가게 앞에서 캔음료로 탈출 성공의 축배를 나누고 총각은 방아머리 해수욕장에서 와일드 캠핑(Wild Camping), 나는 모교인 인하대학교 교정에서 서해안 종주길 490㎞의 대미를 장식하고자 작별을 하고 서로의 길을 나선다. 지금 시각 오후 2시, 학교 들러 인천 시외버스터미널 가서 창원으로 가자니 시간이 촉박하다. 서둘러 곧게 뻗은 시화 방조제(참조)[16]의 자전거 전용길. 시흥 월곶까지 열심히 페달을 밟는다.

---

16)   시화 방조제: 길이 11.2km, 조력발전소 있음. 공사기간은 1987년부터 1994년 2월까지. 구간은 시흥시 정왕동~안산시 대부도.

시화방조제 11㎞ 달려와 시내로 들어오니 휴일이라 차량 통행은 뜸한데 신호등, 또 신호등. 이래서는 도저히 오늘 창원으로 돌아갈 수가 없을 것 같다는 생각에 사거리에 서서 택시를 잡아보는데 3대째 택시 겨우 OK! 시내를 달리고 달려가는데 도대체가 어디가 어딘지 분간을 못 하겠고 모교 정문에 오니 옛날 모습 그대로구나.

택시기사에게 학교 본관을 배경으로 모교 방문 인증사진을 찍고 인천 시외버스터미널로 직행. 오후 3시 40분 창원행 금일분 전부 매진. 매표소 창구 직원 말씀은 코로나 사태로 운행횟수가 줄었고 요즘에는 거의 90%가 휴대폰 앱에서 예매한다는 얘기에 이 늙은이는 고개를 떨군다.

하는 수 없이 대전행 달라고 하니 첫 번째, 두 번째 버스 매진이라 혹시 모르니 버스승차장에 가서 기사님께 말하여 미 탑승객이 있으면 선착순 1번으로 태워달라고 말해보란다.

이런 건 나의 장기 아니던가! 승차장에 가서 여차여차 대전행 기사님께 얘기하니 OK. 아이고 끝내 군인 아저씨가 쫓아와 타버리네. 기사님 미안한데 안내양석에라도 같이 가요 하니 즉시 OK! 빨리 승차권 사오란다. 그렇게 인천 - 대전을 안내양석에 승차하는 영광을 누렸다는 사실.

자, 이제는 대전 - 창원이다. 위와 같이 일사천리로 창원행 버스 승차장에서 기사님과 회담(?) 결과 OK.

또 만석. 오호 통재라. 또 안내양석에 승차하는 호사를 누린다. 대전에서 창원으로 오는 기사님께서 나더러 배고프지 않느냐고 하시면서 간식(비스킷)에 음료수까지 특등 대접을 하시는데 그저 고맙고 황송할 뿐이었소.

    잠시 휴식한다고 버스는 남성주 휴게소에 10분 정차하는데 내려서 휴게소 갈 때는 웬 아가씨가 다시 버스로 승차하러 올 때는 일건 젊은 새댁이 나더러 자기 자리에 앉아 가시라는 얘기 "어르신 저랑 자리 바꿔 앉아 가세요." "네, 아이고, 제가 앉은 걸로 할게요. 이렇게 마음씨 예쁜 분 정말 꼭 복 받으실 거예요."

    나의 자전거 서해안 종주 여행길은 이렇게 훈훈하고 향기 나는 세상 인간미를 듬뿍 느끼며 끝이 났다.

    우리의 삶에 고통이 없다면
    존재의 이유가 없다
    내 인생의 향기는
    고통에서 피어난다

창원을 출발하여 자전거를 타고 모교에 도착한 기념으로 2020년 5월 6일 모교 발전기금으로 100만 원의 후원금을 송금했다. 그리고 경남 인하대 동문회장이 자전거를 타고 모교를 방문한 사실이 너무 대단한 사건이라고 모교 홈페이지 '인하 인하인'에 선정되어 대문짝한 크기로 인터뷰한 기사가 게재되었다.

멈추지만 않는다면 도착할 수 있다

3부

DMZ

우리나라
한바퀴
2600km

⚑ 9월 29일

고양 종합터미널 ···▶ 파주시 탄현면 오두산 통일전망대(8㎞) ···▶ 파주시 문산읍 임진각(24㎞) ···▶ 파평면사무소(18㎞) ···▶ 적성면사무소(10㎞) ···▶ 연천군 전곡 시외버스터미널(20㎞) ···▶ 포천 이동면사무소(33㎞) ···▶ 화천 사내면 광덕고개(14㎞)

📍 총 120㎞

이번 여행은 파주 오두산 통일전망대를 출발하여 강원도 고성 통일전망대 출입신고소까지 우리나라 북단을 서쪽에서 동쪽으로, 총 이동거리는 371㎞이고 4박 5일 일정이다.

9월 28일 13시 30분 창원 출발, 고양 버스종합터미널로 향한다. 버스터미널 부근 비즈니스호텔이 보여 찾아가서 숙박료 4만 원, 7층 좀 넓은 방을 배려해주는 안내인에게 땡큐 땡큐!

내가 평생 자전거는 1970년대 후반 한 2년 구미공단에서 직장생활할 때 곁에 두고 있었고 그 이후 근 50년간 자전거라고는 모르고 살았는데 작년(2019년) 2월에 자전거를 만나고 나라에서 만들어놓은 자전거길에 나가 큰 자연의 모습을 보고, 자전거로 인천에서 부산으로 국토종주를 하는 사람들을 만나고서는 나는 가슴이 뛰었고 설레임이 밀려왔다. 그래, 나도 사지가 멀쩡하니 한번 해볼까. 하루라도 젊은 날에

해보자는 마음을 먹고, 자전거를 장만하고 인근 남지부터 부산 낙동강 하굿둑을 거쳐 다대포까지 혼자서 짬짬이 다녔다.

몸은 고달팠지만 별세상을 만난 기분이고, 마음이 가라앉고 참 편안해지는 느낌이었다. 인터넷을 검색하여 국토 종주 자전거 여행 관련 글들을 보고서 그래, 한번 해보자고 결론을 내리고 낙동강 종주 자전거 길(390㎞)을 무탈하게 종주한 후 그해 11월에는 국토 종주 자전거 길 1,900㎞ 완주 인증서를 받았다.

그 여행 동안 길 위에서 많은 자전거 여행자를 만났는데 3박 4일 인천에서 부산까지 완주한 사람, 대만을 종주한 사람들, 생각지도 못한 자전거 여행 고수들을 만나면서 나는 그렇다면 우리나라 외곽을 한번 돌아보고자 하는 충동을 갖게 되었고 관련 여행기를 검색해보니 내가 생각하는 남해, 서해, DMZ 아래, 동해를 온전하게 자전거 여행을 한 기록은 찾을 수 없었다.

우리나라 전도, 한국정밀지도를 구입하여 전체 루트를 작성하고 PC에서 카카오맵을 검색하여 하루 단위의 상세 루트를 작성하였다.

2019~2020년 겨울 내내 인근 지역(영산, 남지, 창녕, 밀양, 진영, 김해)을 일반도로를 타고 적응 훈련과 체력단련을 평일, 휴일 거듭하였고 그 결론은 '떠나자! 그 복잡하고 다난한 인간사도 40년 넘게 참고 굽히며 견디어왔는데 오직 나와의 싸움(?)인 이것, 이 자전거 여행, 얼마든지 해낼 수 있어, 해내고 말겠다'라는 약속을 스스로 굳혔다.

지금까지의 이 자전거 여행길에서 많은 것을 깨우쳤다. 고정관념의 늪에서 거듭거듭 털고 일어섬으로써 새로운 삶의 모습을 만났으며, 삶의 양식과 질이 달라질 수 있다는 사실을 절실히 알아차릴 수 있었다.

이제 깨우침이 오늘 이 글귀.

인간도처유청산(人間到処有靑山).

따뜻한 남쪽 나라 창원에 있다가 북쪽으로 앞이 막힌 우리나라 최북단 파주에서 맞는 아침 공기는 싸늘하고 살짝 한기가 느껴지고, 밖으로 나오니 안개가 좀 끼었는데 살짝 걱정이 된다. 자유로에 가까이 오니 눈대중으로 봐도 20m 앞이 안 보인다.

이 지역은 한강 하류에 서해에 맞닿은 지역이다. 하류로 갈수록 안개가 더할 것이라는 판단에 버스터미널로 방향을 되돌린다. 버스터미널에서 택시를 잡아 오두산전망대로 간다고 택시기사에게 말하니 안개가 이곳보다 더할 거라면서 자기 판단으로는 임진각으로 바로 가는게 정답이라는데… 이 지역 물정에 밝은 택시기사가 말하는데 따르는 것이 정답.

임진각에 도착하니 시야가 제법 훤해 안심이 된다. 이른 시간인데도 제법 이곳저곳 방문객이 보이는데 기사에게 사진을 부탁하여 인증사진을 찍고 나니 택시기사가 전곡까지의 도로에 대해서 이곳저곳 설명을 상세히 해준다.

멈추지만 않는다면 도착할 수 있다

　아침 이른 시간, 말 그대로 정적만 무겁게 흐르는 이 민족의 아픈 공간에 여기저기 방문객들은 울타리에 꽃을 꽂아놓고 두 손을 모으고 고개 숙여 바로 일어나지를 않는다.

　아! 언제까지나 우리 한민족 땅은 이렇게 허리가 잘려 살아야 하는

　　　　　　　　　　　　멈추지만 않는다면 도착할 수 있다

지?

역사는 기억하는 자에 의해 면면히 이어진다.

우리가 왜, 어떻게 이렇게 되었는지?

오늘의 현실은 어떠한가?

가슴이 답답하고 아린다.

"역사에는 배우지 못하는 민족에게 미래는 없다."

신채호 선생님의 일갈을 떠올리며 임진각을 떠난다.

임진각을 돌아나오니 반가운 77번 국도[17] 표지판이 보이는데 이제는 77번 국도와도 이 자리에서 이별이다. 잘 가꾸어진 평화누리 자전거 길을 따라 북에서 흘러오는 임진강을 바라보며 가는데 화석정(花石亭)이라는 안내판이 있어 올라가보니 율곡 이이 선생이 벼슬에서 물러난 뒤 이곳에서 여생을 보내며 시를 짓고 후학을 가르쳤다고 한다. 현재의 편액 花石亭은 고 박정희 대통령의 친필이다.

화석정 아래에는 임진강 푸르게 흘러가건만 저 강 너머는 오, 갈 수 없는 대한민국의 국토. 쓸쓸하고 답답한 가슴을 안고 여행자는 발길을 옮긴다. 이곳은 휴전선 접경지역이고 군부대가 많은 곳이라 카카오맵이 도로만 보이고 지형이 나오지 않아 앞에 산이 있는지 들이 있는지 도대체 깜깜이 여정에 힘이 든다.

한참을 가다 보니 적성면 소재지. 우측에 편의점이 보이길래 이 얼마나 반가운지, 드디어 뱃속을 채울 수 있다는 이 사실이 이토록 좋을

---

17)　국도 77호선(2001. 8. 25. 신설) 구간은 부산 중구 옛 시청부터 파주 문산읍 자유 나들목까지(남해 - 서해 ㄴ자형). 길이 1,239.4km(미개통 구간 134km 포함). 우리나라에서 가장 긴 국도임.

수가 있을까.

이 자전거 여행을 통해서 매 식사 때마다 정말 감사합니다, 감사합니다 하고 인사한다. 이 여행길을 하기 전에는 응당 때가 되면 밥 먹는 거라고 아무런 감응, 생각 없이 숟가락질, 젓가락질을 했다. 그러나 지금은 아니다. 이렇게 몸 성히 내가 먹고 싶은 것을 선택하고 건강한 내 손을 움직여 입에 넣을 수 있다는 그 자체가 그렇게 고마울 수가 없고 감사하고 또 감사한 마음이다.

그리고 편의점은 나같이 길 위를 가는 여행자에게는 정말 사막의 오아시스라 해도 과언이 아니다.

우리 속담에 "굶어야 세상을 안다"라고 했다. 세상에서 가장 강한 사람은 자기를 이기는 사람이고, 가장 부유한 사람은 만족할 줄 아는 사람이며, 가장 지혜로운 사람은 항시 배우는 사람이고, 가장 행복한 사

람은 감사하는 사람이다.

우리 입에 넣는 밥 한 숟갈, 빵 하나가 내게 오기까지 그 얼마나 지난한 과정을 논밭을 갈고 씨앗 뿌리고 물을 대고 가꾸고, 수확하고 말리고, 빻고, 반죽하고, 불 때고… 적어도 열다섯 과정을 거치지 않으면 안 된다. 지금은 내 돈만 내면 간단히 나의 배를 채울 수 있지만 그래도 우리는 음식을 대할 때는 그 많은 손들에 감사하는 마음을 잊어서는 안 된다.

편의점 바깥 탁자에서 만찬을 끝내고 일어서는데 눈에 들어오는 영국군 전적비 안내 입간판 1.2㎞.

참 많은 생각을 하게 하는, 우리 민족의 아픈 역사를 담고 있는 현장이다.

오늘을 사는 우리는 정작 중요한 것을 잊어버리거나 그냥 지나치고 살아간다. 공산 침략에 맞서 지구상에 이름도 생소한 대한민국, Republic of Korea를 지키고 자유 수호를 위해 세계 22개 국가의 젊은이들이 고귀한 목숨을 바쳤다.

정말 이 나라가 부산 반경 60~100㎞만 남아 있던, 말 그대로 국가 소멸의 백척간두에 처해 있을 때 이들의 도움이 있었기에 오늘 이 시대에 이르러 이만큼 우리가 누리고 살고 있지 않은가.

이들이 우리에게 베푼 고마움과 큰 희생을 우리는 영원히 기억해야만 할 것이다. 나아가 현재 우리가 가볍게(?) 보는 나라들에게는 정부나 국민들이 나서서 지원을 해야만 한다고 생각한다.

멈추지만 않는다면 도착할 수 있다

6·25 참전 16국가	미국, 캐나다, 콜롬비아, 태국, 필리핀, 그리스, 네덜란드, 룩셈부르크, 벨기에, 영국, 터키, 프랑스, 남아프리카공화국, 뉴질랜드, 호주, 에티오피아
6·25 참전 의료지원 6국가	이탈리아, 독일, 스웨덴, 인도, 덴마크, 노르웨이

연천군 전곡으로 가자면 37번 국도 경유, 37번 지방도를 따라가 한탄강을 넘어서면 바로 전곡읍으로 길은 외길, 도로는 줄곧 야트막한 산 능선이다.

이럴 때는 힘 닿는 대로 사부작사부작 가는 페달링이 필수. 듬성듬성 2~3가구가 있는 산길을 오르고 내리니 눈 아래 한탄강이, 전곡읍이 내려다보인다. 시계를 보니 11시 조금 넘어 전곡에 도착하고, 포천 이동면은 오후 3시 전에 도착할 것 같아 한탄강을 내려다보며 생명수도 보충하고 쉬어가련다.

차량 통행이 거의 없는 풍광 좋은 길가에서 휴식을 하는데 나비가 한 마리 앉는다. 가만 가만 보고 앉았는데 열심히 화분을 빨고 있다.

화려한 날개
거칠어지는 나날에
해지고 바래고
예쁜 너 모습 보니
가슴이 아린다

아름다운 계절의 비행 뒤
슬픈 생의 이별에
바람 앞 호롱불처럼
하늘거리네

찬 이슬 맺히기 전에
따스한 햇살 아래
높이 날아라 자꾸 날아라
마지막 날갯짓 그날까지

나비는 알에서, 애벌레, 번데기, 나방으로 변신을 거듭한다. 나비가 아름다운 날개를 갖고 저 하늘을 자유롭게 날기까지 나비에게는 고통스러운 껍질벗기가 계속된다. 그냥 벗는 게 아니라 '완전히 벗기'. 즉, 그냥 변하는 게 아니라 '완전히 변하기'다. 껍질을 제때 벗지 못하는 나비는 죽는다. 그 껍질 벗기는 온전히 '나'로부터 비롯되는 변화. 우리네

멈추지만 않는다면 도착할 수 있다

인생처럼.

전곡읍내에 어디 돼지국밥 식당이 있나 보다. 눈에 띄는 중국집이 있어 볶음밥을 주문하며 돼지고기를 좀 더 넣어달라고 하니 쉽게 "예 그럴게요"라는 대답에 왜 그렇게 기분이 좋은지? 이때는 바로 이 말, "집 나오면 춥고 배고프다." 만고의 진리.

중국집 사장님께 내가 고깃값 더 주려는데 한사코 사양하시는데 아이고, 사장님 감사하고요, 복 많이 받으세요 하며 굳게 악수하고 작별 인사.

전곡읍을 둥글게 돌아나가는 한탄강을 다리로 넘고 포천시 영중면에 있는 38선 휴게소로 기분 좋게 출발. 정신 바짝 차리고 가야 한다. 읍내에서 한탄강 다리를 넘어 첫 IC에서 37번 국도로 계속 진행 영중면 소재지로 탈출할 것. 한적한 2차선 국도, 그것도 노견이 넉넉한 국도다.

참 편하게 페달링하는데 이런 기분 정말 '짱!'이다. 38선 휴게소에서 인증샷을 하고 그 유명한 포천 이동면으로 간다. 372번 지방도만 따라

가면 Yes! OK.

　오른쪽으로 큰 하천을 끼고 말 그대로 유유자적, 쉬엄쉬엄, 휘이휘이 앞으로 나아간다.

　이 길은 산정호수 가는 길인데 대학 1학년(1972년) 때 오고 근 반세기 50년 만에 이 길을 가는데 그때는 삼거리마다 군인들이 버스를 세우고 검문하고 길은 덜컹덜컹 비포장길이었건만 오늘 이 길은 완전 비단길. 널찍한 왕복 2차선 아스팔트길. 이동막걸리, 이동갈비, 이동손두부가 즐비하다. 돌아가면 카페에 펜션, 모텔, 가든에 갈비집이다. 그럼 그렇지, 산 좋고 물 좋고 돈 최고인 세상 어딘들 여부 있으리오.

  이동갈비촌에 도착했는데 갈등이 일어난다. ① 여기까지 왔는데 이
동갈비 실컷 먹고 여기 머물러야지. ② 지금 퍼뜩 이동갈비에 소주 한
잔하고 택시로 광덕고개행. ③ 아니야, 이제 남은 거리 13㎞, 거리의
절반인 백운계곡은 경사도가 완만하니 라이딩! 악명 높은 광덕산
(1,046m)은 끌기.

  오늘 숙박할 광덕고개 아래 펜션에 전화하니 자기들은 화천읍내 외

출 중이니 5시 이후 도착하라고 하면서 이곳은 식사할 곳이 없으니 잊지 마시라는 말씀이다.

결론은 지금 바로 광덕고개로 출발이다. 편의점에서 도시락 2개와 소주 1병, 그 외 간식을 장만하고 눈앞에 절벽같이 서 있는 광덕산 길을 오른다. 지금 이곳 이 시간에 서 있는 나를 되돌아본다.

참고 견디며 온 시간들이 머리를 스친다. 그래, 잘했잖아. 이 길은 어느 누구도 나를 잡고 당기지 않는, 오직 나의 가쁜 호흡과 땀만이 있으면 되는데, 어려워하지 마, 두려워 마, 아무것도 아니야. 천천히 눈을 크게 뜨고 새소리, 물소리 벗하며 걸어가면 되는 거야. 너라면 할 수 있어. 바로 그게 너야.

NEVER EVER GIVE UP!

경기도와 강원도의 경계 광덕고개 쉼터에 도착했다. 이 산천 경계, 이 바람의 맛을 누가 알리오!

'우리나라 한 바퀴 2,600㎞' 자전거 여행길에서 힘든 여정은 이동 - 광덕고개, 화천 - 평화의 댐, 용대삼거리 - 진부령 3곳인데 무난하게 정

멈추지만 않는다면 도착할 수 있다

상에 안착했다.

'조경철 천문대' 안내 표지판도 보이고 오늘 머물 숙소에 전화하니 고 갯마루를 돌아 내려오면 오른쪽 첫 번째 집(계곡 예쁜 펜션)이란다. 이 시간 이곳의 광경을 표현하자면 앞뒤 첩첩 산은 높고 휑하니 부는 바 람소리, 계곡 물소리 그리고 어둠이 덮고 있다.

키는 작고 조그마한 체구에 서울 말씨를 쓰는 여주인께서 나를 맞는 데 "아이고 이게 웬일이냐"라며 첫마디에 놀란 모습이다. 숙소 안내는 뒷전이고 취조가 시작되는데 거의 끝나고 집 뒤로 같이 가 망치질하고 계시는 남편분을 불러 인사하게 한 후 방으로 이끈다.

오늘밤 이 펜션에는 오직 나 혼자뿐. 먼저 세탁, 샤워하고 편의점 도 시락을 데워 소주 반주 곁들여 저녁 만찬을 끝내고 내일 상세 일정을 챙기는데 '똑똑!' 여주인께서 자기 집에 가서 남편분과 차나 한잔하시 자고 호출.

쌍화차를 내어주시면서 이것저것 많이도 두 분이 물으신다. 대단하 다, 어찌 이런 여행을 택했나, 위험하지 않나… 끝이 없다.

이 부부는 바깥분이 은행 정년퇴직하고 이곳에 작은 펜션을 매입해 서 온 지가 10년이 넘었는데 지금은 정말 잘못된 선택이라고, 오신 연 유는 아내분이 처녀 시절 이곳에 놀러 와서 그만 필(feel)이 꽂혀 나중 에 결혼해서 살 만하면 와서 살아야겠다는 마음을 가졌는데 남편도 퇴직하고, 됐다 싶어서 이곳 펜션을 운영해왔는데 세월이 갈수록 손님 은 줄어들고 도저히 안 되겠다 싶어 2년 전에 부동산 매물을 내어놓았 지만 여태껏 No No! 하다 못해 작년에 30% 내려서 했는데도 깜깜무 소식이란다.

이때 내가 한 말, "지 눈 지가 찔렀네요."

우리 모두 한평생 사는 것은 어찌 보면 이 '선택'이라는 것의 연속이 아닌가. 태어나고 죽는 것은 선택하지 못하지만 일상의 가벼운 선택에서부터 결혼, 사업, 직장 등 중요한 선택도 있다.

중요한 선택은 그 결과에 따라 좋은 기회를 잡기도 하고 불운한 경우를 겪기도 한다. 이 선택의 순간에는 길게 내다보는 객관적인 안목과 용기가 필요하다.

중요한 선택에는 염일방일(拈一放一)을 할 줄 알아야 한다. 하나를 버려야 하나를 얻는다. 다 가질 수는 없다. 그리고 선택의 순간에는 기다릴 줄도 알아야 한다.

우리 범생이들의 짧은 지혜로 순간의 선택이 왔다는 것을, 그리고 그 선택의 결과가 어떨지 누가 제대로 알까, 왕왕 처음에는 잘 한다고 했던 결정이 후일 잘못된 결정일 수도 있고 잘못한 결정이라고 했던 것이 잘되는 경우도 있다.

"순간의 선택이 십 년을 좌우한다."

"삶은 불가사의하고 내일은 알 수 없는 것이다."

같이 늙어가는 부부의 답답한 사는 얘기를 듣고 나니 마음이 무겁다.

김형석 교수님께서 하신 말씀, "살아보니 60~75세가 Golden Age"라고 지난 세월을 회상하셨는데 길 위의 나그네는 천리타향에서 피곤한 몸 누이고 잠을 청하는데 계곡으로 난 창으로 계곡 물소리, 바람소리, 훤히 비추이는 달빛이 밀려들고 이런저런 상념에 쉬이 잠 못 들어 하누나.

광덕산 고개 ⋯ 화천군 사내면 사내고등학교(11㎞) ⋯ 화천읍 공영버스터미널(30㎞)
⋯ 평화의 댐(30㎞) ⋯ 양구군 방산면 금악리 마을회관(20㎞) ⋯ 방산면 금악리 성곡
령(6㎞) ⋯ 양구군청(13㎞, 3박)

📍 총 117㎞

아침 6시에 출발하여 화천 방향 372번 지방도를 타고 내리막길 커브
길을 조심하며 내려오는데 한기가 버쩍 들어 이건 아니다 판단하여 길
가에 자전거를 눕히고 배낭에서 상하 내의와 바람막이 자켓, 속장갑을
꺼내어 길에서 체면 불구하고 옷을 입는다. 평속 22㎞ 정도로 달리니
온몸이 자동으로 오버홀(overhaul)이 되어 말 그대로 상쾌하다. 아니,
날아갈 것 같은 기분이다.

사창리 사내고등학교 앞 삼거리에 멈춰서 길을 검색하니 우측으로
지방도 391번을 타고 가다 첫 삼거리에서 좌측으로 다리를 건너가면
지촌천 곡운구곡이라고 나오길래 계곡 하천을 따라 난 길이 거의 평지
일 거라는 판단에 그 길로 나선다. 지도에 나타난 대로 평지 길이고
좌측으로 조그마한 다리를 넘어가니 산 쪽으로는 군부대가 이어지고
곡운구곡(谷雲九曲, 화천면 사내면 용담리 843-1)은 말 구대로 무릉도원이
바로 여기구나 싶다.

谷雲九曲은 김수중(1624~1701, 성리학자)이 이름을 짓고 仙俗의 경계인 이곳에서 은거 생활한 곳으로 용담계곡을 따라 9개의 曲이 지정되어 있다.

제1곡 방화계(傍花溪)

일곡이라 세찬 여울 들어오기 어려우니
복숭아꽃 피고 지고 세상과 격하였네
깊은 숲길은 다해오는 사람 없으니
어느 곳 산가에 사람 있으리

제2곡 청옥협(靑玉峽)

이곡이라 험한 산에 옥 봉우리 우둑하니
흰 구름 누른 잎은 가을빛을 발한다
걸어걸어 돌사다리 신선세계 가까우니
속세 떠나 몇만 겹 들어온 줄 알겠네

제3곡 신녀협(神女峽)

삼곡이라 빈터에서 선녀 자취 묘연한데
소나무에 걸린 달은 천년을 흘렸세라
청 한자 놀던 뜻을 이제사 알겠으니
흰 돌 위에 나는 여울 그 모양이 아름답다

제4곡 백운담(白雲潭)

사곡이라 시냇물 푸른 바위 기대보니

가까운 솔 그림자 물속에서 어른댄다

날뛰어 뿜는 물 그칠 줄 모르니

기세 좋은 물 위엔 안개 가득 끼었네

제5곡 명옥뢰(鳴玉瀨)

오곡이라 밤은 깊어 냇물 소리 들리니

옥대를 흔드는 듯 빈 숲속에 가득하네

솔문 나서면 가을밤 고요한데

둥근 달 외로운 거문고 세상 밖에 마음이라

제6곡 와룡담(臥竜潭)

육곡이라 그윽한 곳 푸른 물을 벼개 삼고

천길 물 송림 사이 은은하게 비친다

시끄러운 세상일 숨은 용은 모르니

물속에 드러누워 한가히 사누나

제7곡 명월계(明月渓)

칠곡이라 넓은 못은 얕은 여울 연했으니

저 맑은 물결은 달밤에 더욱 좋다

산은 비고 밤은 길어 건너는 이 없으니

큰 소나무 외로이 찬 그림자 던진다

제8곡 융의연(隆義淵)

팔곡이라 함은 물 아득히 괴어 있고

때마침 저 구름 그늘을 던지누나

맑기도 하여라 근원이 가까운가

물속에 노는 고기 앉아서 바라보네

제9곡 첩석대(疊石台)

구곡이라 층층바위 또다시 우뚝한데

첩첩이 쌓인 벽은 맑은 물에 비치네

노을 속에 저 물결 송풍과 견주우니

시끄러운 그 소리 골짜기가 가득하다

　　　　　　　　　　　멈추지만 않는다면 도착할 수 있다

멈추지만 않는다면 도착할 수 있다

멈추지만 않는다면 도착할 수 있다

산모퉁이 돌고 돌아 속 시원하게 산길을 내려서니 손바닥만 한 들이 나오고 집이 10채도 안 되는데 면사무소, 파출소, 우체국이 떡하니 보이고 바로 북한강이네. 얼씨구 좋구나, 잘 다듬어놓은 자전거 전용길을 말 그대로 붕붕 엔진을 달고 달린다.

그 유명한 붕어섬 도착. 인증샷을 찍어야겠는데 오가는 사람은 없고, 물장난하고 있으니 손에 손잡고 처녀총각이 등장하니 이렇게 좋을 수가. 아이고! 처녀총각님 대단히 고맙습니다.

여기서 바보 같은 고백. 이번 여행길을 떠나면서 휴대폰 악세사리 가게에 가서 무선 작동 셀카봉을 사서 작동 요령을 실습하고 교육을 받았지만 도대체가 되지를 않아 저기 새만금 방조제에서 바다에 수장했다.

"자진해서 진 짐은 무겁지 않다."

정말 이 말은 잠시 그렇지, 하루 10시간 이상이면 No No! 자전거 여행이란 무게 줄이기와의 싸움이라는 사실이 진리고 스페인 속담에 "긴 여행에서는 지푸라기라도 무겁다"라는 말이 있다. 사실 무게를 줄이려고 양말, 속옷 위아래 한 벌, 비누, 수건 생략, 칫솔대도 1/3 절단, 단 몇 그램이라도 2,600㎞ 이동한다면 투입해야 할 에너지의 총량은 상당할 것이기 때문이다.

붕어섬 앞에서 사진을 찍고 강둑을 올라서 바로 화천 읍내 편의점에 들어섰는데 이 무슨 낭패! 내 어깨에 배낭이 없다. 허겁지겁 달려오니 그대 내 동반자, 내 살림, 나의 금고는 그 자리에. 십년감수하고 편의점에서 생명 유지식을 보충하고 가게 보시는 사장님께 평화의 댐 가는 코스에 대해 의논하니 460번 지방도 해산터널 경유를 추천. 강력히 추천하심에 감사 또 감사드리고 원기회복을 위하여 처음으로 박카스 2

병 마시고 출발. 오후 1시 정도면 도착할 거라는 말씀.

지금 시각 10시 20분.

그래, 강원도 산골 라이딩에 두 번째 고비인 평화의 댐 등정. "달팽이도 산을 넘는다." 이 말을 하고 또 하며 간다. 화천읍에서 460번 지방도를 타다 우측으로 북한강을 끼고 진행하다 계곡 길로 들어선다. 좌우는 논밭과 마을들, 참 고요하고 평화로운 산골 전경이다. 교회도 만나고 그리고 얼마 지나서 삼거리. 나는 오른쪽 460번 지방도를 따라 해산령으로 간다.

오르고 또 오르고, 돌고 또 돌고, 타고 끌고 또 끌고 사람 죽인다. 진짜 이놈의 고개가 애를 먹인다. 진짜 애 먹이네 하다 보니 해산터널, 그리고 휴게소. 한참을 쉬었다 보건체조도 하고 그 다음이야 노래 부르며 하늘 나는 새를 따라 달려 오매불망 내 두 다리로 가서 서고 싶

멈추지만 않는다면 도착할 수 있다

었던 평화의 댐 도착.

　화천읍에서 2시간 20분 걸려 36㎞를 진을 빼고 이곳에 도착했다. 만세! 대한남아 이성윤 만세다!

살다 살다 보니

저 산에 뭐가 있고 골이 있듯

오르는 길도 힘들고

내리는 길도 힘이 들더라

그려

우리네 삶의 길이 그리 그렇게

고만고만한 것이 어디 있던가

가다 힘들면

어둠 속에 손바닥만 한 불 밝힌

포장마차에 들어

허허로이

실성한 놈마냥 웃으며 쓴 소주잔에

멈추지만 않는다면 도착할 수 있다

내 시름 달래기도 했었네

오다 힘들면
뫼 넘어 아지랑이 피는 그곳에
나 뛰놀던 고향 땅 있거늘 믿으며
모진 세월에 지친 무릎 앉히며
어머님 이 세상 뜰 때 남긴 말씀 되새기며
눈물짓는다

그래
내 남은 세월
내 마음 내가 다독이며
둥글게 둥글게
살아가련다

　이제 떠나야 할 시간. 양구 방산면 금악리 마을까지 약 20㎞는 "아흔아홉 굽잇길"을 지나고 터널도 평화터널, 양화터널, 오천터널을 만나는, 말 그대로 첩첩 산중 길이다. 우리네 인생살이와 마찬가지로 중년을 지나면 남은 삶의 노정 동안 세상 안목을 좀 더 크게 하고 찬찬히 삶의 속도에서 완급을 조절해야만 모양새 있는 삶의 마무리가 될 수 있듯, 이 자전거 여행도 내리막길과 커브 길에서 특히 조심을 해야 한다.

　시원한 속도감에 취해서 기분 내다가는 한순간에 사고를 맞는다. 특히나 오늘같이 오가는 차량도 사람도 없고 민가도 없는 산중의 길에서는 무조건 안전이 제일이다.

평화터널, 연이어 양화터널을 지나 굽이굽이 길을 돌아가니 양구 '아흔아홉 굽잇길'이라는 표지판이 보이고 연이어 오르막길이 시작되고 심호흡 모드로 전환하며 타고, 끌고를 시작한다. 끝없이 이어지는 산, 저 아래에는 파로호 물결, 고개 들면 하늘에는 작은 구름 하나 있어, 저기 저 구름 옆에 내 마음의 구름 하나 만들어놓고 싶다. 무념무상의 자연과 바로 하나가 된 나그네가 된다.

굽이굽이 돌고 돌아
굽이굽이 가는 길은
높고도 높은 고갯길
산허리 잘라내어 길을 내고
산 어깨를 뚫어 굴을 놓아
산 어깨에서 눈앞을 보니
나무들의 끝없는 키 재기에
잎들은 춤을 추네
겹겹이 펼쳐진 산수화
산, 산들의 연속이다
보이노니 푸르름이요
달리노니 꼬불꼬불
오늘의 이 길은 고되고 즐거우나
어제의 이 땅의 사연들이
눈에 밟혀 가슴이 저려오네
평화!

멈추지만 않는다면 도착할 수 있다

평화의 댐으로 가는 길은

머얼고도 험하구나

　오천터널 앞에 서니 터널에서 나오는 바람이 나의 몸을 '에어 샤워'로 말없이 반긴다. 인적 없는 460번 지방도 산길을 전세 내어 달려오니 한마디로 사람 사는 세상 마을이 보이는데 얼마나 반가운지. 추석 하루 전날이라 집집마다 고향 찾은 자식들의 차들이 즐비하고 자전거를 세워 마을 주민께 성곡령 가는 길을 물으니 고개 마루까지 10리는 넘고 20리는 좀 덜 될 거라고 말하면서 내 모습을 보고 궁금증을 물으신다. 그러시고는 곧장 집에서 단술을 내어주며 한잔 따라주고 페트병을 가지고 가라며 주는데 대략 난감이다. 이 무게를 어쩌라고, 아! 정말 이거는 아닌데 내심 난감하지만 예 감사합니다, 고맙습니다.

　이곳은 휴대폰 먹통 지역. 아 무슨 불상사라도 생기면… 하는 불안감이 솟아나고 사람 왕래라고는 거의 없는, 성곡로라고 이름 붙은 길을 간다. 나는 가야 한다. 배낭에서 노트한 일정의 거리를 보니 고갯마루 성곡령까지는 6km다. 초입에 한 2km 정도 서서히 오르더니 점점 경사도는 더해지고 드디어는 구절양장(九折羊腸) 길이다.

　홀로 이 산길을 이 외로운 산길 가는 이 시간, 하늘 보고, 땅을 보고, 나를 보고 "도대체 나는 누구인가? 왜 이렇게 홀로 고통의 길을 가고 있는가?" 물어보아도 스스로 묻는 물음 속에 명쾌한 답은커녕 이 길은 고통스럽고 외롭지만 그 하루하루 끝날 때마다 머리는 점점 맑아지고 마음은 점점 가벼워진다는 대답 외에는 또렷이 찾을 수 없다.

　달마가 동쪽으로 간 까닭은 무엇이며, 노자가 서쪽으로 간 까닭은 또한 무엇인가?

인도의 왕자 달마는 동쪽 나라 중국 선불교의 초조가 되고 노자는 혼탁한 사회에 환멸을 느끼고 서쪽 인도로 갔다.

걸어서 세계 일주를 한 이브 파컬레(프랑스 생물학자, 1945년)는 『걷는 행복』이라는 책에서 "우리의 지성은 우리의 걸음이 잉태한 지식이다"라고 했다.

예수도, 부처도 걷고 또 걸으면서 스스로 깨치고 또 깨치고 가르치셨다.

그렇다면 나는 왜 이 길을 가느냐고, 뚜렷한 자신을 보고 찾고 마음의 자유를 찾아 이 길을 간다. 나 자신의 능력을 알고 한계를 알고 오만하지 않고 겸손한 마음으로 나아간다.

달팽이도 산을 넘는다. 그 자세로 간다. 먼저 가는 사람이 이기는 것이 아니라 끝까지 가는 사람이 이긴다는 마음으로 간다.

"할 수 있다"라는 긍정적이고 도전적인 자세로, 부드러운 것이 강한 것을 이긴다는 이치를 깨닫고 물처럼 길을 간다.

성곡령(成谷嶺, 강원도 양구군 방산면 금악리 산 145-11)에 도착했다. 사람은 없는데 SUV차가 광장에 주차되어 있고 지나온 길을 내려다보니 발아래에 길이 있고 저 아래는 까마득히 보인다.

그래, 이제 나도 잘 참고 견디네.

이제 이 산길을 꼬불꼬불 내려가면 사람 냄새 나는 마을도 만날 수 있겠지?

아무리 산골 샛길이라지만 추석 하루 전날 거의 한 시간 동안 차를 한 대도 만나지 않는다는 게 신기하다고, 아니 희한하다고, 아니야, 말 그대로 첩첩 산골이라는 사실이지.

멈추지만 않는다면 도착할 수 있다

고갯길을 돌고 돌아 내려오니 연기가 피어나는데 너무 반갑다. 산기슭마다 마을들이 정겹게 자리 잡아 있고 우측 순직지비라고 기록된 입간판이 있어 보니 6·25 당시 이 곳에서 산화한 국군의 넋을 기리는 현충비석이 길가에 쓸쓸히 외롭게 서 있다.

순 직 지 비
Monument To The War Dead

6.25당시 관내지역에서 가장 전투가 치열하였던 파로호 상류지역(양구읍 공수리, 고대리)에서 전사한 국군용사 4위의 넋을 추모하기 위하여 1951년도 육군 제7사단 야전공병대에서 건립하였으나 노후화 되어 1963년 5월 25일 보병 제2사단이 재정비 건립하였고 2000년 11월 25일 양구군에서 현재와 같이 새롭게 단장 함.

This monument is dedicated to the four valiant Republic of Korea Army soldiers killed in action during the Battle of Gon-su-ri and Godae-ri near Paro-ho Lake Which was the fiercest fighting in Yang-gu gun County in the Korean War(1950-1953) Because the original monument erected by the Field Combat Engineer Unit of the 7th Republic of Korea Army Division in 1951 had become defaced and decrepit, a new monument was set up by the 2nd Republi of Korea Army Infantry Division on May 25, 1963. Yang-gu-gun County completed the repairing and beautification project of the monument on November 25, 2000.

산기슭을 따라오니 파로호[18]가 눈앞에 보인다. 다리를 건너 파로호를 끼고 자전거 전용길을 달리니 널따란 용머리공원 표석이 있어 양구 인문학박물관과 김형석, 안병욱 철학의 집이 있어 자전거를 바깥에 세워두고 둘러본다.

---

18) 파로호(破虜湖): 1944년 화천댐이 완공되면서 형성된 인공호수. 유역면적 3,901㎢. 원래 이름은 대붕호(大鵬湖)였으나 6·25 전쟁 중 한국군과 미군이 중공군을 격파한 곳이라 하여 1955년 이승만 대통령이 '파로'라는 이름을 붙이고 친필 휘호를 내림으로써 파로호로 불림. 화천군과 양구군에 걸쳐 있음.

멈추지만 않는다면 도착할 수 있다

인 생 론

사는 것이 중요한 것이 아니다.
바로 사는 것이 중요한 것이다.

어디에 사느냐가 중요한 것이 아니다.
어떻게 사느냐가 중요한 것이다.

무엇을 말하는 것이 중요한 것이 아니다.
무엇을 행하는 가가 중요한 것이다.

얼마나 오래 사느냐가 중요한 것이 아니다.
얼마나 보람 있게 사느냐가 중요한 것이다.

안 병 욱

나도 대학 재학 시절 대학신문사 기자 할 시절에 안병욱[19], 김형석[20] 교수님께 원고 청탁하면서 교수님 뵙고 내가 있는 데서 친필로 좋은 글귀와 성함을 적으셔서 책도 선물받고 했었는데 이 두 분을 기리는 건물이 이곳에 있고 또 건물 뒤편에는 안병욱 교수님 내외분의 묘소가 있고 옆에는 김형석 교수님의 묘소도 마련되어 있는 것이 너무 인상적이었다.

이 두 분을 기리는 건물과 묘소가 있게 된 연유는 두 분이 실향민이고 출신 고향, 나이도 동갑이고 아주 절친한 친구이며 그때 두 분의 연세가 90세인 것을 알게 된 양구군이 두 분을 찾아가 이러저러한 사업 추진 계획을 설명드리고 두 분께서 이북도 가깝고 사후 제2의 고향 땅으로 생각하겠노라고 하여 이곳 양구에 기념관과 묘소가 시설되었다.

오늘 종일 사람 구경 못 하다가 양구 읍내 들어서니 너무 좋고 마음이 푹 놓인다. 제법 큰 성심병원, 양구경찰서도 보이고 맞은편 닭갈비집이 보여 바로 민생고부터 해결. 식당에 들어오면 늘 그래 왔듯 혼자인데 먹을 수 있느냐고? 배낭을 등에 지고 모자를 벗은 나를 보더니 "아니 어르신, 내일이 추석 명절인데…."

정말 맛있게 감사히 잘 먹었습니다.

사장님께서 지정해주신 숙소에 들어 오늘 하루를 마감한다. 오늘의 여정은 어찌 보면 산길 굽이마다 마음이 찡한 하루였다. 산 구석마다 경사가 조금 완만하다는 곳에 층층이 밭들을 일구어놓은 광경은 나의 마음을 짠하게 했고 산골짜기에 자리 잡은 군부대 앞을 지나노라면 70년 전 피로 물들었던 이 산등성과 산골을 떠올리며 삶과 죽음을 한

---

19)   안병욱: 숭실대학교 교수, 평남 용강 출신. 1920~2013.

20)   김형석: 연세대학교 교수, 평남 대동 출신. 1920~.

멈추지만 않는다면 도착할 수 있다

치 앞도 가늠할 수 없는 그 앳된 청춘들이 눈에 밟혀 절로 눈시울이
뜨거워졌다.

나는 오늘도
내가 발 딛고 사는 내 조국 산하를
가슴에 넣으려 발길을, 고된 발길을 재촉한다
산바람 강바람이
내 무딘 오감을 자극하여
온 가슴에 평온과 행복이 넘쳐나고
또 한편
눈물짓게 하고 가슴이 저미어온다
내 아버지의 아버지
내 어머니의 어머니 배곯음이 쌓인
저 언덕빼기 산골에 박혀 있는 밭고랑에
울컥울컥 서러운 눈물이 흐른다
아 어머니 나의 어머니
이렇게 이렇게 우리를 있게 하셨나요
못난 세월 만나 이 험한 산 고개를
당신 몸보다 더 큰 지게 지며 오르신 아버지
내 아버지
아버지의 목마름은 푸른 저 계곡물인가요
아 아버지 나의 아버지
어이 이토록 맑은 물을 남겨두고
어이 그렇게 가셨나요

⧏ 10월 1일

양구군청 ⋯› 상용터널 ⋯› 광치령 휴게소(8㎞) ⋯› 광치터널 ⋯› 광치령 ⋯› 인제군 원통

(20㎞) ⋯› 인제군 북면 한계교차로(6㎞) ⋯› 백담사입구교차로(12㎞) ⋯› 고성군 간성읍

진부령 정상(10㎞) ⋯› 고성군 현내면 통일전망대 신고소(42㎞) ⋯› 제진 민간인통제선

(8㎞) ⋯› 고성군 현내면 대진항(8㎞)

📍 총 114㎞

오늘은 추석. 집을 나선 지 4일째. 추석 아침을 천리타향에서 남들이 생각지도 못하는 자전거 여행길에 있다. 이 나이에 이런저런 생각에 조금은 쓸쓸한 마음이건만 이 어찌하랴.

조금 일찍 서둘러 편의점에서 식사를 하고 읍내를 나와 바로 산속 길로 들어선다. 산에 들어서니 오르고 또 올라야 하는 것은 당연한 이치. 어젯밤에 식당 사장님께 들은 대로 멋진 상용터널(노견에 조금 높게 사람, 자전거 길)에 들어선다.

아침 7시도 안 된 이 시간, 2차선 일직선 터널에 나를 위해서 조명을 밝힌 것 같아 기분 좋게 페달을 밟는다. "내 나라 대한민국 참 살기 좋은 나라."

상용터널을 지나 산길을 내려서니 멀리 마을에서 연기가 피어나고 2차선 31번 국도를 따라가 인적 없는 광치령 휴게소에 닿는다. 오늘의

멈추지만 않는다면 도착할 수 있다

첫 관문인 광치령을 앞두고 체조로 몸을 풀고 내가 나에게 "그래, 오늘
도 안전하게 찬찬히 잘 건디어 가자"라고 다독이며 광치령을 오르는데
정말 강원도 산길치고는 너무하다. 꼬불꼬불은 전혀 없고 거의 일직선
경사도로니, 그것도 12~14도. 은근히가 아니고 사람 잡는 길. 나 죽는
다, 나 죽겠다! 나 좀 살자!

　드디어 광치터널.

　　주저앉고 싶던 하루가
　　힘겹고 힘겹던 지난 시간이
　　그 모두가 새 마음, 새 희망 되도록

　　저 붉은 태양 아래서
　　이 오르고 내리는 길 위에서

그 많은 거친 숨소리는

새 삶의 살이 되기를

소리 없이 흘린 땀

발 딛고 선 이 땅에 머리를 박고

흘린 눈물, 그 눈물은

새 삶의 피가 되기를

꼬불꼬불 내려가는 산 고갯길, 간간이 산골 집이 있고 산 위에는 파란 하늘이 구름 너머로 사이사이 고개를 내밀며 펼쳐져 있다. 아름다운 한 폭의 그림, 산수화다. 산새들도 밝고 경쾌한 목소리로 아침을 노래한다. 자연의 신묘한 조화가 연출되는 아침, 새날, 새 아침이다.

동쪽 하늘에는 날이 밝아오고 새로운 생명의 숨결이 시작된다. 사람이 이 세상(자연)을 소중히 여기지 않으면 세상(자연) 또한 인간을 소중히 여기지 않는다. 자연은 만물을 낳아서 기른다. 만물을 낳아 기르면서도 자기 소유로 하지 않고 스스로 가꾸고 일구면서도 자신을 뽐내지 않고 만물을 길러주지만 그 어느 것도 거느리지 않는다.

이것을 일러 노자(老子, 춘추전국시대 도학자)는 "현묘한 덕(玄德)"이라고 하였다. 자연은 위대한 스승이다. 우리 인간은 자연으로부터 겸허히 배워야 한다.

산길을 다 내려오자 31번 국도 끝나고 44번 국도가 보이는 삼거리 앞으로 커다란 강인지 하천이 널따랗게 보이는게 얼마나 시원한지 잠시 멈췄다 간다.

멈추지만 않는다면 도착할 수 있다

인제, 원통을 일러 예로부터 "인제 가면 언제 오나, 원통해서 못 가겠네"라고 말해왔던 그런 첩첩 산중의 교통 요지요, 산골 번화가였는데 오늘날도 그 이름값을 하는 듯 제법 큰 산골 면 소재지다.

길은 점점 태백준령으로 이어지고(국도 44호 4차선, 설악로) 한계령, 미시령, 진부령으로 다가간다. 오른쪽으로 북천을 끼고 시원하게 닦인 44번 국도를 따라가다 길가의 코스모스가 이 외롭고 처량한 나그네의 마음을 위로한다.

한계교차로(우측 한계령, 좌측 미시령 방향)에서 오가는 귀성 차량을 보며 영양 보충을 한다.

진부령으로 향하는 46번 국도는 자전거 통행금지 교통 표지판과 '자전거 도로 46호선 옛길'이라는 교통 표시판을 보고 인적 없는 옛길로 물소리 벗 삼아 가는데 가면 갈수록 하천 범람으로 인해 아스팔트 도로가 뒤집혀 있고 토사와 자갈, 나무들이 길을 막고 있는데 스산한 기분도 들고 불길한 생각이 든다.

드디어는 길이 완전히 끊겨 흔적이 없고 좌측 산은 붕괴되어 금방이라도 쏟아질 것 같은 모습. 이런 낭패가…. 온몸에 힘이 쑤욱 빠지고 기가 꽉 찬다. 이일을 어이할꼬? 힘없이 한계삼거리로 원위치 복귀했는데 무슨 다른 방도가?

휴대폰으로 검색하여 택시를 불러 백담사입구 삼거리까지 택시 타고 가는 호사를 누린다.

내가 가만히 조용히 갈 수는 없지. 인제경찰서에 전화하여 도대체가 인제경찰서장 명의로 도로 안내 표지판을 세웠으면 통행이 불가한 상태가 발생되었는데도 아무런 조치도 않고 방치하면 너무 무책임하고 직무를 방기하고 있지 않느냐고 하니 대답인 왈(曰), 그 업무는 원주 국토관리사무소 관할이니 그쪽에 시정요구를 하라는 답변. 아, 성질나네. 아, 열 받네.

택시기사도 한 수 거든다. "공무원 새끼들 저래 소관 타령이요. 뻔하게 눈에 보이는데 합판에 매직 가지고 우선 크게 써놓으면 될 일을 그놈의 새끼들 밥 처묵고 하는 꼬라지라고는…."

명절날이니 속을 삭이고 또 삭일 수밖에.

멈추지만 않는다면 도착할 수 있다

　자, 가자, 진부령(고성군 간성읍)으로. 그런데 보슬비라 해야 하나, 이
슬비라 해야 하나, 소리소리 없이 비는 내리고, 하느님 저를 진정 시험
에 들게 하시나이까?

멈추지만 않는다면 도착할 수 있다

보세요 하느님, 저 많이 깨치고 있는 것 보시고 계시지 않습니까. 태백준령 길을 그냥 있는 대로 넘어도 힘든데, 더하여 이 비까지. 하느님께서 보태주시는 이 고통, 시련 기꺼이 받겠습니다. 저의 성숙을 위한 하느님의 뜻으로 알고 겸허한 마음으로 의연하고 담담하게 진부령 정상에 올라 하느님 전에 엎드려 인사 올리겠사옵니다.

2020. 10. 1. 11:40.

강원도 고성군 간성읍 진부리 산 1-10.

진부령 정상 대한민국인 이성윤 서다.

옛날에 제대로 된 신발이 없을 때, 한 나라의 왕이 자신이 지나는 모든 땅을 쇠가죽으로 덮으라고 했다. 그때 한 신하가 그것은 너무 힘든 일이니 차라리 왕의 발에 쇠가죽을 입히는 것이 좋을 것이라고 하여, 왕이 그렇게 한 것이 신발의 기원이 되었다고 한다.

나를 길들이면 지금까지 보아온 세상이 달리 변화된 세상으로 보인다. 이제 칠십을 목전에 둔 내 나이, 이 시절 내 마음의 신발을 새로이 만들어야 한다. 남은 날들을 어떻게 살아갈 것인지, 사람 노릇, 사람값을 하며 살아갈 수 있는, 앞으로 20여 년의 시간을 어떻게 아름다운 마무리를 할 것인지를 염두에 두고 새롭게 변화해야 할 때다.

인생의 봄, 여름은 지나갔다. 하얀 된서리가 내리는 이 시절에서 겨울이 성큼 다가와 있다. 지나간 어제, 숨쉬고 있는 오늘을 겸손히 관조하며 인생의 깊이를 더하고 진지한 사색을 해야 하는 그런 시간에 서 있다. 타인의 저울이나 잣대를 의식하지 말고 소중한 내 인생의 잣대로 나 자신을 새로이 탐구하고 지금까지와 다른 새로운 삶을 설계해야 한다.

미국의 심리학자 매슬로우는 인간 내부에 잠재된 욕구가 5단계의 계층으로 이루어져 있다는 연구 결과를 발표했다.

매슬로우 욕구 5단계	
1단계	생리적 욕구
2단계	안전에의 욕구
3단계	애정과 귀속의 욕구
4단계	존중의 욕구
5단계	자아실현의 욕구

내 생애의 가장 젊은 오늘, 고통과 외로움 그리고 자신의 극복이 수반되는 이 자전거 여행길을 나선 명제는 어제의 나를 반추하고 오늘의 자신이 서 있는 모습을 확실히 뜯어보고 생에 남은 내일의 삶을 반듯이 세우고자 고된 하루하루를 건디고 있다. 종국에는 내 자신 자아실현의 욕구를 남아있는 생에 하기 위한 설계와 탐색의 길이라 하겠다.

쉽게 말하면 남아 있는 내 생에 그저 공짜로 생겨난 이 세상에서 어떻게 하면 인간값, 인간 몫, 인간 노릇을 다하고 갈 것인가를 고민하는 여행길이라 할 것이다.

나들이 나온 한 가족에게 부탁하여 '백두대간 진부령' 표지석 배경으로 사진을 찍고 표지석 뒤켠 벤치에서 추석날 점심으로 편의점 도시락을 준비하고 저 멀리 동해를 바라보며 고수레를 하고 식사를 하는데 조금 전 사진을 찍어준 식구(부부, 딸)가 "아유, 어르신께서…" 하면서 자기들이 준비해 온 밥으로 같이 식사하자면서 내 도시락을 밀쳐내고, 융숭한 점심 대접을 받고 또 길 위의 인연은 이별의 시간을 맞는다.

멈추지만 않는다면 도착할 수 있다

고맙습니다. 속초에서 오신 가족분들. 저도 오다가다 힘든 사람들 물 한잔이라도 주며 살아갈게요.

진부령을 올라올 때는 날씨가 꾸물꾸물했는데 동해 쪽은 아주 쾌청한 날씨다. 오후 1시가 되었다. 오늘 일정에 남은 거리는 약 60㎞. 46번 국도(진부령로) 2차선 국도를 따라 고성읍 외곽을 지나 동해바다 반암 해수욕장 부근에서 2019년에도 다녀본 동해안 종주 자전거 길을 만나 곧장 북진하면 되는 길이다.

내 몸 내가 아껴야지. 맨소래담으로 어깨, 허리, 허벅지, 장딴지, 팔목에 마사지를 하고 또 감사의 기도. 여기까지 무탈하게 당도할 수 있음에 감사의 기도를 올리고 동해바다 만나러 출발!

우와, 경사도와 커브가 장난이 아니네. 초반에 놀란 가슴을 진정시키고 찬찬히 말 그대로 날개 단 기분으로 진부령 고갯길을 내려온다. 2차선치고는 꽤 넓은 도로인데 더 고마운 것은 아니, 다행인 것은 노건이 깨끗하다는 사실. 가만히 생각해보니 동해안 특유의 강한 바람 때문이라 생각된다.

추석 오후인데도 차량 통행은 뜸하여 편안한 마음으로 주행하는데 뒤에서 '빵빵' 하는 클랙션 소리. 속으로 '야 이놈아, 내가 뭐 잘못 가고 있다고 그래' 하고 내 길을 가는데 그래도 2번째 살짝 '빵빵'이다. 힐끔 뒤를 쳐다보니 봉고 트럭 조수석 여자분이 세우라는 손짓을 한다. 그리고는 추월해서 내 앞으로 가고 깜박깜박 비상등을 켜고 좀 가더니 차를 세워 기다린다. 나보고도 서라고 해서 '아이고 잘됐네, 나도 덕분에 물 한잔' 생각했는데 하는 말씀, 아이고 아저씨, 정말 대단하고 존경스럽다고 하면서 여비에 보태라고 이만 원을 주시는데… 이 무슨 길 위의 인연인지…?

부부는 고성읍내 살고 있는데 부모님 산소 다녀오는 길에 나의 배낭
에 부착된 '우리나라 한 바퀴 2,600㎞'를 보고는 감동 먹었다는 얘기.
헬멧을 벗고 정중히 인사드리니 또 한번 "아이구…" 놀라신다.

길 위의 인연은 무엇일까.

나를 가두고 있던 아집의 울타리를 벗어나서 자연을 만나고 사람을
만나면서, 자연과 사람이 다 교과서가 되고 참고서가 되는 과정, 그것
이 여행의 진수가 아닌가. 실제로 접하는 자연은 생각지도 못한 경이
와 신비로움과 아름다움으로 나를 반겨주고 품어준다.

전혀 예기치도 못한 사람과의 만남을 통해 울림을 받고 작은 다가감
의 큰 사랑을 느끼게 한다. 길 위의 여행은 나를 쏟아내고 새로운 세
계를 담는 길 위의 학교다.

인간 마음의 길은 끝이 없다.

인간 삶의 길은 끝이 없다.

멈추지만 않는다면 도착할 수 있다

태백 준령에 구름이 피어오른다

사라졌다 나타나고

피었다 사라지며

구름이 나를 떠나라 한다

슬픈 시간들과 쓰라린 절망들

내 인생 갈피갈피의 자욱들

저 구름은 제게 다 올리고

나더러 가벼운 마음으로

떠나라 하네

인생은 어차피 혼자이니

말없이 길 떠나라 하네

고성읍내 외곽을 빠져나와 7번 국도(부산 - 함경북도 온성)를 만나니 마음 한편 반갑다. 거진 반암 해수욕장에 도착하여 이제는 동해바다에 왔음을 아뢰고 신고의식을 내 마음으로 한다.

거진읍내를 지나 화진포, 지난해 이 길을 지나면서 내 살아생전에
언제 다시 이곳에 올 수 있겠나 하는 생각으로 지나갔는데… 사람 세
상이 장담되는 것이 하나도 없다고 하는 말이 실감난다. 더하여 세상
은 돌고 돈다. 이 땅에 영원한 것은 없다는 말도 이 화진포가 보여주고

멈추지만 않는다면 도착할 수 있다

있다.

광복 후에는 김일성의 별장이 지어졌고 6·25 후에는 이승만, 이기붕의 별장이 지어졌으니 우리 민족 서글픈 역사의 현장이다.

낯익은 '동해안 종주 자전거 길'을 따라 통일안보공원에 도착했는데, 민통선 위에 있는 통일전망대에 가기 위한 출입신고소에 많은 사람들이 줄을 서 있는데 이왕 여기까지 온 길 객기를 부려 사무실 직원에게 이렇게 자전거로 여기까지 도착한 사람인데 한 자리 부탁 좀 해서 주선해달라고 하니 본인이 직접 하시든지 택시 호출하여 하라는 대답. 에이 선생님, 누가 그것 몰라서 부탁하는 것 아닌데 하며 거듭 청하니 아니 이렇게 대기 줄이 있는데 자기는 못 한단다.

깨끗이 단념하고 옛날 제진 검문소가 있었던 민통선까지 가기로 마음먹고 길을 나선다. 말 그대로 개미 한 마리, 인기척 하나 없는 북으로 북으로 고개 넘어 간다.

대한민국 동쪽 최북단 마을 명파마을에 왔건만 조용함 그 자체다. 사람이 어디 있나 두리번거리다, 에라 그냥 길 따라 북으로 가면 군인이 막아서는 곳이 민통선이겠지 하고 새소리만 들리는 2차선 길로 가는데 앞에 철제 바리케이트가 보이고 '출입금지'라고 쓰여져 있다.

길가에는 전화부스 같은 1인용 초소가 있고 아무도 없길래 두 번째 바리케이트 지나니 저 앞에 3m 정도 높이의 웅장한 철책이 보이는데 그대로 그곳으로 나아가니 군인 2명이 내게로 쫓아오는 모습이 보이고 철책 40~50m 앞에서 나를 막아선다. 한마디로 저 아래 바리케이트부터는 민간인출입금지 지역이니 바로 돌아가라는 말.

내 말은 내 나라 내 땅인데 장애물로 서 있는 민통선 철책까지는 나는 가야겠고, 갈 권리가 있다고 하며 옥신각신. 어럽쇼, 보소, 또 한 명(중사)이 뛰어와서 자초지종 내 얘기를 듣더니 충분히 이해는 가는데 돌아가시라는 얘기.

이에 좋다, 그러면 초소 근무 책임자인 소대장이든 중대장이든 있을 것 아닌가, 나 좀 만나야겠다고 옹고집(?)을 부리니 여기 서 있는 자체가 불법이니 바로 나가야 한다. 그러면 알았다, 저 민통선 철책을 배경으로 사진 찍고 가겠다 하니 그것도 안 된다고, 촬영금지라고 하니 또 옥신각신. 결론은 남쪽에 있는 바리케이트 나오게 사진 찍고 가시라고 하는데 오냐 알았다. 윤병장, 내가 말썽 부려 미안해, 하고 나는 다시 남쪽으로 발길을 돌린다. 무거운 발길을 돌린다.

　다시 명파마을로 돌아오는데 저 길 4차선 길에는 DMZ 부근에 있는 통일전망대로 오가는 차량 소리만이 이 고요한 분단의 땅, 허리 잘린 한반도 현장에서 들려온다.

　　허리 잘린 한반도
　　어느 누가 꿰매놓은 철조망인가
　　아프다
　　늘 아프다

　　상체는 상체대로
　　하체는 하체대로
　　아물지 않는 통증
　　언제나 아물까

두 팔, 두 다리 쭉 펴고

펄쩍

펄쩍

뛰고 싶은데, 날고 싶은데

명파마을에 있는 우리나라 최북단에 있는 명파초등학교[21] 정문에
서서 교정을 둘러보고는 남으로 남으로 내려간다.

---

21)   명파초등학교(대진초등학교 명파분교): 강원도 고성군 현내면 금강산로 840. 재학생 남, 여 각 3명. 1959
       년 3월 17일 개교.

4부

동해안

동해안 종주길을 나서며

금강산로를 따라 정말 조용하고 평화로운 명파마을 지나 산 고갯길을 두 개 넘어 통일전망대 출입신고사무소가 있는 통일안보공원에 이르니 오후 5시가 다 된 시간이다. 넓은 주차장은 텅 비어 있고 바람과 함께 동해의 파도만 넘실댄다.

바닷가에는 10층이 넘는 금강산콘도라고 보이는데 금강산 관광이 중단되어 그런지 주차장에 차 한 대도 없는 걸 보니 나 자신도 사업을 운영하는 사람이라서 그런지 마음이 짠하다.

오늘은 태백준령 진부령 넘어서 그런지, 우리나라 서에서 동으로 4일 동안 산을 넘고 넘어서인지 피로가 밀려오고 함께 찾아오는 뱃속의 허기도 달래며 가던 길을 멈추고 먼 산을 쳐다본다. 먼 산 위에는 구름이 흘러가고 마음에는 상념의 조각들이 흘러간다.

저 침묵의 묵중한 산과 같이, 저 유연한 구름같이, 저 동해같이 해납백천(海納百川)으로 살고 싶다. 초근목피로 연명하더라도 때로는 자연과 더불어 자유롭게 살고 싶다.

씨줄, 날줄로 얽힌 인간 세상 인연의 굴레에서 벗어나 가끔은 홀홀 털고 혼자이고 싶다. 그리고 내 안의 나를 보고 싶다.

가끔은 이렇게 홀홀 털고 떠나 모든 것을 놓아버리고 싶다. 그래서 정말 자유인이, 자연인이 되고 싶다. 가끔은 바보가 되고 싶다. 바보처럼 울고 싶다. 침묵한다. 우뚝 솟은 바위처럼 침묵하고 싶다.

멈추지만 않는다면 도착할 수 있다

큰소리에 놀라지 않는 사자처럼

그물에 걸리지 않는 바람처럼

흙탕물에 물들지 않는 연꽃처럼

무소의 뿔처럼 혼자서 가고 싶다

- 수타니 파타

남해가 산기슭마다 자리 잡고 있는 작은 마을과 포구는 아담한 고향의 정취가 가득하다면, 동해는 눈앞에 놓인 텅 빈 백사장과 끝없이 검푸른 바다를 닮은 듯 깨질 듯 푸른 하늘은 가슴을 텅 비우게 하고 깊은 생각에 잠기게 하는 그런 풍경이다. 이미 서쪽의 산등성에는 땅거미가 져도 한참이 지난 시간인데도 해 없는 동해는 붉게 물들어 있고 하늘에는 높게 달이 떠 있다.

이 풍경 하나만으로도 힘들고 고된 여행자에게는 충분한 보상이 된다. 오늘 이 하루는 백두대간의 진부령에 내 성한 두 다리로 우뚝 섰고 지나온 그 길, 산길은 정말 아름다운 소풍 길이었다.

천상병 시인의 귀천(歸天)이 동해의 끝없이 넓고 푸른 하늘에 선명히 이 내 가슴에 새겨진다.

귀천(歸天)

(천상병)

나 하늘로 돌아가리라

멈추지만 않는다면 도착할 수 있다

새벽빛 와 닿으면 스러지는

이슬 더불어 손에 손을 잡고

나 하늘로 돌아가리라

노을빛 함께 단둘이서

기슭에서 놀다가 구름 손짓하며는

나 하늘로 돌아가리라

아름다운 이 세상 소풍 끝내는 날

가서 아름다웠다고 말하리라

천리타향 달 밝은 추석날 밤 이 나그네는 어둠이 덮은 동해를 바라보며 하염없이 앉아 있다.

까닭없이 흐르는 눈물… 펑펑 울고 또 울었다.

감사합니다. 또 감사합니다. 이렇게 몸 성히 살아 있어서 행복합니다.

⚑ 10월 2일

대진항 ⋯⋯ 속초 시외버스터미널

📍 총 47㎞

4박 5일간 경기도 고양에서 동해 최북단 민통선까지, 그리고 오늘은 동해 종주길을 시작하여 속초까지 가서 귀가하는 일정이다.

이 땅에 존재하는 모든 사람은 누구나 이 세상 다니러 온 여행자다. 그래서 인생은 나그네 길이라고 노래하지 않았던가. 길을 가는 것은 막힌 것을 뚫어주고 어둠을 밝혀주는 소통이다.

사람들은 제각기 자신이 선택한 삶의 길을 간다. 사람들의 마음에는 만 갈래의 길이 있고, 그 길을 선택해서 가는 것이 삶이다. 고로 삶은 스스로 선택한 마음의 길을 가는 것이다.

나는 오늘도 나의 길을 간다.

눈에 익은 화진포, 작년과 올해 벌써 4번째 만나는 화진포다. 오늘은 일정이 넉넉해서 화진포 안길로 돌아서 나간다. 어쩌면 이리도 풍광이 오목조목 아담하고, 평온하고, 조화롭게 아름다운지 하는 생각에 문득 눈 내리는 겨울의 풍광을 그려보니 그래, 살아생전 꼭 겨울에 와봐야지 하는 생각을 하며 눈을 뗄 수 없는 화진포의 풍광을 돌아보

멈추지만 않는다면 도착할 수 있다

고 또 돌아보며 길을 떠난다.

　　동해 푸른 물결 따라

　　불어오는 상큼한 해풍

　　호숫가 갈대숲엔 철새들만 노니네

　　둘레길 걸어 인적 없는 솔밭길

　　저 맑고 밝은 아침 햇살은

　　화진포에서 오른 물안개와 어울려

　　신비의 춤을 추네

　　하늘에서 들려오네

　　푸른 파도 소리

거진항에 당도하여 생선국으로 아침을 하고 싶어 기웃기웃해보니 아

침 8시가 채 안 된 시간, 어이 이리도 먹을 복이 없는지…. 편의점에서 아침을 해결하고 동해안 종주 자전거 길을 따라 북천철교 인증센터로 향한다.

이 북천(北川)철교는 일제시대와 6·25 전쟁을 거친 우리 민족의 아픈 역사를 간직한 곳으로, 현재는 자전거 전용 다리로 활용되고 있다.

좌측으로 해변가에 길게 이어진 솔밭인데 군부대가 있어 접근금지 표지판이 보이고 농로를 따라 일직선으로 뻗은 길을 군에서 첫 휴가 가는 졸병마냥 콧노래를 부르며 남으로 남으로 달린다.

이때 기분을 하늘을 나는 기분이라 했던가. 이름도 이쁜 공현진을 지나니 오른쪽으로 송지호[22], 왼쪽으로는 말 그대로 금빛을 발하는 송

---

22) 송지호(松池湖): 고성군 죽왕면 오봉리 산 167-1. 호수 둘레 6.5km. 1977년 국민관광지 지정. 백조(천연기념물 201호) 도래지. 맞은편 해변에는 길이 4km의 송지호 해수욕장이 있음.

지호 해수욕장이 그림같이 펼쳐져 있다.

봉수대 해수욕장, 삼포 해수욕장, 자작도 해수욕장, 그다음 문암 해수욕장. 이곳은 세계자연유산인 중국의 '석림'에 비견하여 '한국의 석림'이라 불리는 능파대(凌波台)가 자리한 곳이다. 이 능파대는 '물 위를 가볍게 걸어다닌다'라는 뜻으로 이름이 붙어졌으며 수천 년 세월에 걸쳐 바닷물과 파도, 바람에 씻기고, 부서지고, 깎이고, 패인 온갖 형상의 바위군이 있다.

  문암 해수욕장 지나니 또 예쁜 이름을 가진 아야진(我也津)으로 들어가는 고개가 보이고 바로 해수욕장으로 이어진다.

  이 이름은 이웃 반암리로 넘어가는 산의 모습이 '잇기 야(也)'처럼 생겼다 하여, 우리라는 뜻을 더하여 아야진으로 부르게 되었다고 한다.

멈추지만 않는다면 도착할 수 있다

동해안을 남하하는 이 길은 해파랑길[23]과 절반 이상 만나며 가는데, 조금 전에도 아야진 오기 전 7번 국도에서 부산에서 고성에 도착하여 이 해파랑길을 걷는다는 58세 남자분과 한 20여 분 이런 저런 이야기를 나누며 걸었는데 올해 봄 생각지도 않은 회사일로 직장을 잃게 되어 졸지에 백수 아닌 백수가 되어 몸 고생, 마음 고생 하다 우연히 해파랑길을 알게 되어 통일전망대부터 걷기 시작하여 이렇게 오늘도 길 위에 있는데 참 인간 한평생 살아가는 게 무엇인지 많이 반성하고 깨치며 해파랑길을 걸으신다는 얘기에 공감을 하면서도 마음 한켠 찡하다.

"그래, 한평생 사는 게 무엇인지." 요즘 흔히들 주위에서 하는 말. 육십 넘어 건강하고 남한테 밥 한끼 값 낼 수 있는 돈 있으면 무슨 걱정이냐고들 한다. 그건 너무 단순한 셈법이요, 생각이다.

노년사고(老年四苦)라는 말이 있다. 병고(病苦), 빈고(貧苦), 고독고(孤獨苦), 무위고(無爲苦). 노년에 육신이 아픈 것은 말할 것도 없고, 가난과 외로움과 할 일이 없음은 큰 문제라는 말이다. 내 주변에서도 초년운은 좋았지만 고달픈 노후를 맞아 살아가는 경우를 어렵지 않게 보고 듣는 요즘이다.

끝이 좋으면 지나온 과정도 다 좋아 보인다. 미국의 사업가 마크 프리드먼은 저서 『Encore(앙코르)』에서 의미 있는 일을 선택하여 인생 후반부를 살아가는 사람들을 세 가지 유형으로 분류했는데, 첫 번째는 Career Recycler로 전문성에 입각하여 삶의 양식만 바꾸는 커리어 재활용자. 두 번째 Career Changer는 완전히 다른 영역으로 옮겨가는 커리어 변환자. 세 번째 Career Maker는 오래 간직한 꿈을 인생 후반

---

23)   해파랑길: 부산 이기대부터 강원도 고성 통일전망대까지. 770km, 50개 코스.

부에 실현하는 커리어 생산자.

그렇다면 칠십 년 세월을 살아온 나는 하늘이 허락하는 그날까지 어떤 모습으로 살아갈 것인가. 바로 이 물음의 답을 이 자전거 길에서 얻고 세우고자 한다.

아야진 해수욕장을 돌아나가니 바로 청간정 해수욕장이 이어지고 산어귀에는 청간정(淸澗亭)이 우뚝 서 있다. 이 청간정은 조선 중종 15년(1502년)에 건립된 기록이 있으며 관동팔경[24] 중 수 일경으로 꼽히고 국가유형문화재 32호로 지정되어 있다.

동해안 특유의 산기슭이 지나면 해수욕장, 또 산기슭, 또 해수욕장으로 강원 해안은 거의 이런 지형을 이루고 있음을 알 수 있다. 천진 해수욕장을 지나 봉포해변 돌출부에서 끝없는 동해를 바라본다. 동해안에서는 귀한 섬 죽도도 보인다.

동해안 자전거 종주길 봉포해변 인증센터를 보니 감회가 새롭다. 길게 뻗은 켄싱턴 해수욕장을 따라 오르니 속초 중앙로 4차선으로 바뀌고는 시끄러운 인간 세상으로 엿새 만에 들어오니 긴장이 된다.

도로변 안내판에 영랑호가 보여 자전거 길을 벗어나 영랑해변에서 잠시 휴식한다. 영랑호는 해안사구가 발달해 형성된 자연호수로서 둘레 8km다. 옛 묵객 이세구(1646~1700)는 이곳 영랑호는 더욱 맑고 시원하며, 솔숲과 암석이 인간 세상의 것이 아닌 듯하다면서 이렇게 노래한다.

---

24)   관동팔경: 강원도와 경상북도 동해안 일대의 여덟 명승지. 총석정(이북 통천), 청간정(강원 고성), 낙산사(강원 양양), 삼일포(강원 고성), 죽서루(강원 삼척), 경포대(강원 강릉), 망양정(경북 울진), 월송정(경북 울진).

멈추지만 않는다면 도착할 수 있다

늙은 소나무 우거진 모래언덕 동쪽

맑고 깨끗한 물결 바람도 없네

맑은 호수 한 굽이 그림 같은데

설악산 봉우리 거울 속에 박혔네

500여 년 전의 이곳 풍광을 눈에 그려본다. 연이어 시문은 이렇게 이어진다.

포구는 저 멀리 산기슭에 연접해 있고

옥거울과 은쟁반이 찰랑거리며 은은하게 비친다

맑고 빼어난 소쇄함이 인간 세계가 아닌 듯해

사람의 마음과 정신을 상쾌하고 맑게 하니

거의 회포를 가누기가 어렵다

옛 선인들의 시문이 이 여행객의 마음을 신선의 세계로 이끄는데, 이제는 영랑호를 떠날 시간이다. 돌아보고 뒤돌아보면서 발길을 돌린다.

　이제 속초시내에 들어와 영금정(靈琴亭)에 왔는데 언덕 위에 정자가
서 있는데, 원래 영금정이라는 것이 이 정자를 가르키는 것이 아니라
지형에 넓게 깔린 바위에 파도가 부딪힐 때 거문고 소리가 난다 하여
붙여진 이름인데 일제시대 때 그곳 지형이 파손되어 지금은 거문고 소

　　　　　　　　　　멈추지만 않는다면 도착할 수 있다

리가 나지 않는다고 한다.

임진강 하류 파주를 출발하여 태백준령 진부령을 넘어 동해안 최북단 민통선까지, 그리고 이곳 속초까지 4박 5일간의 몸은 고되지만 가슴은 열렸고 마음은 고된 만큼 맑아지고 가벼워진 이 세상 떠나는 그날까지 잊지 않고 간직될 행복한 여정이었다.

속초 시외버스터미널에 도착하니 코로나로 인하여 시 보건소에서 나와 출입문을 통제하고 모든 귀성객들을 체크하는데 자전거와 배낭을 그분들에게 부탁하고 매표창구에서 12시 출발 포항행 버스표를 받고 화장실에 들러 세수하고 나와서 이제 11시 16분이니 그분들께 속초 명물 닭강정을 사가지고 갈까 하는데 물어보니 3블록만 지나면 된다고 해서 가는데 첫 신호등 대기할 때 위에 입은 바람막이 자켓 호주머니를 만져보니 '아…! 이런, 이 일을 어쩌나, 지갑 분실!' 바로 돌아와 그분들께 자초지종을 말하니 그분들도 비상사태 돌입. 우당탕 한 사람은 터미널 사무실로, 나는 화장실로, 한 분은 터미널 바닥을 수색하는데… 지갑 분실 방송이 나오고 터미널 내를 오락가락하는데… 바깥에서 코로나 관리하는 분이 불러 나가니 강원여객 명찰을 단 기사님이 습득의 주인공.

몇 번을 인사하고 5만 원 한 장을 내어 사례를 하겠다니 한사코 사양하시고 속초와 강원여객에 좋은 인상만 가지고 가시라 한다. 강원여객 기사님 그리고 속초보건소 직원님 감사하고 또 감사합니다.

대한민국 내 나라 내 땅에서 태어나 이 땅 위를 내 두 발로 온 힘을 다하여 가는 일은 분명 소중하고 의미 있는 일이다. 그것은 이 땅 위를 스쳐간 선대들의 땀과 피를 되새기는 것이요, 동시대를 살고 있는 존재들의 모습을 새김질하는 관심이요, 사랑이다.

이는 자신의 존재에 대한 확인이요 성찰이며, 국가와 사회 나아가 국토와 자연에 대한 관심이요 사랑이다.

국토서시(国土序詩)

(조태일)

발바닥이 다 닳아 새살이 돋도록 우리는
우리의 땅을 밟을 수밖에는 없는 일이다

숨결이 타올라 새 숨결이 열리도록 우리는
우리의 하늘 밑을 서성일 수밖에 없는 일이다

야윈 팔다리일망정 한껏 휘저어
슬픔도 기쁨도 한껏 가슴으로 맞대며 우리는
우리의 가락 속을 거닐 수밖에 없는 일이다

버려진 땅에 돋아난 풀잎 하나에서부터
조용히 발버둥치는 돌멩이 하나에까지
이름도 없이 빈 벌판 빈 하늘에 뿌려진
저 혼에까지 저 숨결에까지 닿도록

우리는 우리의 삶을 불지필 일이다

우리는 우리의 숨결을 보탤 일이다

일렁이는 피와 다 닳아진 살결과
허연 뼈까지를 통째로 보탤 일이다

⚑ 10월 8일

창원(7:20) ⋯▸ 포항(10:20) ⋯▸ 속초(15:40 도착) ⋯▸ 양양군 현북면 하조대 해수욕장

📍 총 30㎞

　이번 여정은 3박 4일 일정으로 동해안 자전거 종주길에서 가장 난코스가 있는(일명 낙타등 길) 강릉에서 영덕 구간으로 이 구간만 지나면 부산까지는 무난히 다닐 수 있는 길이다.

　지난번 서해안 종주를 끝내고 인천에서 창원으로 귀향할 때 시외버스를 미리 예매하지 못해 인천 - 대전 - 창원을 운전기사에게 부탁하여 현행법에 저촉되지만 기사의 배려로 안내양 좌석에 탑승한 진기록의 추억(?)이 있는바, 그리고 코로나 사태로 시외버스 운행 횟수가 많이 줄어 회사 직원의 도움으로 휴대폰에 '시외버스 티머니', '고속버스 티머니' 앱을 깔고서 예약 연습도 하고 출발한다.

　창원에서 양산, 경주 경유 포항까지, 포항에서 영덕, 울진, 삼척, 동해, 강릉 경유 속초까지 합계 8시간 정도 걸리는 여정이다. 창원 시외버스터미널에서 포항행 버스는 정확히 7시 20분 출발하고 예정 소요시간은 2시간 50분인데 10분이라도 지체되는 경우가 발생하면 오늘 일정이 엉망이 되는데 이 걱정이 제일 크다.

　아이고 맙소사, 포항 시외버스터미널에 10시 20분에서 3분 모자라

는 시간에 도착이라 "아이고 내 죽는다" 하고 자전거를 끌고 속초행 버스 정차대로 Go Go! 무조건 버스 아래 짐칸에 자전거부터 밀어넣고 기사님 미안! 버스표 사러 달리고… 달리고….

"아이고 살았네." 우측 첫 번째 좌석에 독점으로 착석하여 7번 국도 (4차선)[25]로 버스는 북으로 북으로 달리고 어느새 운전기사님과 말동무가 되었다.

넓게 쭉 뻗은 신작로보다는

다랑이 논밭이 있는 산기슭을 돌아

돌아서 가는

꼬부랑길이 더 좋다

어두운 터널을 뚫고

곧장 가는 길보다는

생의 자욱이 켜켜이 내려앉는

산등성이를 넘고 넘는

굽이굽이 길이 더 좋다

자리를 뒤로 쭈욱 눕히고

창 너머 인간 세상을 훑고서 가는 길보다는

구릉을 넘고 논밭 길을 지나

마을 어귀에 있는

---

25) 7번 국도: 부산 중구에서 강원 고성 통일전망대까지. 연장 514km. 동해안 남북간의 중심도로이며 아시아고속도로(AH6)로 지정되어 있음.

정자나무에 기대어

엄마 우리 엄마
땀 냄새가 배어 있는
고랑 밭 흙냄새 맡는 것이
나는 더 좋다

포항을 떠난 버스는 영덕, 울진, 삼척, 동해, 강릉을 거쳐 속초에 5시간 20분이나 걸려 오후 3시 40분 속초에 도착했다. 내 생애 최고로 버스 오래 탄 기록이다.[26]

속초 시외버스터미널에 내려 편의점에 들러 캔커피를 구입하여 속초 터미널에 파견 나와 있는 속초보건소 가설 사무소에 가서 지난주 지갑 분실로 수고하여주심에 감사의 인사를 드리고 오늘 종착지인 하조대 해수욕장으로 출발.

금강대교를 거쳐 설악대교에 오르니 저 멀리는 설악산이 보이고 항만 내에는 러시아 블라디보스톡을 오갔던 페리 국제여객선이 묶여 있고 발아래에는 아바이마을이 있고 갯배가 오간다. 청초호(자연 석호, 둘레 5㎞)가 눈 아래 있는데 자연 상태의 그 모습은 자취도 없고 도심지역 땅을 매립하여 조성한 큰 공원이 보인다.

속초시내가 거의 한눈에 보이는 설악대교에 올랐는데도 오늘따라 바람이 살랑살랑 불어 갯내음의 향기가 감각을 진하게 자극한다. 사

---

[26] 우리나라 버스노선 중 최장 소요시간: ① 인천에서 울진 - 8시간, 15곳 경유. ② 부산에서 거진 - 7시간, 9곳 경유. ③ 광주에서 속초 - 5시간 30분, 휴게소 2곳 정차.

실 백두대간 동쪽, 즉 영동 해안가 지역은 예부터 강풍이 심하여 이 바람을 '양간지풍(襄杆之風)'[27]이라 불렀는데 이 바람으로 인하여 잊을 만하면 대형 산불이 나는 것도 이 양간지풍으로 인한 것이다.

외옹치 해수욕장을 지나고 물치항에서부터는 7번 국도와 나란히 왼쪽의 끝없이 펼쳐져 있는 동해를 끼고 가벼운 몸으로 말 그대로 남행열차가 되어 페달을 밟는다. 길게 뻗어 있는 정암 해수욕장, 작고 아담한 설악 해수욕장을 지나 7번 국도 따라 야트막한 고개를 올라 내리니 낙산 해수욕장, 곧장 이어서 그 유명한 양양 남대천인데 다리 난간에서 10여 명 넘게 길게 낚시줄을 내리고 연어 낚시에 빠져 있는 광경. 산 고개를 오르고 오르니 우측으로 양양국제공항.

저 앞에 한 남자분이 배낭을 메고 절뚝거리며 걸어가는 모습이 보여 일견하여 해파랑길을 오른 사람이 확실하여 곁에 가서 자전거를 세워서 보니 서울에서 첫차로 속초에 와서 해파랑길을 걷고 있고 28세 청년. 캐나다 유학 중 코로나 사태로 일시 귀국했는데 우연히 이 길을 알게 되어 왔는데 첫날부터 발바닥과 다리가 아프고 오른쪽 발가락에 물집도 한 곳 생겼다고 하는데 그리고 1인용 텐트에 코펠까지, 신발은 일반 운동화요, 양말도 마찬가지. 자기 계획은 정동진까지라는데….
"아휴 머리 아파요. 너무 무모하게 해파랑길에 들었다고요."

같이 30분 이상 걸으면서 이것저것 가르쳐주니 어둠이 깔리기 시작하는데, 나는 이제 하조대 가야 하니 양양읍내 택시를 불러 하조대 상

가 중심 거리에서 만나기로 하고 전화번호를 나눈 후 자전거 앞뒤에
불을 밝히고 하조대(河趙台)[28]를 출발.

28)   하조대(河趙台): 양양군 현북면 소재. 조선의 개국공신인 하륜과 조준이 고려 말 이곳에 은둔하며 혁명
        을 도모한 곳이라 하여 두 사람의 성을 따서 '하조대'라는 이름을 지었다 함.

해파랑길을 걷는 젊은이를 만나 이 상태로 텐트에서 자는 것은 절대 불가. 양말은 발가락 양말로 바꾸고, 신발은 쿠션이 있는 트레킹화 또는 등산화로 변경. 발에 난 물집은 터트리지 말고 바늘로 물을 뺄 것 등을 가르쳐주고 간이식당을 찾아 돼지국밥을 먹고 같이 민박집을 찾아 첫날밤을 맞는다.

지난 한여름에 그 기세등등하던 나무 잎새는
여린 이 한기에 힘없이 떨어져
이리저리 구르네
벌써 추위를 타는 이 나그네를 닮았구나

한잔 술에 취한 듯
비틀거리는 내 모습 감추려
파도만이 일렁이는
백사장에 나와 섰건만

그 애정에 찬 선남선녀들은 다 어디 가고
쓸쓸히 홀로 선 가로등만이 한 바다를 밝히니
이 나그네의 까닭 없이 흐르는 이 눈물은
그 누가 닦아주려나

새싹이 돋아나 단풍 지고 낙엽 되어 떨어지듯
수년 세월 어둠 거쳐
여름 한철 노래하다 가는

매미의 생이듯

쓰러져가는 이 계절에 핀 국화
오래지 못할 너, 국화여
너, 시린 몸 국화주

내 속에 너 안아 흠뻑 취해
이 시간 이렇게 나 홀로 서서
노래 부른다

인생은 나그네 길
어디서 왔다가
어디로 가느냐

⚑ 10월 9일

하조대 해수욕장 ⋯ 양양 38선 휴게소(4km) ⋯ 주문진항(20km) ⋯ 경포대(14km) ⋯

정동진(24km) ⋯ 동해시(27km) ⋯ 삼척 해수욕장(13km)

📍 총 105km(2박)

하조대 해수욕장에서 일출을 보고 남쪽으로 향한다. 바로 산을 하나 넘어 기사문항, 곧이어 양양 38선 휴게소.

넓은 주차장에서 입에는 편의점 도시락을, 눈과 귀에는 동해를 넣으면서 호사스런 아침식사를 마치고 강원도 맛이 나는 동해안 종주 자전거 길을 따라 으쌰으쌰 하며 산길을 간다. 산 고개를 넘었으니 해수욕장 죽도, 인구항, 그다음은 솔밭과 어우러진 남애 해수욕장, 진짜 나 혼자 보고 듣고 가는 게 아깝다.

정말 떠나기 싫어진다. 지경리 해수욕장. 이 나이 먹도록 우리나라에 이렇게 풍광 좋은 곳이 있는 것도 모르고 살았다니, 아 애달프다, 내 청춘아…!

왼쪽으로 동해를 끼고 동해의 파도 소리와 짙푸른 물빛에 내 가슴과 머리에 있는, 쓰잘 데 없는 지난 세월의 자국들을 떼어내고 벗겨서 날리고 또 날린다. 예, 하느님. 1년 만에 다시 이 길을 인도하심, 이 못난 놈을 이렇게 인도하심에 감사, 또 감사합니다 하고 솔직한 마음을 하느님께 인사드린다.

이름도 예쁜 오리진항을 지나는데 끝없이 펼쳐진 동해 하늘 위에 구름과 해변의 바위의 조화 너무 좋아 사진 찍고 주문진으로 Go Go!

평일 오전 한적한 동해 해변 길을 지나 주문진항에 들어오니 어항 특유의 물고기 비린 냄새와 갯내음이 확 풍기고 도로 노면은 횟집 활어 물차로 인해 흡사 소낙비가 그친 도로 그 모습이다.

읍내를 벗어나자 바로 주문진 해변이다. 긴 백사장 그리고 확 트인 동해바다, 그 위에 구름과 태양.

해야

(노래 마그마)

해야 떠라 해야 떠라
말갛게 해야 솟아라
고운 해야 모든 어둠 먹고
앳된 얼굴 솟아라
해야 떠라

　사람들은 길을 만들어 간다. 제각기 새로운 길을 개척하고, 선택하고 그 걸어온 결과물로서 자신이 존재한다. "내가 걸어온 길을 보라"라고 한 부처, "내가 길이요, 진리요 생명이니라"라고 한 예수님의 길 새기며 나는 길을 간다. 땅의 향기를 맞고 드넓은 바다의 품에 들어 내 몸과 마음을 다독이며 천천히 간다.

내 인생 오늘 시간, '늙었다고 하기엔 아직은…'이라는 생각을 하게 하는 그런 시절이다. 주저앉아 살기에는 아직 천금같은 시간이 남아 있다. 그 시간이 언제 멈출지 모르지만 그러기에 남은 시간 속에는 새로운 내가 필요하다. 새로운 인생길을 가야 한다.

이 여행길이 내게 묻고 묻고 또 묻는다.

네 삶이 지금 어디 있고 어딜 가느냐고.

이어진 연곡 해수욕장과 솔밭 길 지나니 경포대 해변에 있는 긴 소나무 숲속으로 나그네는 몸을 맡기고 가다 서다를 반복하고… 여행자는 숲속 소나무에 기대어 앉아 바다, 파도 소리, 솔향기, 해당화, 솔숲을 오감으로 다 느끼며 눈을 감는다.

솔 향기 그윽한 솔밭 사이로
청록색 바다가 눈부시고
바닷가 모래밭에 피어 있는 해당화는
지상의 광경이 아닌 것같이
몽환적이다
그 어느 화가가, 시인이
이 모습을 다 담아내리

시간은 흐르고
심연의 갈등과 환희가 뒤섞인
눈 빛이 되어
파도가 밀려와 모래톱을 적시듯

멈추지만 않는다면 도착할 수 있다

내게도 다가와 순간만이라도
투명한 영혼이 되고 싶다

경포대 바닷가 솔밭에
처연히 핀 해당화는
포근하고 따뜻한 햇빛이 내려앉아 있는
완전한 미의 현현(顯現)이다

경포대 중앙광장에 도착했다. 여행자 한 분에게 바다를 배경으로 사
진촬영을 부탁하고 김치 하고 찍으니 주위에서 보고 있던 관광객 3분
(1명은 남자, 2명은 여자)이 같이 사진 찍고 싶다며 하는 말씀, "살면서 이
렇게 대한민국 한 바퀴 여행하는 사람 처음 본다"면서 "기념으로 찍어
야겠다"라고, 졸지에 모델이 되는 영광도 누리고.

자, 이제는 떠나야 할 시간. 떠나야 할 사람. 나는 길 위의 여행자가 아닌가. 이를 일러 회자정리(会者定離), 거자필반(去者必返). 만남에는 헤어짐이 있고 떠난 사람은 반드시 돌아온다 했거늘, 왔으니 떠나야 함은 여행자의 정한 이치 아니던가.

작년에는 경포대 게스트하우스에서 하룻밤 머물렀지만 오늘은 스쳐 지나가며 삼척 해수욕장까지 가야 한다. 경포대를 벗어나 외곽으로 4

멈추지만 않는다면 도착할 수 있다

차선 도로를 가다 첫 고갯마루에서 좌측으로 나 있는 1차선 좁다란 산길로 접어든다.

이 산은 그리 높지는 않지만 산등성이 평평하고 띄엄띄엄 농가가 있어 풍광이 마음에 든다. 이 길을 산 내륙 깊숙이 돌아가는 이유는, 해안 쪽에 강릉 군비행장이 위치하기 때문이며 몇 굽이 산을 넘어 70년대에 북한 잠수정과 무장공비가 출몰한 안인진에 도착했다.

강릉 안인화력발전소 건설현장이 적막강산이다. 2019년 10월에 이곳에 왔을 때는 온 천지가 발전소 건설 중단을 요구하며 환경단체에서 걸어놓은 현수막과 빨강, 노랑 깃발이었는데 이번에는 현수막 몇 개만 보이고 아예 쥐새끼 한 마리 없다. 문재인 정권이 아예 공사 중단을 결정했기 때문이다.

작년에 들러서 아침식사를 했던 식당을 찾아가 사장님 여사께 반갑다고 인사하니 아이고 놀라신다. 특식(?)으로 계란후라이를 두 개나 먹는 안인진표 만찬을 하고 또 작별이다.

이제부터가 동해안 지형 중 가장 험한 삼척부터 울진까지의 낙타등이 시작되는 길이다. 꽤나 긴 고갯길을 동해안 종주길을 따라 동해의 탁 트인 풍광과 바람, 그리고 든든한 밥심으로 내 자신을 찾고 자유를 찾아 남쪽으로 간다.

나의 육체적 한계를 알고 평온한 마음, 감사하는 마음으로 한발 한발 나아간다. 누가 밀어넣어 이 길 위에 서 있는 것이 아니라 내가 찾아서 온 길이다. 고로 가지 않을 수 없는 길, 결코 포기할 수 없는 길. 쓰러진다 해도 다시 일어나 가리라.

작년과 올해 지금 이 시간까지 이 자전거 길을 적어도 4,000㎞ 이상을 밀고 끌며 비를 맞고 바람에 막히고, 산길 들길을 어둠을 헤치고 넘어지고, 꼬꾸라지며 털고 일어나 나 자신을 다독이며 여기 이렇게 동해를 바라보며 두 팔 크게 벌리고 나 자신을 이긴 나에게 고맙다, 많이 고맙다, 그리고 사랑한다고 말하고 서 있다.

이곳은 정동진(正東津, 강릉시 강동면). 금요일 오후라서 그런지 관광객들이 제법 많다. 먼저 백사장으로 향하는데 온 이유는 작년에 이곳에 처음 왔을 때 해안 침식으로 인해 모래사장이 뚝 잘려나간 현장을 보았기 때문에 올해는 어떠한가 봤더니 올해 여름의 태풍 영향인지 말 그대로 바다(해수면)가 육지부로 더 밀려들어오고 모래사장이 90도로 뚝 잘려 있다. 동해안은 말 그대로 백사청송(白沙青松)의 아름다운 천혜의 자연인데, 왜 어떻게 이런 자연재해(?) 자연파괴 현상이 일어나고 있는지?

우울하고 씁쓸한 정동진을 떠난다.

　상가 지구를 지나 TV에 자주 나오는 배 모양의 호텔로 오르는 고갯길을 초입부터 자전거를 끌고 가야 하는 15도 경사길, 그래 맞다. "역경은 사람을 부유하게 하지는 않지만 지혜롭게 한다(풀러)."

　머리로 아는 것과 가슴으로 아는 마음은 다르다.

　잘나고 못난 것은 다 마음이란 놈의 짓이다.

　내 마음이 빚어내는 것이 바로 나라는 존재다.

자신감 있게 행동하는 것도, 새로운 도전의 행위도, 그저 현실에 하루하루 별일 없이 살아가는 것도 다 나다.

　플라톤은 "인간 최대의 승리는 내가 나를 이기는 것"이라고 했다. 사람이 살아가는 데는 공식도 정답도 없다. 호사유피 인사유명(虎死留皮人死留名)이라 하지 않는가.

　나는 누구인가?

　오늘 지금까지 돈, 돈 하며 허덕거리며 살아온 나는 과연 누구인가?

　소크라테스는 "너 자신을 알라"라고 했다.

　또, "너는 신이 아니라 한 번은 죽어야 하는 인간이다"라고 했다.

　쉬운 말로 "니 꼬라지를 알아라"라고 했는데 소위 고등동물에 고등교육까지 받은 나는 나 스스로 어떻게 자각하고 있는가. 이 땅 위에서의 명줄이 끝날 날이 저기에 보이는 것 같은 이 시간에 무엇을 하고 어떤 모습으로 가려고 하는가?

　　　　　　　　　멈추지만 않는다면 도착할 수 있다

심곡항(강릉시 강동면). 작년에 이곳을 지나며 정말 다시 오겠다고 마음속으로 약속하고 다짐했던 이곳 심곡 해안도로다. 해변은 암반으로 이어지고 해안로 위쪽은 절벽이고 마음 같아서는 저 끝을 가늠할 수 없는 동해로 가고픈, 그런 풍광이 좋은 구간이다.

이 우울한 시대를 사는 사람들이여, 이곳 심곡 해안도로와 심곡 부채길을 가시라. 그러면 분명 "나 살래, 열심히 살래"라고 말이 나올 거니까.

동해의 확 트인 광경은 계속 이어지고 옥계시멘트 공장을 지나 7번 국도 고가도로에 올라서니 끝이 보이지 않는 망상 해수욕장. 여행자는 솔밭에 들어 내 몸 내가 살핀다. 맨소래담 마사지.

이곳은 옛날 옛적 50년 전 북평, 요즘 말로 하면 동해시 북평동, 대학 1학년 여름방학 때 진해를 출발하여 이곳까지 부산, 포항 경유 이틀이나 걸려서 왔는데 이제 칠십 영감이 다 되어서 자전거를 타고 왔으니….

이 내 심사를 노래 한 곡조로 달랜다.

시계바늘

(노래 신유)

사는 게 뭐 별거 있더냐
욕 안 먹고 살면 되는 거지
…(중략)…
미련 따위 없는 거야
후회도 없는 거야

세상살이 뭐 다 그런 거지 뭐

가는 세월

(노래 서유석)

가는 세월 그 누가
잡을 수가 있나요
흘러가는 시냇물을
막을 수가 있나요
...(중략)...
달이 가고 해가 가고
산천초목 다 바뀌어도
이내 몸이 흙이 돼도
내 마음은 영원하리

　동해시내를 신호등 따라 가다 서다를 거듭하고 공업단지를 돌아나가니 촛대바위 공원. 우와! 사람 한번 많다 많아. 자전거를 사람과 사람에 밀려 끌고서는 빨리 사진 한 장 찍고 삼척 해수욕장으로. 오늘밤은 동향인이요, 나의 자전거 입문의 길을 열어준 문성용 선배와 천리타향에서 만나 나의 2년에 걸친 자전거 여행길에 처음으로 소주 한 잔 기울이는 저녁 만찬이 있는 날.
　삼척 해수욕장 도착 오후 5시 20분. 110㎞ 길을 10시간에 주파. 먼저 주말이라 민박 숙소를 정하고 맛집으로 Go.

　　　　　　　　　　　멈추지만 않는다면 도착할 수 있다

⚑ 10월 10일

삼척 해수욕장 ⋯ 삼척시 근덕면 맹방 해수욕장(15km) ⋯ 초곡항(14km) ⋯ 임원 인증

센터(16km) ⋯ 호산항(8km) ⋯ 부구 터미널(12km) ⋯ 울진 버스터미널(20km) ⋯ 울진

오산항(13km)

📍 총 98km

여행자에게는 옛날이나 지금이나 먹고 자고 쉴 수 있는 공간이 가장 소중하다. 지난밤에는 2년에 걸쳐 우리나라 팔도를 거치는 자전거 여행 길에서 처음으로 가장 거하게 먹고 소주도 반병이나 마시면서 즐겁고 행복한 시간을 동향인이자 자전거를 알게 해준 문성용 씨와 함께했다.

숙소도 삼척 해수욕장과 동해가 훤히 보이는 3층 민박집이었으니 폼 잡고 가는 그 어느 해변에 위치한 리조트보다 더 편하고 포근하고 조용한 방으로 만족. 별 다섯 개 인증.

나는 이 자전거 여행길에서 지키는 나름대로의 룰이 있다. ① 휴대 전화는 가능하면 수·발신 금지. ② 여행 경유지에 있는 지인에게는 일체 연락 않는다. ③ 아침 해 뜨기 전 길에 차선이 보이는 시각에 출발한다. ④ 일체 음주금지. ⑤ 숙소는 게스트하우스, 민박, 옛날 여관 순으로 한다.

주된 이유는 이 여행길은 오롯이 나 홀로 가면서 나를 보고 나를 찾

는 길, 성찰과 깨우침의 길, 나를 다시 세우기 위한 침묵의 길이기 때문이다.

이 아름다운 세상! 이 아침, 민박집에서 창문을 열고 바라보는 싱그러운 동해는 이 말 바로 나오게 한다. 몸 성히 이 시간, 이 땅에 존재하기에 이 아름다운 풍광을 보고 듣고 느낄 수 있다는 사실에 너무나 행복하고 감사하다.

누구에게나 아침은 온다
누구나 아침을 맞는다

하지만 누구에게나 아침이 행복하고 찬란하지는 않다
찬란한 아침도, 낮도, 밤도 모두 자기 자신이 만든다

나는 내 인생의 주인공. 바람이 살랑살랑 불어오는 새천년 해안도로에서 보는 저 끝없는 동해는 이 나그네의 마음의 품을 넓게, 깨끗하게한다. 발아래에는 파도가 철썩이고 새벽녘의 이 해풍은 내 심신의 때를 벗기고, 바다 위를 나는 갈매기는 이 나그네의 벗이 되어 날아간다.

멈추지만 않는다면 도착할 수 있다

　삼척 새천년 해안도로를 달려와 비치조각공원에 도착한다. 눈이 부
시도록, 가슴이 뛰도록 떠오르는 아침, 새 아침의 해, 아름다운 세상.
입을 벌려 신선한 아침 햇살을 마신다. 뜨거운 빛을 마신다.

　그리고 마음으로 기원한다. "태양이여, 더럽고 추한 내 몸과 영혼의 쓰레기, 부질없는 탐욕과 오만을 태워다오. 번뇌와 욕망의 덫에서 벗어나 밝고, 맑은 마음의 빛을 받아 누리며 살아갈 수 있게 해다오."

오늘의 태양은 일상의 태양이 아닌 특별한 의미로 다가온다. 희망을 기원하고 재충전하는 아침의 태양이 온 누리를 비추고 고적한 나그네의 마음 비춘다.

새천년 해안도로를 따라 삼척항에 이르니 수산물 아침 경매가 끝난 시간이라 활어차가 분주히 오가고 어항 특유의 갯내음과 고기 비린 냄새가 후각을 자극한다. 어제 소주를 조금 마셨으니 어디 고깃국을 하는 식당이 있나 좌우로 살피는데 곰치국, 생태탕이라고 쓰여진 식당이 있고 가게 불은 훤히 켜져 있고 문앞에는 아저씨 한분이 시꺼먼 고기를 손질하는데 속으로 아이고 됐다 싶어 식당에 들어가니 손님이 거의 만석이라 여사장님으로 보이는 분께 혼자인데 식사 되느냐고 물으니 "OK!"란다.

아침에 곰치는 떨어졌고 생태탕을 드시라고 하는데 식당 벽에는 이 식당에 왔다 간 유명인들의 사인지가 빼곡히 붙어 있고 한쪽 벽에 "얍삽하게 살지 말자", "네 덕 내 탓"이라고 쓴 액자가 내 눈을 사로잡는다. 이 둘 글귀에 내 마음이 숙연해진다 할까, 부끄럽다고 해야 할까. 지나온 세월에 나는, 나는 과연 어떠했나 하는 생각에….

식사가 나오는데 국그릇에 고기가 옆의 좌석 것보다 월등히 많다. 이게 얼마 만에 먹어보는 제대로 된 아침인가. 정말 포식을 하고 계산하는데 여사장님 말씀, "이렇게 귀한 분, 힘들고 멀리 가시는 어르신께 한 끼 식사 대접하는 제가 기분이 좋습니다. 무슨 밥값을…. 무탈하게 잘 다니세요"라고 하는데 아이고, 이 일을 어쩌나. 여사님께 거듭 감사의 인사 올리고 작별을 한다.

얍삽하다는 것은 염치없이 얕은 꾀를 써서 제 잇속만 차리는 태도를 말한다. "얍삽하게 살지 말자, 네 덕 내 탓" 이 글귀는 오늘도 잊지 않고 살고 있고 죽는 그날까지 내 가슴에 담고 살아가야 할 글귀다.

이 자전거 여행은 빠르지도 느리지도 않은 느림의 맛과 멋을 인간 본초적인 걸음걸이와 오늘날 100㎞ 시속의 지나침이 아닌, 이런 인간 이동에 있어서의 가장 초보적인 문명의 이기를 부착한, 아주 정직하게 스스로를 느끼고 아는 그런 여행이다.

예측할 수 없음이 불안이 아니라 흥미로 다가온다. 가보지 않은 길에 대한 도전, 세상을 바라보는 시선에 주는 신선한 변화, 자기만의 시간을 가지는 낯선 길 위의 만남 속에서 새로운 지혜를 얻고 새로운 인간사를 읽는다. 마음 저 깊은 곳으로의 여행. 알았으나 느끼지 못했고, 느꼈으나 표현하지 못했던 그곳으로 먼저 다가가는 이 여행은 下心의 길이다.

"세상에서 가장 먼 거리는 머리에서 가슴까지"라는 그 거리를 발로 밀고 간다. 평생을 가도 닿지 못한다는 그 거리. 머리로 알았다 해도 마음으로 느껴지지 않고 울림이 없는 이성과 감성의 거리. 다름을 인정하고 먼저 낮추고 먼저 다가가야 하는 이 여행은 살아 있는 인생 학교, 살아 있는 교과서다.

이 자전거 여행은 나라 사랑의 길이요, 소통과 발견이다. 깨달음이고 자유이며 건강히 살아 있음의 은총이다.

몸의 고통만큼 몸과 마음은 가벼워진다. 속세의 길 위를 가며 속세를 떠난 구도자의 길을 간다. 채워지지 않은 욕망의 길이 아닌 버림의 길을 간다.

법구경(法句経)에서는 이렇게 일컫는다.

황금이 소나기처럼 쏟아질지라도
사람의 욕망은 다 채울 수는 없다

삼척시내를 벗어나니 이제 아침밥 잘 먹었으니 소화시켜야 한다고, 한재가 버티고 기다린다. 그래, 이번이 두 번째인 길. 잘도 버티어내며 동해안 종주길 한재 인증센터에 안착. 휴, 물 한 모금 마시고 이 내 마음은 한 마리의 새가 되어 멀리 동해도 쉬이 높이 날고 저 아래 길게 뻗어 있는 맹방 해수욕장도 크게 한 바퀴 돌아 한재에 두 다리 뻗고 내게 속삭인다. 내 고향 남쪽 나라까지 두 다리 힘주고 탈 없이 가자고.

무릉 가는 길 1

(민영)

보아라 길손이여
길은 고달프고 골짜기보다 험하다
눈 덮인 산정에는 안개 속에 벼랑이
어둠이 깔린 숲에서는
성깔 거친 짐승들이 울고 있다
길은 어느 곳이나 위험천만
길 잃은 그대여, 어디로 가려 하느냐
그럼에도 나는 권한다
두 다리 힘주고 걸어가라고
두 눈 똑바로 뜨고 찾아가라고

길은 두려움을 모르는 자를 두려워한다고
가다 보면 새로운 길이 열릴 거라고

...한데, 어디에 있지?

지도에도 없는 꽃밭
무릉(武陵)

눈 아래로는 7번 국도 훤하게 보이고 남쪽으로 달려가는 차들을 보노라니 그래 쉬이 쉬이들 가게나. 이 몸은 들 지나 개울 건너 산 넘고 고개 넘어 뒤따라갈 걸세.

길게 일직선으로 뻗은 맹방 해수욕장 10리를 집 강아지마냥 신나게 지나서는 삼척시 근덕면사무소부터는 산과 산 사이로 나 있는 좁다란 들길을 따라 오랜만에 산 냄새를 맡으며 동해안 자전거 종주길을 따라 몸도 가볍게 간다.

동해안 길은 눈만 바로 뜨고 파랑색이 그어진 자전거 길만 따라가면 영덕 해맞이공원까지는 길을 놓칠 일은 없기에 정신적으로 아주 편한 라이딩을 할 수 있다. 나지막 고개를 얼마 오르니 좌측으로 '황영조 기념공원' 입간판이 크게 세워져 있건만 이 몸은 그냥 지나쳐 가야 하는 나그네 신세.

멈추지만 않는다면 도착할 수 있다

이곳부터 삼척 원덕면 임원항까지는 말 그대로 낙타등같이 고개를 넘고 또 넘어야 하는 山行 길. 중간중간 경북 영덕부터 삼척시 간의 동해선 철도공사 현장에서 나는 소리뿐.

조금은 적막하고 외진 2차선 지방도. 왠지 센티멘털해지고 내가 "이 놈, 뭐 하는 짓이고. 남들이 보면 저래 힘들이고 가는 저놈 참 희한하고 별난 사람이네 할 것 아닌가" 하는 생각에, 아 그런데 한 순간 눈가에 이슬이 맺힌다.

아니야, 왜 그래.

오늘도 걷는다마는 정처 없는 이 발길
지나온 자욱마다 눈물 고였네
선창가 고동 소리 옛 님이 그리워서
나그네 흐를 길은 한이 없어라

목이 메이고 소리가, 노래가 나오지 않는데도 2번 3번 벅벅거리며 부르고 또 부른다. 눈물이 하염없이 흘러내린다. 나는 왜 이 낯선 산길에서 이러고 있을까. 왜 이렇게 헉헉대며 이 고생을 하고, 왜 나 홀로 외로이 산길을 가고 있을까?

서러움이 밀려온다. 외로움이 엄습한다. 괜시리…. 혼자 꿋꿋이 잘 놀고 잘 가다가 왜 그래? 이 바보야! 자유의 길을 찾아, 행복의 길을 찾아 이 길에 나섰잖아. 그리고 나를 새로 길들이기 위해서 이 길에 올랐잖아. 지금까지 잘 해왔잖아.

공자님 말씀대로 老者安之(노자안지)했고 朋友信之(붕우신지)하면서 말이다. 밤낮 열심히 일하고, 보이지 않게 봉사도 하고, 스스로를 충전하면서 내가 가고자 하는 길을 열심히 달려왔다.

그 길은 한때는 거칠고 험했지만, 힘들고 외로웠지만 그것으로 인해 더 강해지면서 성공과 좌절을 맛보며 선택의 차이를 만들어온 오늘까지 그것은 내게 닥친 남다른 운명이었고 나 자신에 대한 도전, 새로운 도전이었지. 그리고 그 결과의 모습이 오늘의 내가 아닌가. 당당한 오늘의 내가 아닌가.

그리고 지금 이 시간. 인생의 봄, 여름은 다 가고 겨울에 든 이 시간. 지금 이 시간은 내가 원하는 나, 진정한 내가 되기 위해 이 길을 가고 있는 거야.

가슴속이 시원해진다. 마음이 가라앉는다. 몸이 가벼워진다. 낙타등 길을 오르고 내리다 보니 저 아래 임원항이 보인다. 아침을 잘 먹어서 그런지 출출하지는 않으니 점심은 고개 하나 넘어 호산항에서 하고 내 몸 내가 챙겨주고 가야지.

이제는 산 고개 넘는 것도 이골이 났는지 한 고개, 두 고개, 세 고개

멈추지만 않는다면 도착할 수 있다

를 무난히 넘고 고갯마루에서 물 한 모금 적시고 자전거 브레이크를 잘 잡고 또 잡고서 입도 열고 가슴도 열고 '슈우웅', 호산항 도착.

호산항(삼척시 원덕읍)에는 남부발전의 LNG 발전소가 있는 관계로 강원도 산골치고는 제법 시가지를 이루고 있다. 중국집에 들러 간단히 짬뽕밥으로 식사하고 오산항(울진군 매화면)으로 출발한다.

지금 시각 13시 20분. 오늘의 종착지 울진 오산항까지는 45㎞. 대략 17시 20분께 도착할 것 같다.

고포항으로 가는데 아직도 동해안 경계 철책선이 해안에 길게 이어지고, 와! 또 임자가 나타나는데 13도 경사도의 산길. 아이고 이놈아 니는 가만히 드러누웠거라. 나는 간다.

큰 고개 작은 고개 고루고루 순서대로 나타나는데 기어이 네놈의 등살을 나는 넘고 또 넘어갈 것인즉, 이 산골 동해안에 큰 아파트 단지 이름하여 울진한울 원자력본부 사원아파트인데 해안가 길은 원자력발전소를 둘러가야 하므로 산으로 이어지고, 어린애는 넘어지고 자빠지면서 자라고, 나는 고개를 넘고 넘으면서 깨치고 품이 넓어지거늘 이 산 고개를 마다할소냐. 이 산길만 넘으면 오늘 여정은 동해 해안도로를 지나가는 갈매기가 인도하는, 날듯이 갈 수 있는 비단길이 기다린다.

죽변항을 지나고 아담한 봉평 해수욕장. 몇몇의 관광객만 보이고 울진읍내에 들어왔음을 알리는 은어다리가 저 멀리 눈에 들어온다.

왕피천²⁹⁾을 끼고 해변에 도착하니 망양정(望洋亭)³⁰⁾이다.

---

29) 왕피천(王避川): 임금이 피난한 곳 또는 피서(휴양)한 곳이라 하여 이름 지어짐.

30) 망양정(望洋亭): 울진군 근남면 산포리. 관동팔경 중 한 곳으로, 조선조 숙종께서 관동팔경의 그림을 보고 이곳이 가장 낫다고 하며 관동제일루(関東第一楼)라고 현판을 친히 써서 보냄.

망양정에서 바라보는 동해의 풍경은 지금껏 보아온 풍경과는 다른 질감이 있어 멋지고 광활하다고 해야 할 것 같고 망양정에 오르는 도중에 만난 바람소리 길은 너무나 아름답다. 오늘의 강원도 낙타등 산길의 노고를 이곳 망향정의 풍광이 말끔히 보상해주는 것 같은 기분이다.

오늘의 종착지 오산항으로 가는 길, 동해를 짙푸른 색으로 물들게 하던 태양의 빛은 점점 사라지고 해안도로에는 철썩이는 파도 소리만 나의 가슴을 때린다.

부딪치고 부딪쳐주고
쓸어가고 쓸리어주고
언제부터인가 모를 어제부터 오늘까지
이는 저 파도와 구릉바위는
그 모습 그대로인데
조그마한 나는 그 얼마만 한 행복을 갖겠다고
더하고 빼기를
그 얼마나 했던고...

온몸을 뒤집으며
형상도 없이 깨어지고 부서지는 너
어디서 와서 또다시 어디로 갈 것인지
나 알지 못하지만
내 생의 마지막 길은
꼭, 꼬옥

너의 품에 안아 같이 가려무나

멈추지만 않는다면 도착할 수 있다

🚩 10월 11일

울진군 매화면 오산항 ⋯ 울진군 기성면 기성항(15km) ⋯ 월송정(13km) ⋯ 영덕 병곡
면 고래불 해수욕장(24km) ⋯ 영덕 해맞이공원(25km) ⋯ 영덕 시외버스터미널(8km)

📍 총 85km

어제 낙타등 같은 길을 와서 많이 피곤했는지 지난밤에는 언제 잠이 들었는지 모르게 깊은 단잠을 잘 잤다. 민박집이 해변에서 2차선 길 하나 건너 있는지라 밤새 바다에서 고기잡이를 하고 들어온 어부들의 길 지나는 큰 목소리에 잠을 깨어 창문을 열고 동해바다를 보니 제법 거친 바람이 확 밀려온다.

자전거 여행에서 가장 큰 장벽은 첫째가 바람이고 비인데 비는 일기예보를 보고 여행 일정을 잡으니까 애로사항에서 제외하는데, 동해안에 부는 바람은 어떠한 예보도 소용 없는 예측 불가한, 말 그대로 변덕스럽고 또 대체적으로 강풍이다.

말 그대로 인생살이 한 치 앞을 알 수 없다는 것처럼 천지만물은 다 때를 따라 움직이고 때에 순응해야 한다. 그래서 사람도 때를 알아야 하고 때를 따라 움직여야 한다.

나아갈 때가 있고 물러설 때가 있다고 하지 않는가. 인생은 시간의 배를 타고 세상의 바다를 항해하는 것이다. 어제 죽은 자들이 가장 부

러워하는 것이 바로 살아 있는 자의 오늘이라고 하지 않는가. 시간은
곧 생명인 것이다.

우리 인생에 있어서 분명한 사실은, 현재는 신이 준 선물이며 살아
있음은 축복이요, 감사다. 오늘도 자신의 의지에 따라 가고 오고 자유
롭게 활동하고 좋은 사람들과 함께할 수 있음에 깊이 감사할 일이다.
오늘을, 현재를 사랑하고 아껴야 한다.

죽네 사네 아이고 못 살겠네 발버둥 치고 푹푹 한숨을 내쉬며 짜증
내는 시간과 나날들도, 그래도 내가 사지 성하게 살아 있고 내 의지대
로 앞뒤를 가릴 수 있으니까 그나마 몸부림이라도 칠 수 있는 거 아닌
가. 살아가면서 예상치 못한 일들이 오늘을 힘들게 할지라도 이는 시
절의 변덕이라 생각하고 참고 기다려야 한다.

생각해보라. 그래도 오늘 내가 살아 있으니 이 얼마나 축복이고 행
복인가. 세월이 약이라는 말도 있듯이 "이것 또한 지나가리라" 하며 조
용히 기다릴 줄도 알아야 한다.

바람이 일렁이는 동해안 길을 이 나그네는 거친 숨소리를 느끼며 살
아 있음에, 성한 내 사지를 움직여 길을 갈 수 있음에 감사하고 행복한
마음을 느끼며 단봇짐을 등에 메고 길을 나선다.

멈추지만 않는다면 도착할 수 있다

바로 고갯길이다. 주는 것이 있어야 받을 수 있음은 불변의 진리 아닌가. 동해에서 육지부로 부는 횡풍을 받으며, 동해의 떠오르는 새 아침의 햇살을 받으며 고개를 오른다. 부산, 포항에서 국도 7호선을 이용하여 울진, 동해, 강릉으로 가는 차들이 필히 쉬어가는 망양 휴게소다.

동해에 붉게 떠오르는 태양을 향해 고개 숙여 마음의 기원을 한다. 야호, 이 좋은 금수강산 땅, 대한민국 내 나라 살고지고 살고지고 몸 성히 오래오래 살고지고. 산 고갯길 내려가며 아 그렇지, 이선희가 부른 아름다운 강산을 떠올린다. 바로 지금 이곳이 그 아름다운 강산 아닌가.

> 하늘은 파랗게 구름은 하얗게
> 실바람도 불어와 부풀은 내 마음
> …(중략)…
> 아름다운 이곳에
> 내가 있고 네가 있네
> …(중략)…
> 찬란하게 빛나는
> 붉은 태양이 비추고
> 파란 물결 넘치는
> 저 바다와 함께 있네
> 그 얼마나 좋은가
> …(중략)…
> 먼 훗날에 너와 나 살고지고
> 영원한 이곳에 우리의
> 새 꿈을 만들어 보고파

　황금 울진 대게공원 지나 파도 소리, 갈매기 소리와 함께 동해를 바라보면 정말 그림같이 아름다운 곳이다. 조용한 해안 길을 따라 사동항(울진군 기성면)에 도착하여 매운탕으로 에너지를 충전, 그것도 110% 충전하고 길을 나선다. 작년에 이 길을 갈 때는 아침 한번 제대로 못 먹었는데 오늘은 아침식사를 제대로 얻어 무척이나 기분이 '업'되고 기운이 절로 난다.

　동해 해안가에 조금 붙어 있는 논길을 따라 다리를 건너고 곧장 이어지는 산을 오르니 옛날 울진비행장(2003년 준공)이 보이는데 참 씁쓸한 생각이 드는 현장이다.

　예나 지금이나 이 나라, 이 국민을 위한다고 하는 똑똑한(?) 정치인들이 하는 짓거리들. 도대체가 상식도, 부끄러움도, 염치도 없는 이런 인간들. 어찌 보면 그것들이 용인되고 또 그자들이 버젓이 명줄을 이어가는 현실을 보면 냉정히 그리고 근원적인 본말을 따져보면 다 우리 국민 수준, 선택에서 출발한 것이 아닌가 생각한다. 그런 인간들을 택한 국민들의 안목과 수준이 불러온 것이 아닌가.

울진비행교육 훈련원을 끼고 내려오니 바닷가 봉산1리, 2리가 나타나고 문득, 아 여기 옛날부터 터를 잡고 살아왔을 것인데 조그마한 마을 뒤로는 산이요, 앞으로는 거친 동해, 전답이라고는 조그마한 골짜기 골짜기마다 손바닥만 한 밭뙈기. 어이 이 척박한 곳에서 살아오셨는지… 아! 어머니, 나의 어머니가 떠오르고 마음이 울컥해지고 눈가에 눈물이 맺힌다.

나는, 아니 이 땅 위의 우리 모두는 어머니의 귀한 사랑을 받은 사람들이다. 내 슬픔의 끝은 어머니의 다함 없는 사랑과 닿아 있다. "넌 나처럼 살지 마"라고 하시던 그 말씀. 가슴 깊숙이 켜켜이 배인, 한이 응축된 그 한 말씀이 생생하게 울린다.

엄마, 당신은 1980년 11월 8일 그때 연세 52살, 아버지 연세 57살에 아버지랑 같이 한날한시 돌아가셨지요. 제게 이런 말씀도 하곤 하셨어요. 언제 때가 되면 이 세상 휘이휘이 다녀보고 꼭 다녀보고 죽을 거라고. 그때는 그 말씀의 의미를 몰랐는데 동생 셋 공부시키고 결혼까지 시키고 보니까 그 말씀의 의미를 알았답니다. 그래서 작년, 올해 이렇게 다니는 여행길도 항시 제 마음으로는 어머님, 당신과 함께 다니고 있답니다. 엄마! 여기 너무 좋지 하면서요.

그리고 70이 다 된 이 나이에도 제가 대학생이 되어 서울로 가던 그날 저녁 이불, 옷 보따리를 이고 나오면서 하신 당부 잊지 않고 되새기며 살고 있답니다. ① 인사 먼저 하고 살아라. 너보다 나이가 많든 적든, 계급이 높든 낮든 꼭 먼저 해라. ② 남자는 세 가지 끝을 조심해라. 이거 조심하지 않으면 부모가 20~30년간 밤낮으로 밑을 공군 세월

이 단 20~30분 만에 허사 된다. ③ 성가시고 귀찮은 일 네가 남보다 먼저 해라. ④ 일 많이 한다고 안 죽으니 열심히 일하고 살아라. 큰 부자는 안 될지언정 남한테 손 안 벌리고 산다.

나는 부모님 돌아가신 후 지금껏 아침에 집을 나설 때면 내 책상 위에 있는 할아버지, 아버지, 어머니 사진 앞에 머리를 숙이고 "이 자식 오늘 하루도 부모님 기대치에 어긋나지 않고 열심히 일하고 다녀오겠습니다. 그리고 잘 지켜주십시오"라고 인사드리고 저녁에 귀가해서도 꼭 잘 다녀왔습니다, 하고 인사 올리고 있다.

우리 모두는 누군가의 눈물이 고여 만들어진 존재이다

프랑스 작가 로맹 가리(1914.5.21.~1980.12.2.)는 1956년에는 본명으로, 1975년에는 에밀 아자르라는 가명으로 프랑스에서 가장 권위 있는 문학상인 콩쿠르상을 2번 수상한 인물인데 1차대전 중 러시아에서 프랑스로 홀어머니와 함께 난민으로 와 프랑스에 정착했으며 두 번째 이상을 받은 후 수상 소감에서 어머니의 믿음과 사랑이 있었기에 오늘이 있었다고 했다. 모든 동력을 어머니에게서 찾았던 것이다.

어머니는 내 마음의 뿌리요, 고향이다. 나의 삶이고 죽음이다. 생에 내게 남아 있는 시간의 길, 공간의 길 저 길 끝에 있는 어머니에게로 가는 길은 자식으로서, 한 인간으로서 몫과 노릇과 값어치를 다하고 가는 인생 여정이 남아 있다. 가야 할 곳이 있는 여행자는 외롭지 않다. 저기 저기서 엄마가 내게 일어나 찬찬히 길을 가라고 하신다.

한국원자력마이스터고등학교(울진군 평해읍 소재, 1967년 설립) 앞을 지나 월송정(越松亭)³¹⁾에 멈춘다.

월송정 모습을 휴대폰에 담고, 왼쪽에는 끝없이 동해가 넘실대고 길은 산에 기대어 남으로 남쪽으로 이어지고 산 넘고 물 건너가는 길이 조금은 숨이 차고 거칠다 해도 이름 모를 옛 시인은 나비야 너도 같이 가자고 노래한다.

나비야 청산 가자 범나비 너도 가자

가다가 날 저물면 꽃잎에 쉬어가자

31) 월송정(越松亭): 고려시대 창건(울진군 평해읍 월송정로 517). 이름에는 두 가지 설이 있는데 달빛과 어울리는 솔숲이라는(月松을 잘못 표기) 뜻과 신선이 솔숲을 날아다녔다는 설이 있다. 관동8경 중 한 곳.

꽃잎이 푸대접하거들랑 나무 밑에 쉬어가자
나무도 푸대접하면 풀잎에 쉬어가자

나비야 청산 가자 나하고 청산 가자
가다가 해 저물면 고목에 쉬어가자
고목이 싫다 하고 뿌리치면 달과 별을 병풍 삼고
풀잎을 자리 삼아 찬이슬에 자고 가자

가다가 해 저물면 고목에 쉬어가고, 달과 별을 병풍 삼고 풀잎을 자리 삼아 찬 이슬에 자고 간다. 세상살이 초탈하는 길은 세상 속에 있고 마음을 열고 깨닫는 길은 마음속에 있다고 하지 않는가.

조그마한 직산항도 지나고 산에 무엇이 나는지 평해광업 사원아파트도 보이고, 해안도로 위로 컨베이어벨트를 설치해놓은 것으로 봐서는 석회석인 것 같기도 하다.

연이어 후포항인데 코로나 시절이라서 그런지 울릉도 가는 배가 보이지 않는다. 7번 국도는 산 쪽에 놓여 있고 자전거 전용길은 그 아래 해변가로 이어지는데 마음 한켠 저기 가는 저 버스 타고 부산으로 가고 싶다는 생각이 번쩍 나는데, 길가 팔각정에 들어 여행자의 마음을 달랠 수밖에. 두유도 마시고 초콜릿도 먹고. 그래, 참자, 참아야지 그치. 들판을 지나 산 고개 넘고 넘으면 오늘의 종착지 3박 4일의 종점 영덕 해맞이공원인데 조금만 걷자.

고래불 해수욕장이다. 이제 주린 배도 채우고 그늘에 대자로 누워 옛 시절 한때 불렀던 '해변으로 가요'를 흥얼흥얼.

멈추지만 않는다면 도착할 수 있다

별이 쏟아지는 해변으로 가요

해변으로 가요

...(중략)...

사랑한다는 말은 안 해도

말은 안 해도

나는 나는 행복에 묻힐 거예요

이렇게 좋을 수가 있을까. 난 말 그대로 길 위의 나그네, 자유인, 영혼의 자유인이다.

행복감에 묻혀 눈을 감는다.

이 고래불 해수욕장은 20리의 길이로 동해안에서 제일 긴 백사장이다. 지금 시각 11시 20분, 영덕 해맞이공원 오후 1시 전후 도착 예정. 해수욕장 솔밭 숲 넘어 동해의 파도는 허옇게 몸을 뒤척이고, 나의 두 바퀴 자가용은 피곤한 기색도 없이 슝슝 잘도 간다. 앞길에 버티고 있는 산, 해맞이공원 오르는 첫 고개가 빨리 오세요 하는 것 같다.

오르락내리락 제법 행락객 차들이 오가고, 이때는 오직 일편단심 나의 길을 간다. 그 마음으로 페달 밟는 법. 휴, 중간 휴식. 두 번째 휴식하는 자리지만 이리 보고 저리 보아도 축산항은 표주박이 두 개나 해안으로 나와 있어 예쁘게 생겼다.

그런데 아유, 저건 잘못됐네. 양쪽 산어귀를 메워 리조트 건설 중이네. 저것 완공되고 나면 자연 경관이 영 아닌데… 아무리 허가 가능한 지역이더라도 자연 경관도 감안하면 좋으련만…

골짜기마다 있는 마을을 지나고 또 지나고 영덕 해맞이공원 도착. 그리고 영덕 버스터미널에서 포항 경유 창원 도착.

⚑ 5월 21일

창원 ⋯ 포항 ⋯ 영덕 ⋯ 삼사해상공원

📍 총 12㎞(1박)

　13시 창원 시외버스터미널에서 포항행 시외버스. 포항 시외버스터미널에서 영덕 터미널까지 시외버스로 이동. 낯익은 영덕 시외버스터미널에 도착하여 읍내 시가지를 벗어나 농로 길을 달려 강구항을 지나 작년(2019년) 동해안 종주 자전거 길에서 눈여겨보아둔 삼사해상공원 아래 2차선 해안도로 아래 바다에 축대를 쌓아서 지은 민박집으로 직행. 집에 들어가니 인기척도 없어 옆집으로 가니 귀가 조금 나쁜 할머니 한 분이 계시는데 톤을 높여 이렇고 저렇고 말하여 3만 원에 숙박하기로 하고 방에 드니 정갈하고 깨끗이 정돈되어 있는 방이라 만족도 100%. 할머니께 저녁식사는 어떻게 하냐고 물으니 저 아래 산모퉁이 가면 횟집 2곳이 있으니 가서 매운탕 먹으면 된단다.

　철썩이는 파도 소리 들으니 어디 바다 한가운데 흡사 무인도에 외로이 나 홀로 있는 분위기. 지금껏 바쁘게 사는 것이 열심히 사는 것이고 바른 생활 자세라고 믿어오다가 2019년, 작년에 우리나라 국토 종주 자전거 길에서 어느날 지나온 나의 삶을 돌아보니 뭔가 허한 공허감. 내 나이가 몇인가, 그러면 언제까지 일에 매달려 있어야 하는지….

나는 바뀌어야 한다, 변해야 한다는 생각에 이르렀다. 삶의 한가운데를 가로지르지 못하는 바쁨만으로는 인간다운 삶, 인간의 마지막 욕구인 내가 그리는 내 고유의 삶을 살아가지 못한다면 한 인간으로서 무슨 의미가 있으며 무슨 가치를 기대할 수 있겠는가. 그래, 이 땅에 살아 있을 날이 얼마일지 모르지만 나는 내가 그러왔던 저세상 가는 그날까지 나만의 역사(history)를 만들며 살자.

세상에 공짜 밥은 없다는 말이 있듯, 그것을 먹는다는 것은 내 것의 일부를 포기하거나 내어놓아야 한다. 어떠한 것에도 공짜, 저절로 얻어지는 것은 없다. 회계비용은 물론 기회비용도 응당 치루어야 한다.

나는 위 두 개를 계산했다. 이제 이 여행을 통해서 마음속의 부정적인 생각들을, 스치는 바람결에 길 위에서 만나는 대자연의 품속으로 흩어놓아야 한다.

좋은 것으로 채우려면 먼저 그릇을 비워야 하는 법. 마음의 그릇을 비우고 깨끗이 씻어 그곳에 좋은 생각, 싱그러운 자연의 모습과 내음, 온갖 것들에 대하여 낮은 자세로 먼저 다가가는 下心의 마음, 사랑으로 가득 채워야 한다.

이 여행이 끝나는 날, 나는 자유를 즐기는 절제되고 내용 있는 자유를 즐기는 자유인으로 거듭난 自由 自在人이 되어야 한다. 나는 내 인생의 주인공이요, 내 시간의 주인이다. 도전적이고 창조적인 나만의 역사(history)를 하나하나 엮어나가자. 시간을 소중히 여기고 세월을 아끼고 아끼자. 의미 있는 일로 바쁘게 살자.

몸 성히 내 의지대로 살 수 있는 그날까지 인간값, 인간 몫, 인간 노릇 하고 또 하며 살아가야 하기에 이 길 위의 여행에서 반성하고 성찰하고 나를 나답게 세우기 위해 이 길을 간다.

이런 집이 대한민국에 또 어디 있을까?

파도 소리에 잠이 들고 파도 소리에 잠을 깼다.

멈추지만 않는다면 도착할 수 있다

🏳 5월 22일

영덕 삼사해상공원 ⋯ 포항 북구 청하면 월포 해수욕장(23km) ⋯ 포항 영일대 해수

욕장(26km) ⋯ 호미곶(37km) ⋯ 구룡포(15km) ⋯ 포항 남구 장기면 모포항(11km)

📍 총 112km

　동해의 아침. 마음이, 내 가슴이 크게 열리는 것 같고 한편으로는 숙
연해진다. 오늘은 3박 4일 여정의 실질적인 첫날이다. 어제까지는 동해
안 종주 자전거 길의 포스트(post)를 기준 삼아서 온 남행길이었지만
오늘부터는 내 스스로 길을 찾아가야 하고, 또 모두가 차도로 부산 다
대포까지 가야 한다. 말 그대로 미답의 길. 그렇지만 이제 3일만 버티
고 견디어내면 "우리나라 한 바퀴 2,600km"라는 나만의 역사를 이룬다
고 생각하니 설레이고 가슴이 뛴다.

　영국 속담에 "희망은 가난한 자의 양식이다"라는 말이 있다. 캄캄한
암흑 속에서 절망과 고통에 몸부림칠지라도 언젠가 반드시 좋은 날이
올 것이라는 마음이 있다면 인생은 그래도 견딜 만한 고해의 바다라고
생각한다.

　오늘 이 자리에 오기까지 숱한 위기와 고통을 나는 가야 해, 끝까지
가야 한다는 그 일념으로 버티고 견디며 왔다. 희망에 사는 자는 음악
이 없어도 춤춘다고 하지 않은가.

1980년 졸지에 부모님을 떠나보낸 후 15년의 세월은 정말 궁핍의 시간이었지만 나는 왜 이렇게 힘들게 살아야 하는 팔자, 신세인가 원망하지 않았다. 그래, 이것은 내가 짊어지고 가야 할 운명으로 생각했고, 5년 단위로 대차대조표, 손익계산서를 작성하여 지금껏 살고 있다.

요즘은 흔한 투잡을 나는 그때부터 했고, 마음속으로 나는 기꺼이 해야 하고, 할 수 있다고 다짐하고 행동했다. 나 이성윤, 50살 전에는 당당히 일어서리라는 희망과 목표가 있었다.

길은 사람들이 다님으로 해서 존재하듯이, 희망은 사람들이 가슴속에 희망을 가짐으로써 존재하고 시련을 이겨내고 성장해가는 것이다. 이 아침 이렇게 몸 성히 나의 길 위에 서 있음에 감사하고 행복하다.

길 위의 나그네 시원한 물을 한잔 마시고 문을 열고 나오니 알싸한 동해의 찬바람이 몸에 들어온다. 아직은 미명의 이른 아침, 눈앞에 넘쳐나는 파도 소리를 동반자 삼아 길을 나선다. 얼마 지나지 않아 7번 국도에 오르는데 노견이 넓어서 편안한 자전거 길이다.

한 10㎞ 달려서 남정면 소재지 들어서고 아침식사를 할까 하고 좌우를 살피는데 좌측에 복어 식당이 보이고 불이 켜져 있어 들어서니 여사장님께서 이 아침에 웬 자전거냐고 하시면서 어디 가는 길이냐고. 그렇게 또 주거니 받거니 이야기는 이어지고 푸짐한 복 매운탕을 입과 마음으로 110% 충족하고 이 매너 있는 여행자는 30,000원을 감사의 마음으로 전하고 길을 나선다.

길을 건너니 바로 장사해수욕장 그리고 해변 소나무 숲속에 '장사상

류작전 전승 기념공원'[32])이 보여 안으로 들어갔다. 그때 동원된 '문산호'가 재현되어 있고 전사한 학도병들의 이름이 새겨진 비와 조형물이 설치되어 있다.

어린 나이에 꿈도 펼쳐보지 못한 채 스러져간 학도병을 상징하는 교복, 모자를 형상화한 모습을 보니 마음이 아프고 절로 고개가 숙여진다.

이은상 선생님의 '피 어린 600리' 한 소절이 떠오른다.

> 푸른 동해가에 푸른 민족이 살고 있다
>
> 태양같이 다시 솟는 영원한 불사신이다
>
> 고난을 박차고 일어서라, 빛나는 내일이 증언하리라
>
> 산 첩첩 물 겹겹, 아름답다, 내 나라여!

---

32) 장사상륙작전 전승 기념공원: 영덕군 남정면, 2014년 준공. 6·25 전쟁 당시 장사상륙작전에 참전한 학도병들의 넋을 기리고자 건립됨.

자유와 정의와 사랑 위에 오래거라, 내 역사여!

가슴에 손 얹고 비는 말씀

내 나라, 내 겨레 잘살게 하옵소서!

장사상륙작전 전적지를 나와 고개를 오르니 길은 해안가 마을로 이어지고 도로 표면에는 '동해안 종주길'이라고 표시가 되어 있는데 마을 길 위에 있는 큰 건물을 보니 4년 전 '해파랑길'을 걸을 때 하룻밤 묵었던 마을이라 그때 발가락에 물집이 생겨 고생한 기억이 떠오른다.

산을 넘고 들을 지나 월포해수욕장(포항시 북구 청하면)에 도착했다. 저 위에 기차 기적소리가 들리는데 동해바다를 곁에 두고 조용한 아침 파도만 일렁이는 해수욕장에서 기차 기적소리를 들으니 참 묘한 기분이 든다.

포스코 월포수련관이 보이고 제법 고개 같은 산 고개를 넘는데 이가리닻전망대라고 이름 붙은 고갯마루에서 시원한 동해에 아직도 한 가닥 남아 있는 마음의 때를 벗어 떼어낸다.

장승은 비바람을 막아주는 느티나무가 있어 자족한다. 가진 것에, 놓인 것에 자족하는 마음이 세파를 막아준다.

내 인생의 비바람을 막아주는 이는 바로 나 자신이 아닌가. 부처님의 천상천하(天上天下) 유아독존(唯我独尊)이 마음속에 평안의 전율을 짜릿하게 남긴다.

이가리(二家里)라고 마을 이름이 생긴 이유는 옛날에 도씨, 김씨 두 가문이 번성하면서 한 마을이 되었다고 하여 이름 지어진 마을이란다. 20번 지방도로를 따라 산 넘고 내 건너고 마을을 지나 들판을 달려오니 '영일만 사방기념공원'이라는 입간판이 나그네의 길을 막는다. 이곳

은 박정희 대통령께서 일본을 방문하고 돌아오는 비행기에서 이곳 상
공에서 말 그대로 나무 한 그루 없는 벌거숭이산을 보시고 정부관계
장관에게 황폐지 산림 녹화사업을 지시하여 1973년부터 1977년까지
포항 영일만 일원 4600ha(46㎢)의 황폐지에 특수사방사업을 실시하여
울창한 산림으로 변모시킨 지역으로 사방사업기술센터 등의 시설이 있
으며 세계 30여 국가에서 이 사방사업을 전수받아가기도 한, 우리나라
유일의 사방사업 전시장이기도 하다.

　　오도리를 지나 칠포해수욕장이다. 동해의 물결이 땅끝에 닿아 허옇
게 더러 누우며 나에게 아우성을 친다. 크게 소리친다. 맑고 깊은 귀
를 갖고 들으라고, 그러면 이 세상의 그 어떤 아픔과 슬픔도 다 씻어질
거라고 한다.

　칠포해수욕장을 나서서 산모퉁이를 돌아나가니 공단지구다. 계속 이
어지는 공단을 지나 번잡한 시내 도로에 진입하는데 자전거 여행에서
가장 긴장이 되는 곳이 시내 도로인지라 전방과 좌우를 잘 주시하며
진행해야 하기 때문에 피로도가 급격히 쌓인다. 영일대 해수욕장에 도
착하여 길옆 소공원 빨간 아가씨 조형물 아래에 자리를 차지하고 인근
화장실에서 세면한 다음 초코바, 빵, 두유 등으로 에너지 보충. 그런데
길 가는 몇 분이 내게 와서 이런저런 질문이 이어지고… 정말 도심 한
가운데 위치한 영일대 해수욕장은 참 깨끗하고 이어지는 소공원은 아
기자기하게 잘 꾸며져 있다.

　　　　　　　멈추지만 않는다면 도착할 수 있다

나그네는 길을 나선다. 포항 송도 해수욕장이다. 바람결에 흔들리는 바다의 숨결이 나그네의 가슴을 쓸고 또 쓸어주는 것 같다.

형산강변 체육공원을 따라가니 바로 포항제철. 한마디로 시꺼먼 공룡 같다고 하는 표현이 어울릴 것 같은 그런 포항제철 공장을 끼고 달리니 그다음은 해병대기지 정문. 포항시 동해면 소재지를 빠져나와 929번 지방도로 올라 연오랑 세오녀공원과 포항시내가 멀리 보이는 고개에 멈춰 휴식을 취한다. 뜨거운 태양의 빛을 입과 팔 벌려 마신다. 그리고 마음으로 기원한다.

"태양이여! 더럽고 추한 이 몸과 영혼의 쓰레기, 부질없는 탐욕과 오만을 태워다오, 번뇌와 욕망의 덫에서 벗어나 밝고 맑고 품 넓은 마음의 빛을 누릴 수 있게 해다오."

바람 부는 언덕에서 바라보는 눈부시도록 아름다운 5월의 태양과 맑고 푸른 바다의 모습은 마음 한구석의 여유를 일깨워준다.

영일대 해수욕장에서 들은 호미곶으로 가는 해안 길은 굽이굽이가 험해 힘들고 고된 길이라고 한 말이 실감난다. 흔히 하는 말로 장난이 아니다. 힘들면 쉬어가지. 이 나그네더러 누가 빨리 오라고 하느냐, 예쁜 님이 기다리기나 하나, 아름다운 자연의 풍광에 취해 산 고개를 오르고 또 오른다. 시원한 해풍이 불어오고 간간이 갈매기가 쉬이 같이 가자고 소리 내며 앞서 날아간다.

뱃속은 뭐 좀 챙겨달라고 아우성인데, 아이고 지금은 굽이굽이 산 고갯길. 나 어떡해? 다정했던 네가, 상냥했던 네가 그럴 수 있나. 그래, 급한 대로 카스테라 하나에 생수다. 알았지? 미안해.

코를 자극하는 카스테라의 향기! 입안에 부드럽게 적당한 양의 침과 함께 섞이는 이 감촉! 그리고 물과 함께 목구멍을 타고 몸속으로 내려가는 이 느낌! 아, 이 행복! 이 원초적 행복!

행복이란 무엇인가? 사전적 해석은 갖고자, 얻고자 하는 욕망이 충족된 상태라고 했다. 그래서 욕망이 작으면 충족하기 쉽다.

행복은 대체로 욕망과 반비례하고 소유와 비례한다고 하지만 반드시 그렇지만은 않다. 옛말에 '지족자(知足者)는 빈천역락(貧賤亦樂)이요, 불지족자(不知足者) 부귀역우(富貴亦憂)니라' 했다.

'만족할 줄 아는 사람은 가난하고 천하여도 또한 즐거울 것이요, 만족할 줄 알지 못하는 사람은 부하고 귀하여도 또한 근심하느니라'. 마음먹기에 따라 누구나 부자가 될 수 있다는 말이다. 행복은 정신적 자유이며 경제적 자유이다. 그리고 욕망에서 자유로울 수 있어야 하고 물질적 소유욕에서 자족할 수 있어야 한다.

모든 소유와 인연에 대한 집착을 버릴 수 있기를, 된 숨을 내쉬며 고개, 한 고개를 오를 때마다 내 몸과 영혼에서 가슴에 남은 상처가 집착의 굴레가 하나하나 떨어져나가기를 기도하는 마음으로 나그네 길을 간다.

박목월 시인의 '나그네'를 읊으며 구름에 달 가듯이 길을 간다. 맑은 하늘 쳐다보며 산 넘고 물을 건너며 길을 간다.

나 이제 살았다. 호미곶항이다. 어디가 좋을까 기웃기웃하다가 한 식당을 발견했다. 나이 꽤 들어 보이는 아저씨가 식당 밖으로 수조를 청소하고 계시길래 됐다, 저 집으로 간다.

식당에 들어서니 썩 정리정돈이 잘되어 있는 집은 아닌데 나보다 나이가 더 많아 보이는 아주머님이 "어서 오이소" 하고 맞는다. 혼자인데, 보시다시피 자전거 타고 부산 가는 길인데 매운탕 되냐고 물으니 Yes, OK. 아휴, 음식이 나오는데 큰 냄비에 고기도 듬뿍. 아이고 사장님,

왜 이렇게 많이 주느냐고요? 시간이 몇 시인데 여태껏 밥도 못 먹고…. 이것 너무 많으니 덜어놓고 먹겠다고 하니 한사코 그냥 먹으랍니다. 집 나오면 배고픈 이치 아니냐고.

다 먹고 나오는데 이거 미역귀 꾸들꾸들 말린 것이니 씹으면서 자전거 타고 가라고 한 봉지 주시는데 거기다 식사값은 15,000원. 이 나그네 한사코 20,000원을 드리고는 이런저런 이야기를 내외분과 한참 하고 나니 시계가 3시나 됐네. 꼭 다시 들르겠다고 명함 챙겨 왔는데 이 못난 여행자 그 명함을 어디서 분실했는지 찾을 길이 없는데, 그곳에 가면 꼭 찾아서 갈 생각. 늦게 점심식사를 배 터지게 하고 나니 천국이 따로 없는 기분.

호미곶 해맞이광장. 파도가 일렁이는, 끝 모를 동해를 바라보며 무릎을 꿇고 마음을 모은다.

욕심을 비우기를.

미움도 원망도 버리기를.

건강히 살아 있음에 감사하기를.

하루 오늘 하루에 삶에 충실하고 감사하기를.

호미곶 해맞이광장을 출발하여 구룡포로 가는 길은 동해안 종주자전거 길이 잘 만들어져 있어 금요일 오후 시간대이지만 별 애로 없이 남으로 남으로 잘도 내려간다.

아담한 삼정포구를 지나니 구룡포 주상절리 안내판이 보여 사진 찍고 출발. 해안 길 굽이굽이 펜션 또 펜션이 이어지고 조그마한 구룡포 해수욕장 끼고 바닷가로 돌아가니 구룡포항. 시간은 16시 40분.

　여기서 멈추어야 하는지, 갈 데만큼 가야 하는지, 오늘이 금요일 밤이라 숙소가 문제라 휴대폰 검색 실시. 10㎞ 떨어진 모포항(포항시 남구 장기면)에 민박집이 잡힌다. 전화예약 OK, 숙박비 삼만 원 OK. 동네에 식당이 4곳이 있으니 걱정 말고 오라는 주인장 말씀.

동해는 어둠에 잠기고 나그네는

왔다 가는 파도 소리에 쉬이 잠 못 이룬다

이 한 세상

어차피 스쳐 지나가는 한 자락 꿈인 것을

너 잘나고 내 못난 것

다 종이 한 장 차이인 것

기쁨과 슬픔도 다 부질없는 순간순간들

이 좋은 계절

저렇게 살아 있다고 살겠다고

나날이 무성하게 하늘 끝도 모르고 솟아오르는 잎새들

저 또한 세월이 차고 저물면

제 뿌리로 돌아가듯

이 몸 또한 절로 그렇게 돌아가리

절로 떨어지리

미움도 고마움도 사랑도

다 놓고 떠나갈 것을

나의 사람들이여

미안하고 고마웠소

그대가 있어 행복했소라고

살풋한 미소 띠며

떠나갈 수 있기를

저녁에 돋은 별

아침이면 사라져 없듯이

⚑ 5월 23일

모포항(포항시 남구 장기면) ⋯ 감포(21km) ⋯ 경주시 문무대왕면 문무대왕암 해변(10km)

⋯ 경주시 양남면 나아 해수욕장(17km) ⋯ 울산시 북구 정자항(15km) ⋯ 울산 동구 주

전동 주전 몽돌 해수욕장(9km) ⋯ 울산 북구 염포동(9km) ⋯ 온산읍(18km)

📍 총 100km

지난밤 깊은 잠을 잤는지 몸이 가뿐한 아침이다. 동해안의 이름 없
는 조그마한 모포항의 새 아침은 더 없이 상쾌하다.

이 새날 새 아침, 내 조국 내 강산, 내가 서 있는 이 동해안 길. 너무
나 아름다운 이 길 위에서 나그네의 오감은 저절로 열리고 몸은 가벼
이 자유롭게 하늘을 나는 갈매기가 되어 거침이 없이 길을 간다.

> 맑고 하아얀 하늘
> 푸르디 푸른 바다
> 구름은 일었다 사라지고
>
> 어디서 왔는지 물새 한 쌍
> 올랐다 내렸다
> 울다가 사라지고

봄 여름 가을 겨울

뜨는 해 지는 해

다 제자리에서 제 모습을 있는 그대로 보이건만

빈손으로 왔다

줄 것도 받을 것도 없이 빈손으로 가야 할 인생길에

뭘 그리도 바둥거리는지

저 바다는 어제도 오늘도 푸르름 그대로인데...

토요일이지만 이른 아침 시간이라 동해안 포구와 포구를 이어주는 2차선 해안도로는 말 그대로 내 것이다. 조그마한 영암포구 31번 2차선 국도 만나 산 고개를 넘으니 양포항이다.

동해 먼바다에서 밤새 조업하고 귀항한 배들이 있는 포구 쪽에는 세상 사람들 사는 소리가 크게 들리고, 양포항을 돌아나오니 아침 햇살이 동해바다를 비추어 새 세상이 열린 것같이 온 세상이 밝게 빛난다.

이 시간 이 길에서 혼자서만 이러한 풍광을 보기에는 너무 아깝다는 생각이 들고 나그네는 노래를 한다.

사월의 노래

(시 박목월)

목련꽃 그늘 아래서 베르테르의 편질 읽노라

구름꽃 피는 언덕에서 피리를 부노라

멀리 떠나와 이름 없는 항구에서 배를 타노라

...(중략)...

빛나는 꿈의 계절아 눈물 어린 무지개의 계절아

목련꽃 그늘 아래서 긴 사연의 편질 쓰노라

31번 국도에서 떨어져 나오니 바로 아파트들이 보이고 번잡한 감포읍 내로 들어선다. 내심 오늘 아침도 시원한 생선탕이 눈에 아른거린다. 드디어 발견! 해장국 전문식당. 식당에 들어서니 제법 손님이 많은데 배낭에 붙어 있는 '우리나라 한 바퀴 2,600㎞'를 보고서는 식당 주인은 물론이고 몇몇 손님들까지 아이고 어르신, 어디서 어디로 가시는지 등 질문이 이어지고 졸지에 이 나그네는 주인공이 되어 답변을 드리고 흐뭇한 마음으로 다시 길을 나선다. 이 여행의 끝 지점 부산 다대포가 눈에 아른거린다.

좋은 풍광에 배부르니 더 이상 무엇을 바라리오. 작년 2월에 우연히 자전거를 알게 되고 낙동강 자전거 길에 빠져 그래, 남들도 하는데 나라고 못할소냐. 대한민국 사내로 태어나서 우리나라 강을 따라 오롯이 나 혼자서 해보는 것도 인생에 얼마나 큰 의미 있는 일인가 생각하고 시작된 국토 종주 자전거 길을 무탈하게 마친 후 나만의 역사(history)를 생각하던 중, 그래 우리나라 땅 외곽으로 한 바퀴 자전거로 해보자는 결심을 하게 되고 그것을 실행하고 있는 오늘에까지 이렇게 무탈하게 몸 성히 살고 있음에 감사하고 이 여행을 통해서 내 마음의 품이 넉넉해지고 가벼워졌다는 사실과 지금부터 이 땅에 살아갈 남은 시간에 대한 나만의 뚜렷한 그림이 그려졌다는 것이 이 여행의 결과물이라 생각한다.

이까지 올 수 있었던 가장 큰 힘은 자기 긍정, 자기 암시라고 해야겠다. "나는 할 수 있어, 하면 된다, 세상에 안 될 일이 어디 있어"라고 하는 강한 자기 긍정의 힘을 나는 믿는다.

"네가 믿는 대로 되리라" 한 예수의 가르침이나 일체유심조(一切唯心造)라고 한 원효의 말은 모두 강한 자기 암시, 자기 긍정을 갈파한 것이다.

겨자씨만 한 믿음만 있어도 산을 움직인다는 강한 자기 암시를 마음의 밭에 뿌려 신념을 갖고 살아간다면 능히 못할 일이 무엇이 있겠는가. 적극적이고 긍정적인 자기 암시는 삶을 변화시킨다. 내 인생에 있어서도 이 자기 긍정, 자기 암시가 거의 절대적인 영향을 미쳤다고 해도 과언이 아니다.

선대에서 물려받은 것은 논 한 마지기, 밭 150평이 전부다. 동생 셋, 자식 둘을 객지에서 대학교육 시킨 햇수는 29년, 더하여 결혼까지 내 홀몸으로 무난히 끝을 냈다. 때로는 방황과 좌절감을 느끼면서도 결코 두 손 들고 포기할 수 없었다.

멋있게 일어나야 한다는, 버티고 견디어내야 한다는 의지와 신념을 가졌다. 그리고 믿는 대로, 원하는 모습대로 되었다. 나는 믿는다. 소망의 위대함을. 씨앗을 빨리, 많이 거두기를 원한다면 욕망이지만 뿌리고 일하고 추수를 원하는 것은 소망이다.

욕망의 끝에는 희망을 가장한 절망이 기다리고 있다. 연꽃이 더러운 흙탕물에 살면서도 물을 정화시키는 아름다운 꽃을 피우듯 소망은 이 험한 세상의 고난의 길에서 벗어나게 하며 안정의 꽃을 피운다.

우리는 소망하고 또 간절히 소망해야 한다. 열심히 노력해야 한다. 이 치열한 생존의 시대에 남과 달리 열심히 해야 한다. 그래야 소망을 이룰 수 있다. 작은 소망 하나를 이루면 다음 단계로 업그레이드하며 다시 또 다른 도전을 하고 결국에는 자아실현을 해야 한다.

이것은 나 자신의 소망이기도 하지만 일찍이 52살 나이에 이 세상을 등진 어머니의 못 배운 한, 가난했던 한을 풀어드려야, 꼭 풀어드려야 한다는 나 자신 스스로의 약속을 지키는 것이다.

긴 꿈이었을까

저 아득한 세월에

거친 바람 속을 참 오래도 걸었네

내 젊음의 시간은 지나고

나 외롭게 걸어왔네

그러나 이제, 이제는

나의 길을 가네

어느덧 문무대왕릉[33])이 보이는 해변에 도착했다.

가게가 보여 우유와 빵으로 에너지를 보충하고 쉬고 있는데 자전거를 타고 온 사람에게 저기 앞에 울산 방향으로 가는 터널로 진행하면 안 되느냐고 물으니 노견이 없는 왕복 2차선 터널이라 불가능하고 카카오맵에 나오는 대로 산을 둘러서 가라고 한다. 그 이유는 여기서부터 나아 해변까지 월성 원자력발전소가 있기 때문이라고 설명한다.

문무대왕릉 해변을 나와 큰길을 나서니 바로 동해안 자전거 종주길이라고 들판 가운데 2차선 농로 길로 안내하는데 얼마가지 못해 우측

---

33)   문무대왕릉: 사적 158호. 경주시 문무대왕면 봉길리. 681년 신라 문무왕이 죽자 동해 큰 바위에 장사를 지내고 그 바위를 대왕암이라 불렀음. 삼국을 통일한 문무왕은 자신이 죽으면 화장한 뒤 유골을 동해에 묻으면 용이 되어 동해로 침입하는 외적을 막겠다고 유언함.

에 '감은사지 3층 석탑'[34] 안내판이 보여 감은사지로 가니 이른 시간
이라 관람객은 한 명도 없고 절터에 있는 석탑만 촬영하고 되돌아나
온다.

농로를 따라 계속 가니 경주 전통명주전시관 앞을 지나고 산기슭에
난 논길을 오르고 또 오른다. 그리고는 야호, 거저 먹는 내리막길. 오
목조목 잘 조성된 공원을 나아가니 동해안에서 처음 보는 검은색 모래
인 나아 해수욕장이 나타난다.

이곳에는 행락객이 꽤나 붐빈다. 흑사장에 내려가 앉아 잠시나마 멍
때리기를 한다.

---

34) 감은사지(感恩寺址) 3층 석탑: 국보 112호. 경주시 문무대왕면 용당리 55-3. 통일신라 31대 신문왕 2년
(682년) 창건된 사찰. 문무왕이 승려 지의(智義)에게 죽은 후 나라를 지키는 용이 되어 불법을 받들고
나라를 지키겠다는 유언을 하고 죽자 신문왕이 부왕의 뜻을 받들어 절을 세우고 감은사라 하였다.

멈추지만 않는다면 도착할 수 있다

이제 이 시간

쉬어가자

마음의 짐을 내려놓자

다 내려놓자

70년의 그 세월 봄 여름 가을 겨울

울퉁불퉁

아등바등

브레이크 없는 인생길

너무

너무도 안쓰럽지 않는가

휘이휘이 날려보내자 털어내자

손을 펴 내려놓자

먹고 싶은 것 먹고

하고 싶은 것 하고

가고 싶은 데 가고

보고 싶은 사람 보고

그렇게 하고 살자

인생은 여행길

인생은 한 장, 한 장의 벽돌을 쌓는 것

크기, 색깔, 모양은?

점심시간이 다 되어가니 행락객들이 점점 늘어나고 해안 길을 나서는데 오가는 차는 더 많아 제대로 진행을 할 수도 없고 언덕 위 하얀 집이 보인다. '양남성당'이라고 쓰인 간판이 보여 자전거를 끌고 성당 마당에 들어서니 연륜이 있어 보이고 잔디밭, 꽃밭 등 잘 정돈이 되어 있고 500~600평이 넘어 보인다.

성모상 앞에 성호를 긋고 조용히 본당에 이르니 아무도 없어 고요, 적막 그 자체다. 헌금 봉투가 성전 입구에 있어 봉투에 교적과 본명을 적고 이만 원을 봉투에 넣어 헌금함에 넣고 성전에 무릎 꿇고 정갈한 마음으로 기도를 올린다.

비움의 기도

(이해인)

노을을 휘감고 묵도하는

11월의 나무 앞에 서면

나를 부르는 당신의 음성이

그대로 음악입니다

이별과 죽음의 얼굴도

그리 낯설지 않은

이 가을의 끝

주여

이제는 나도 당신처럼

어질고 아프게

스스로를 비우는

겸손의 나무이게 하소서

아낌없이 비워냈기에

가슴속엔

지혜의 불을 지닌

당신의 나무로 서게 하소서

나무로 서게 하소서

앞차를 따라 진행하다 보니 경주 양남 주상절리 안내판이 보이는데 보고 갈까 말까 망설이다, 안내도만 휴대폰에 담고 울산으로 직행.

울산이 가까워질수록 사람과 차는 늘어나고 나그네의 발걸음은 속도가 떨어지고, 그래도 동해의 바람은 잊지 않고 나를 스쳐 불어오니 그저 감사한 마음. 정자항에 이르니 이곳은 완전한 신도시와 고층 아파트가 숲을 이룬다. 편하고 사람도 덜한 중국집에 들어가 오랜만에 잡채밥. 침이 꿀떡 넘어가고 국물도 한 그릇 더 추가요.

이 동물적, 원초적 배 채움, 이 기름기 있는 고소함, 정말 맛있다. 정말 행복하다.

지방도 1027호 동해안 자전거 전용길이 교통안내봉으로 구획이 되어 있어 편안한 길을 따라 말 그대로 소풍길마냥 사뿐사뿐 길을 간다. 그런데 교통안내 봉으로 구획된 길이 사라졌다 나타나고, 주전 몽돌해수욕장(울산시 동구 주전동)은 동해안에서 유일무이한 몽돌해수욕장이다.

시리도록 파란 풍경, 경쾌하게 구르는 자갈 소리, '퍼억' 하며 뒤집는 파도, 온몸에 와닿는 시원한 해풍, 확 트인 동해는 내가 아는 단어로는

다 담아내지 못하는 그런 멋지고 황홀한 광경, 울림을 주는 자연의 풍
광이다.

필히 주전고개를 넘어야 울산시내로 갈 수가 있어 노견도 거의 없는
2㎞ 넘게 그것도 거의 일직선으로 난 길을 "이놈아 날 좀 살자" 하며
고개를 오른다. 세 번을 멈추어 서서 물 한 모금씩 마시며 주전 고갯마
루에 올라섰다. 슈웅 내려가는 남목동, 3차선 도로 인도에 자전거 전
용길이 놓여 있어 그나마 편하게 진행을 하여 염포삼거리에 도착한다.
염포삼거리애서 장생포항으로 가자면 태화강 강변도로를 따라가서 명
촌교를 넘어 다시 태화강 호안으로 해서 가는 것이 신호등도 거의 없
고 시간도 단축된다.

현대제철, 현대모비스, 현대자동차를 끼고 태화강 명촌교까지는 평
지에 신호등 하나 없으니 세상에 Very good! 명촌교를 지나 온통 공

장지대를 관통해서 나오니 장생포 고래박물관 앞에 당도하니 무슨 구경이 난 모양일세.

우르르 내 주위에 사람들이 모이고 이때는 "나 어떡해"가 절로 나온다. 궁금증에 대답하고 또 하고 그중에 젊은 남자 한 분이 어르신 짱이라고 거금 일만 원도 주시네요. 감사 또 감사.

시계는 오후 4시 반. 이곳을 떠나야 한다. 몇 킬로미터라도 줄여야 한다는 생각에 진하해수욕장을 검색해보니 일몰상 거리가 멀고 온산읍까지 가는 것으로 결론, 거리는 18㎞. 6시면 충분히 도착할 수 있는 시간이다. 공단지역을 돌고 돌고 조그마한 산 고개 2개 넘어 온산읍내에 당도하니 먹을 것은 많은데, 일단 눈에 보이는 물횟집으로 여차여차 물으니 온산 우체국 사거리 위에 가면 숙박업소가 많다고 일러준다.

오늘은 허리 잘린 반도 나라인 내 나라 육지부에서 숙박하는 마지막 밤이다. 이제 남은 여정은 내일 부산 다대포까지, 그리고 거제도 본섬과 연육교가 연결된 섬 3곳, 마지막으로 다대포에서 창원까지의 450㎞가 남아 있다.

자전거 타고 '우리나라 한 바퀴 2,600㎞' 여행은 한마디로 표현한다면 "아름다웠다"라고 해야겠다.

힘들었지만 그 힘든 길을 선택한 것은 나였고, 불편했지만 그 불편 여정을 이끈 것도 나였다. 고통스러웠지만 그 고통스러운 순간 그곳에 머문 것도 바로 나였다.

오직 '나'로 가득 채워졌던 30일의 시간. 그래서 나의 여행은 너무나 감사했고 행복했고 아름다웠다.

그 모습이 어떻든 그 내용이 어떻든 그건 중요치 않다. 나의 삶이, 지난 삶이 소설로 쓰여진다면 지난 30일을 담은 이 여행길의 이야기를

멈추지만 않는다면 도착할 수 있다

가장 가슴 설레이게 읽을 것이고, 나의 지난 삶이 노래로 만들어져 불린다면 우리나라 한 바퀴 2,600㎞ 여정을 담은 그 노랫말이 가장 가슴 뛰게 하고 마음에 와닿을 것이다.

그리고 먼 훗날 "이 여행이 있었기에 감사와 행복을 알았노라"라고 세상을 향해 이르고 당당히 말할 것이다.

꼭 잊지 말고 새겨야 할 것이 있다. 한 삶이, 한 여정이 풍족하지 않아도, 편안하지 않아도, 멋지지 않아도 간절히 소망하고 진심을 다한다면 그 모두는 하나의 아름다운 작품(또는 역사)이 될 수 있다.

내가 택한 것이라면 그 작품이 누군의 것과 비슷해도 상관없다. "그것은 내 자신이 선택한 내 자신의 전부다"라고 당당히 말할 수 있으면 된다. 그 모든 것이 나의 선택에서 시작될 때, 비로소 우리는 자신의 삶을 진지하게 그리는 삶의 예술가가 되어 있을 것이다.

▙ 5월 24일

온산읍 우체국 ⋯ 울산 울주군 서생면 진하 해수욕장(11km) ⋯ 나사 해수욕장(7km)

⋯ 기장군 일광읍 칠암항(12km) ⋯ 기장군 기장읍 죽성성당(13km) ⋯ 해운대(16km) ⋯

다대포 해수욕장(30km) ⋯ 사상 시외버스터미널(15km)

📍 총 104km

한마디로 하늘 맑고 깨끗하고 볼에 와닿는 대기가 상큼한 아침이다. 오늘 여정은 부산 다대포까지 약 100km인데 일요일이라 좋은 날씨에 많은 행락객들이 동해 해변으로 얼마나 많이 나들이 나올지가 걱정이다.

첫 경유지인 진하 해수욕장까지는 회야강변에 나 있는 자전거 전용 길을 단숨에 갈 수 있는 길이다. 진하 해수욕장을 말 그대로 회야강 바람을 타고 금방 도착했다. 해변에 잔잔히 밀려오는 파도가 너무 보기 좋아 모래사장으로 걸어나가 동해바다의 물로 세수를 해본다.

손바닥에 한가득 바닷물을 담아 입에도 넣어본다. 동해의 물맛은 한량하기 그지없다. 밀물처럼 밀려왔다 썰물처럼 빠져나가는 저 파도, 세상 인심도 저 파도 같은 물거품이 아닌가 하는 생각을 하며 진하 해수욕장을 떠나 간절곶으로 간다.

부지런한 여행객들이 군데군데 산책도 하고 추억을 사진으로 남기는 모습들이 동해 모습과 잘 가꾸어진 공원이 어우러져 이국적인 풍경,

멈추지만 않는다면 도착할 수 있다

거기에 더하여 따뜻하고 밝은 아침 햇살까지 더해지니 너무 평화로운 모습의 간절곶이다.

'간절곶' 표석 뒤 바위에 걸터앉아 눈을 감는다. 바다의 소리를 마음으로 듣는다.

빛이 없으면 아무것도 볼 수 없다. 하지만 빛이 있어도 볼 수 없는 게 있다. 오히려 눈을 감아야 보인다. 마음의 눈으로 보인다. 진실은, 간절함은 마음의 눈으로 볼 수 있으니까. 바다에서 떠나신 부모님, 내 자신, 그 옛날의 고향이 보인다. 문득 예수님의 말씀이 생각난다. "세상에 있는 동안 나는 세상의 빛이다."

나사 해수욕장을 경유해서 칠암항으로 둥실둥실 마음으로 춤추며 간다. 나사 해수욕장을 거쳐 해안 길을 가고 가는데 웬 철제 펜스가 떡하니 앞길을 막는데 "아이고 바보야, 카카오맵 잘 보고 다니지 않고." 그때서야 지도 검색을 하니 고리 원자력발전소가 해변을 막고 서 있음을 알고 돌아서 산을 끼고 나가니 부산에서 울산까지 이어진 동해남

부선 월내역이 보이고 칠암항에 도착.

아침식사를 챙겨야 할 시간. 길가에 늘어선 횟집은 생략하고 불 켜진 식당으로 입장하여 잡어 매운탕으로 결정. 오늘 아침은 조용히 식사 잘하고 길을 나선다.

이제는 일광 해수욕장 경유 죽성성당(죽성드림세트장, 2009년 SBS 드라마 '드림' 촬영)으로 출발한다. 2차선 지방도에 그런 대로 노견에 자전거도로 표지가 되어 있지만 그렇게 온전히 차도와 구분된 그런 길이 아니라 정신을 바짝 차리고 진행한다.

오늘 다대포까지 가는 모든 길이 긴장을 하고 가야 하는 그런 여정이기에 룰루랄라 하면서 갈 만한 그런 길이 아니다. 해동성취사라는 절 입구에 넓은 주차장 공터가 있어 잠시 쉬어간다.

일광 해수욕장을 알리는 큰 아치가 있어 그냥 지나칠까 하다가 해변으로 가니 서핑하는 사람이 있어 호기심에 서핑보드가 어떻게 생긴 구조인가 싶어 양해를 구하고 들고 보고 하다 그 사람들과 이런저런 이야기를 하고 또 길 위의 인연들과 무탈하게 잘 가시라는 인사를 나누고 길을 나섰는데 해수욕장을 끼고 산 고개를 한참 올랐는데 우측 팔각정에 있는 중년 내외분이 아이고 아저씨, 이 길은 요 안에 있는 동네 가는 막다른 길이니 돌아나가란다. 나가서 찻길로 가다가 기장군청 지나서 바로 좌측 산길로 가면 죽성성당이 나온단다.

또 잠시 그분들과 이야기를 나눈 후 "아이고 두야 두(頭)야" 하며 돌아나온다.

멈추지만 않는다면 도착할 수 있다

　우리나라 곳곳에 있는 영화나 드라마 세트장과 마찬가지로 실망만
하고 휴대폰에 사진만 남기고 대변항으로 향한다. 길에는 점점 운행
차량이 눈에 띄게 늘어나고 해운대까지는 오후 1시까지는 도착할 수
있어야 오늘 일정이 무리 없이 진행이 될 수 있을 것 같은데….

　부산이 가까워질수록 아무런 감흥도 없고, 이곳을 자전거를 타고 지
나가야 한다는 그 생각만 있다. 더하여 사람 조심, 차 조심하며. 죽성
성당에서 대변항까지는 해변 산길은 민가나 상가가 없어 편한 마음으
로 주행을 했는데 앞으로 도로 사정이 어떨지 걱정이 된다.

　대변항이 내려다보이는 길가 언덕에서 위에서 아래로 맨소래담으로
마사지를 하고 잠시 휴식을 취하는데 동해안 길을 오면서 만났던 많은
길 위의 인연들이 눈에 스쳐 지나간다. 얄궂은 이 시절 몸 건강히 잘
지내시기를 기원한다.

해안 길 2차선을 달린다. 서암항을 지나니 길은 4차선으로 변하고 인도 안쪽으로 밤색으로 포장된 자전거 전용 길이 있어 말 그대로 야호 하며 달린다. 부산시장님 너무 감사합니다.

해동용궁사 입구도 지나고 송정 해수욕장(부산 해운대구 송정동) 입구부터 차들과 사람들이 도로를 꽉 메우고 있다. 자전거를 끌고 해수욕장 해안 길로 와서 겨우 천천히 자전거를 타고 진행할 수 있는데 위험해서 다시 끌고 가다 그늘진 벤치가 있길래 자전거를 세워두고 보니 푸드트럭이 몇 대 보여 시원한 냉커피에 꼬치를 사고 사장님께 해운대 가는 길을 의논하니 여기 위에 철도 옆에 놓인 데크 따라 청사포까지 갈 수 있으니 편하게 그렇게 하고 자전거는 못 타게 되어 있는데 적당히 알아서 타고 끌고 가면 아무 문제 없다는 정보를 주신다. 한마디로 오, 나의 구세주!

청사포까지 자전거를 타다 끌다를 반복하며 가는데 목재 데크와 철로 주변에 무슨 공사를 하는지 공사 자재들이 많이 보인다. 데크가 끝나고 해운대 달맞이길로 올라가는데 도저히 자전거를 탈 수가 없다. 2차선 달맞이길을 만나 빌딩 숲속을 지나며 해운대 해수욕장에 안착했다.

멈추지만 않는다면 도착할 수 있다

광장 주변의 나무 그늘에 가서 누웠다. 아니 쓰러졌다. 한참 눈을 감고 있었다. 벅찬 감동이 일어날 줄 알았는데 예상 밖으로 덤덤하다. 앞으로 이 여행길, '우리나라 한 바퀴 2,600㎞'를 끝내자면 거제도 길 300㎞가 남아 있어서 그런가. 고통과 건디어내는 것에 도전했던, 그래서 감사하고 행복했던 이 여행이 앞으로 내 삶에 어떤 모습으로 투영될지를 모르겠다. 그렇지만 궁극적으로는 긍정적이고 의미 있는 여행이었다는 것을 스스로 증명해보이는 삶을 살아가리라는 것은 분명하다.

이제는 부산 도심을 지나 다대포까지 가는, 한시도 긴장을 놓아서는 안 되는 길을 가야 한다. 잘 정리된 자전거 전용길을 따라 광안리 해수욕장 방향으로 가는데 수영강을 건너니 한마디로 무서워 무서워하는 차도인데 배짱 두둑이 앞만 보고 나의 길을 가련다.

지하철 2호선이 지나는 왕복 6차선 도로로 인도 한컨에 붉은색으로 포장된 자전거 길이 보여 앞만 보고 달리는데 대연고개도 넘고 문현4동사무소를 지나 강변을 따라오니 부산항이다. 남해 해양경찰청을 지나니 휴일이라 그런지 부산항 이면도로라서 그런지 통행 차량이 한가하다.

부산항 쪽에는 높은 철책 펜스에 북항 재개발지역이라고 되어 있다. 용두산공원 입구를 지나고 부산 아미동 우체국이 있는 소방도로를 따라간다. 중간중간 카카오맵을 보고 또 확인하면서 주택가 길을 한참 올라가니 제법 큰 2차선 길이 나오고 감천 문화마을 안내센터 앞이다.

이제 좀 물도 마시고 쉬어야 할 시간. 너무 피곤하다.

멈추지만 않는다면 도착할 수 있다

카카오맵을 꺼내어 앞으로 진행할 길을 머리에 입력하고 출발이다. 이때는 목적지를 짧게 짧게 입력하고 가야 길을 놓치지 않는 법. 바다 쪽에는 감천항이고 사하구 국민체육센터에서 다시 지도 숙지하고 출발. 을숙도 대로에 진입했다. 사하구 장애인 종합복지관을 지나서는 고갯길, 또 고갯길. 아휴, 사람 진 빠진다.

사하경찰서 앞 사거리에서 좌회전, 지하철 1호선 장림역을 지나고 계속해서 다대로를 따라가는데 내 죽겠다. 또 고갯길이다. 그래도 희망은 있다. 끝이 보인다. 다대로를 가고 있으니까.

다대포 해수욕장에 도착, 주차장 옆 나무에 기대어 앉았다. 다시 안경을 벗고 배낭을 베개 삼아 누웠다. 아무 생각이 없다. 담담하다.

천천히 가도

허덕거리며 가도

다다를 곳은 매한가지

한곳인 것을

더러는 조금 살다

더러는 조금은 오래 살다

가야 할 곳을 가는 것을

뭐들 이 짧은 시간에

아둥거리며

미워하고 손가락질하며

스스로에 갇혀 살아가야 하는지

서로 아끼고 사랑하고

보듬고 이해하며

그렇게 살아가면 좋으련만

조그마한 자존심과 내 생각

내가 좀 수그리고

내가 먼저 다가가고

내가 조금 내려놓으면

참 화평하고 평온한 세상살이련만...

　다대포에 도착하여 마음이 많이 오락가락한다. 사상 시외버스터미널에 택시 타고 갈 것인가? 15㎞ 거리를 한 시간 더 수고를 할 것인가, 이것이 문제로다.

　풀밭에 누웠다 일어나니 더 편해지고 싶은 건 당연지사. 야, 이성윤! 일어서! 사상까지 한 시간이면 되는 것 요령 부리지 말자.

　슈웅, 사상 도착. 6시 버스로 창원행 버스에 올라 3박 4일 영덕부터 다대포까지의 자전거 여행의 피로에 포로가 되어 잠이 들었다.

5부

거제도 일주와
2,600㎞의 마지막 구간

우리나라
한바퀴
2600km

⚑ 10월 18일

거제시 하청면 칠천도 일주도로(17km) ⋯ 거제시 거제면 산달도 일주도로(7km) ⋯

거제시 사등면 가조도 일주도로(18km)

📍 총 42km

오늘은 친구 이성호 교수가 동행하여 거제 본섬과 연육교가 가설되어 있는 섬 3곳을 여행하는 일정이다. 창원에서 승용차에 자전거 2대를 싣고 거가대교를 경유하여 칠천교를 건너기 전에 있는 공원에 차를 주차해놓고 거기서부터 출발한다. 섬을 우측에서 좌측 방향으로 일주하는 코스다.

칠천교 - 물안 해수욕장 - 송포 방파제 - 칠천초등학교 - 칠천량해전공원 - 칠천교로 이어지는 코스로, 섬 일주 거리는 17km이나 거제에 있는 섬의 지형은 전부 낙타등을 닮은 지형이라 평지를 라이딩하는 것보다는 소요시간과 에너지 소모가 큰 여정이다.

길은 오직 한길. 우측에 바다를 조망하면서 가벼운 마음으로 나지막한 산 고개를 오르고 내리면서 호수같은 쪽빛 남쪽 바다를 상쾌한 바다 내음을 한껏 마시면서 쉬엄쉬엄 간다. 왼쪽 산기슭에서 대를 벌채하는 모습이 보여 자전거를 세워서 대를 보니 대가 대부분 내 팔뚝 굵기보다 더 큰 대들이라 정말 놀랍다.

멈추지만 않는다면 도착할 수 있다

올록볼록 나오고 들어간 해안을 따라가니 물안 해수욕장 입간판이 보이고 그 뒤에는 아담한 백사장이 누워 있다. 제법 숨을 가쁘게 하는 고갯길을 올라가니 '거제 섬섬길 칠천량해전길'이라는 큰 안내판이 보이는데 그 안에 거제 '맹종죽 테마파크'라는 곳이 눈에 띄어 보니 이 맹종죽은 거제도에서만 있는 향토자원인 대나무라고 쓰여 있다.

칠천도 섬 안에 있는 산과 산 사이에 있는 들을 끼고 가니 하얀색 건물이 보이는데 '부산대학병원 인재개발원'이 자리 잡고 있다. 평화롭고 고요한 조그마한 포구를 지나 들어갔다, 나갔다, 오르고, 내리고, 그다음은 자전거를 끌고서는 아담한 포구의 주인 없는 정자에 잠시 쉬고 간다.

멈추지만 않는다면 도착할 수 있다

칠천량해전[35]공원 입구에 자전거를 거치하고 공원에 올라 전시관에
가니 코로나로 잠겨 있고 데크 전망대에 오르니 눈에 보이는 수려한
풍광에 할 말을 잊는다.

35)   칠천량해전(漆川梁海戰): 칠천량해전은 삼도 수군통제사 원균이 지휘하는 조선 수군이 도도 다카도라
가 지휘하는 왜군에 의해 1597년 7월 16일 새벽 칠천도 앞바다에서 전멸에 가까운 패배를 당한 사건.
이 패배로 인하여 조선은 왜군이 저지르는 학살과 약탈 등 온갖 만행을 당하기 시작하는 단초가 됨.

다음은 승용차에 자전거를 싣고 거제도 남쪽 끝에 있는 산달도(山達島, 거제시 거제면)로 이동한다. 거제도 본섬과 연결된 산달 연육교는 2018년에 개통되었는데 100여 명 조금 넘는 주민이 산다고 했다. 마을은 3곳에 있고 해안가 일주도로는 콘크리트 포장이 되어 있고 거의 경사가 없는 일주도로(7㎞)라 구경 한번 잘했네. 그런데 이 조그마한 섬에도 교회와 보건진료소가 있는 것을 보고 우리나라 참 좋은 나라라는 생각이 든다.

이제는 청마(青馬) 유치환(柳致環, 거제 출신, 1908~1967) 기념관(거제시 둔덕면 방하2길 6)으로 간다.

멈추지만 않는다면 도착할 수 있다

청마 기념관을 나서며 떠오르는 글. '호사유피 인사유명(虎死留皮 人死有名)', 짐승은 죽어서 가죽을 남기고 사람은 죽어서 이름을 남긴다.

"난초가 깊은 산속에서 알아주는 사람이 없다고 하여 향기롭지 않은 것이 아니다"라고 한 공자의 말씀처럼 인격체의 존재인 사람은 누가 알아주고 안 알아주고가 아니라, 그 이전에 이 땅에 왔다 간 흔적을 만들고 가야 한다. 그것은 자존의 문제다. 흔적을 남긴다는 것은 그저 받은 생명의 선물에 대한 감사한 마음의 보답이요, 최소한의 인간 노릇이 아닌가.

2009년 개통된 가조도(加助島) 연육교를 지나 얼마 진행하지 않아서 우측에 주차장이 넓은 곳에 편의점과 식당이 보여 점심을 먹고 가조도 일주를 하기로 한다. 매운탕으로 식사를 하고 식당 사장님께 주차 관련 의논을 하니 신경 쓰지 마시고 다녀오시라는 말씀.

가조도는 섬의 형상이 아령 비슷하게 안쪽에는 일주도로가 없고 위쪽에 있는 지형은 일주하는 도로가 있어서 1시간 반 정도면 일주를 끝낼 수 있을 것 같다.

식당을 나와 출발하고 처음부터 조금은 경사가 높은 산속으로 길은 이어지고 휴, 하고 숨을 내쉬니 눈앞에 바로 바다풍경이 펼쳐지고 아령 손잡이 지점에서는 이쪽저쪽 아래로 조그마한 포구가 내려다보이고 언덕 양쪽으로는 건축공사 현장으로 어수선한데 이 지점이 노을을 볼 수 있는 좋은 곳인지 펜션, 가게 이름에 '노을' 두 글자가 들어 있다. 사등면사무소 가조출장소 삼거리에는 이곳에 있는 옥녀봉(333m) 등산 안내판이 크게 서 있다.

오른쪽 방향으로 한 바퀴 돌아 이곳으로 다시 원점 회귀하는 해안도로를 따라가기로 한다. 산비탈에는 군데군데 건축공사가 진행 중이고 해안가 언덕에는 펜션이라는 이름의 집들이 계속 이어진다.

섬 끝 지점에 닿으니 바로 앞바다 건너에는 고성 동해면이 보이고 조금 멀리는 마산 구복 방향이 보인다.

이내 이은상 선생님의 '가고파'가 입에서 절로 니온다.

> 내 고향 남쪽 바다 그 파란 물 눈에 보이네
> 꿈엔들 잊으리오 그 잔잔한 고향 바다
> 지금도 그 물새들 날으리 가고파라 가고파
> …(중략)…
> 그날 그 눈물 없던 때를 찾아가자 찾아가

왠지 더 움직이기 싫다. 시원한 바닷바람 맞으며 아무 생각 없이 누워 잠들고 싶다. 친구는 가자고 하고 나는 조금만 더 있다 가자고 간청하여 OK.

> 바람이 구름을 싣고 가는지
> 구름이 바람을 끼고 가는지
> 나도 저 구름같이 가다가다 흔적도 없이 사라지겠지

괜시리 울적해지며 단시(詩) 한 구절이 떠올라 읊조리는데….

> 만사개유정(万事皆有定)
> 부생공자망(浮生空自忙)

멈추지만 않는다면 도착할 수 있다

세상사 모든 일은 운명에 따라 정해져 있는데

사람만 그도 모르고 공연히 떠돌며 찾는구나

📍 4월 9일

거제대교 ⟶ 거제 둔덕면 어구항(13km) ⟶ 거제면사무소 거제 국민체육센터(14km) ⟶

거제시 동부면 가배항(15km) ⟶ 남부면사무소 저구항(12km) ⟶ 거제시 남부면 해금강

입구(17km)

📍 총 71km

2021년 4월 9일부터 11일까지 거제도 일주 일정. 작년 10월 이후 회사 업무 관계로 중단한 '우리나라 한 바퀴 2,600㎞' 자전거 여행에서 지금껏 미완주로 남아 있는 거제도 한 바퀴 약 240㎞와 마지막 종결 구간인 다대포에서 창원 구간을 이번 주에 마무리하기 위하여 길을 나선다.

거제도 구간은 도로 여건이 거의 2차선이고 지형이 거의 다 산길 구간에다 낙타등을 닮은 길이라 지금까지의 그 어느 구간보다 신체적 고통이 수반되고 또 주말이라 차량 통행이 많은 관계로 각별히 안전에 유의해야 하는 일정이다.

아침 9시 승용차에 자전거를 싣고 거제대교로 출발한다. 거제대교를 내려와 3일간 안전하게 차를 주차할 곳을 물색하다 거제수협 대교지점이 보이길래 됐다 생각하고 가보니 건물 반지하와 건물 뒤편 옥외주차장이 꽤 넓어 보여 주차하고 수협 직원에게 신고할까 망설이다 그냥 출

발한다.

　점심은 둔덕면 소재지에서 하든지 아니면 편의점 도시락으로 할 생각으로 그냥 출발한다. 물론 하느님께 오늘 이 길 늘 함께하시어 무탈하게 끝낼 수 있도록 기원하며 떠난다.

　지방도 1018번 2차선 도로를 따라 가볍게 앞으로 나아간다. 둔덕면 사무소 앞 11시 20분 편의점에서 도시락을 사서 배낭에 넣고 들판을 가로질러 나가 첫 산 고개를 오르고 휴우…. 서서 잠시 물 한 모금 하고 산 고개를 내려서니 어구항이다.

　이 어구항에서는 맞은편에 있는 한산도 소고포항으로 수시로 페리선이 운항하고 있다. 오른쪽으로 바다를 끼고 차량 통행이 거의 없는 길을 좌측으로는 산을 끼고 꼬불꼬불 산길을 간다. 바다 건너에는 섬이 보이는데 자세히 보니 작년에 갔던 산달도다.

　한숨 돌리는데 뽕뽕 경음기 소리에 뒤를 돌아보니 군내버스 같다. 지금껏 우리나라 팔도를 다 돌아다니면서 이 여행길을 나섰던 첫날 고성 동해면에서 들은 이후 두 번째 기록. 그래요, 기사님. 산 고갯길 커브니까 조심할게요.

산달도 연육교 입구 삼거리 아무도 없는 버스정류소에 들어 점심 만찬을 시작한다. '고수레' 하며 거제 앞바다 용왕님께도 공물을 바친다.

1018 지방도 2차선을 따라 산 고개를 오르니 '알로에 테마파크'가 나오고 그냥 지나쳐 내려가니 멀리 제법 큰 읍내가 보이는데 거제면사무소 소재지다.

작은 들판을 끼고 가다 보니 저 앞에 일직선 제방이 보이길래 읍내를 통과하는 것보다 시간, 거리가 단축된다는 판단에 얄궂게 된 길도 아닌 길을 지나 둑방길에 오르니 잘 만들어진 체육공원 터. 여기서 우리나라 참 좋은 나라라는 말이 절로 나온다.

아니, 이건 무슨 관공서 '경남 수산안전기술원'이라고 이름이 붙어 있네. 읍내를 나와 1018 지방도를 따라가는데 갑자기 눈앞에 국도 5호선이 나타나고, 기왕 가는 길 국도를 벗어나 둑방길을 가니 길가에 멋진 정원을 가꾸어놓고 자전거를 예쁘게 세워놓고 거기에 더하여 초등학교 학생들이 사용하는 작은 의자도 있고 예쁘게 꾸며놨길래 이 나그네 쉬었다 간다.

거제시 동부면사무소 입간판이 보이는 곳에서 국도 5호선 따라 제법 힘 빠지게 하는 고갯길이 나오고 영차 하고 오르니 평평한 길이 얼굴을 내밀고 아이고 고생했네, 하며 반기는 것 같다는 생각이 든다.

편안히 고갯길로 내려가니 가배항 입구. 장사도 유람선이 있다는 안내판도 보이고, 통과하는데 이게 웬 도깨비장난인지 국도 5호선은 어디 가고 또 1018 지방도를 만나네. 그래 거제 동네길 지방도 따라가는데 우와, 또 만났네 고개! 그것도 잠시, 시원시원 달리고 달려 월포항.

오늘 처음으로 맨소래담 마사지 실시. 내 몸 내가 아껴야지. 저 앞에 우뚝 솟은 산이 보이는데 카카오맵을 보니 500m가 넘는 가라산 시리봉을 넘어간다. 시간은 오후 4시가 좀 안 됐고, 그래 오르고 또 오르면 못 오를리 없지.

저구항이 발아래 내려다보이고 해는 지려면 한참이고, 그래 여차 홍포전망대로 해서 해금강 동네 가서 첫날밤을 보내기로 마음먹고 1018 지방도를 이탈하여 거제도 본섬에서 볼록 튀어나온 홍포전망대를 빙돌아 해금강 동네로 간다.

오른쪽 해변 언덕에는 펜션인지 주말별장인지, 골조공사 하다 중단된 흉물이 여러 채 보이고 근포동굴을 알리는 안내판도 보이고 그래도 나그네는 씩씩하게 앞만 보고 간다. 홍포마을에 왔는데 확 트인 풍광 그리고 점점이 섬, 섬들. 아스팔트 포장도로는 여기까지이고 울퉁불퉁 자갈길이 시작되고 요리조리 비껴가며 씩씩거리며 산속 숲길을 올라간다.

아이고 이놈 죽겠다. 홍포전망대 300m 앞에서 정지 Stop!

　한참을 숨을 고르고는 자갈길을 춤추듯 하여 드디어 홍포전망대 도착.

　"자연은 사람을 속이지 않고 공짜는 없다."

　이 글은 이 나그네가 지은 명언이다. 홍포전망대에 올라서서 풍광을 본 소감이 이 명언이 나오게 만들었다.

멈추지만 않는다면 도착할 수 있다

또 좁은 자갈길을 조심조심 가니 갑자기 콘크리트 포장도로가 나오
고 여차등에서 다시 지나온 홍포 방향을 한번 뒤돌아보고는 텐트치고
여기서 하룻밤 자면 참 좋겠다는 생각을 접고 여차마을로 신나게 내려
와서는 아 또 나 살려주오라는 말이 절로 나오는데 능선에 오르니 이
산의 이력이 큰 간판에 적혀 있다.

다대항을 지나 거제의 천연기념물 동백군락지에서 동백꽃들의 방긋한 모습을 보며 바람의 언덕이 내려다보이는 해금강 입구에 무사히 도착했다.

　밤은 깊어가는데 이 나그네는 쉬이 잠을 들지 못하며 뒤척인다. 똥, 오줌을 미련 없이 버리듯 온갖 번뇌와 상념을 미련 없이 버릴 수만 있다면 얼마나 좋을까.

　그것은 무덤 속에 가서나 가능한 일일까. 그래서 부처는 극락세상을 이상향으로 했었고 노자는 무위자연의 세계라고 했고 토마스 모어의 이상향은 유토피아라고 했다.

　유토피아라는 말은 '어디에도 없는 나라'라는 뜻이다. 인간사 시름을 덜어주는 그곳은 어디일까. 있어도 보지 못하고 들어도 듣지 못하고 있는 것인가. 어디서 만날 수 있을까. 알 수 없기에 발걸음은 무겁고 그곳을 찾아가는 이 고행의 길은 더욱 의미가 있다.

그대와 내가 서로 생각하는 마음이 깊어지면

세월 따라 우리의 정리도 때깔 좋은 단풍 보이리다

그대에게 어둠이 조금 더 일찍 찾아들면

내가 조금 더 일찍 불 밝히면 되지

이제 이 세월 이 나이에 그 무슨 부귀영화를 보겠나

이 시절 이만큼 존재하는 것만으로도 감사하고 살아가세

세상사 힘들다고 그리 서글퍼하지 말게나

인생은 공수래공수거라고 하지 않았던가

우리 그간 얼마나 노고가 많았니

그래 그 얼마나 엎어지고, 자빠지고, 분노하며 밤을 지샜니

사람 사는 세상

그 어딘들 온기가 남아있지 않으랴

그 누군들 아픈 상처의 흉터 하나 갖고 살지 않은 사람

어디 있으랴

먼 세월 오래지 않아

그대와 나 희비의 짐, 성공과 실패의 자국들 다 내려놓고

돌아갈 그 길, 그 길 끝에 얼마지 않아 다다를 걸세

천지사방에 꽃이 피어나는 이 계절

길 위의 나그네가 되어 맞는 이 밤

까닭 없이 쓸쓸해지고 서글퍼짐은 왜일까

이 고통의 여행을 끝내고

가슴의 품이 좀 커진 내가 되어

나 그대와 쓴 소주 한잔 나누세

┣ 4월 10일

해금강 입구 ⋯ 거제시 일운면 망치 몽돌 해수욕장(16㎞) ⋯ 장승포항(14㎞) ⋯ 외포
초등학교(18㎞) ⋯ 장목면 유호전망대(14㎞) ⋯ 황포 해수욕장(10㎞) ⋯ 장목항(7㎞)

📍 총 79㎞

어제저녁 해금강에서 숙소를 찾다 보니 펜션은 비싸서 자전거 여행
중 처음으로 모텔에 숙박하였는데 혹시 피곤하여 아침에 일출을 못 볼
까 걱정해서 4시 반에 알람을 해놓고 잔 덕분에 제때 일어나 여행객들
이 가는 지점으로 가서 보는 일출의 풍광은 동해에서 보았던 일출과
는 또 다른 모습으로 다가온다.

멈추지만 않는다면 도착할 수 있다

이곳에서 아침식사를 하고 해금강 유람선을 타고 섬을 관광하고 갈까, 아니면 한 걸음이라도 빨리 갈까 고민하다 얼마 떨어지지 않은 학동 몽돌 해수욕장(거제시 동부면)으로 출발한다. 거제대로 국도 14호선 2차선 길을 오른쪽 산 아래 보이는 거제 앞바다의 시원한 풍경을 바라보며 정말 갈매기 한 마리가 된 기분으로 산길을 간다.

능선에 닿으니 산 쪽으로 조그마한 해금강 휴게실이 보여 가보니 이른 시간이라 닫혀 있다. 덕분에 물 한 모금 마시고 출발. 지나는 길의 풍경을 보자면 통행 차량도 거의 없고 노건도 넓고 깨끗하고 거기다 이어지는 동백나무 숲, 길가의 나무숲 너머로 보이는 푸른 바다와 예쁜 산새들의 모습은 한 폭의 수채화인데 나 혼자 독점해서 보고 듣고 느끼고 가는 것이 너무 행복하고 한편으로는 아깝다는 생각이 든다. 자동차를 타고 가서는 이 맛, 이 멋을 결코 가질 수 없는, 길 위의 여행자만이 누릴 수 있는 특권이다.

학동 해수욕장에 도착했는데 큰 도시 중심가 같은 그런 동네 인상이 들고 우선 집 나온 나그네인지라 때가 되었으니 속부터 채워야 하는 법. 이 길 저 길 다니다 보니 매운탕으로 결정하고 식당으로 들어서는데 손님 대여섯 명과 남자 사장님의 시선이 내 모습과 배낭에 집중되고 연이어 "와이고… 우짠다고 이렇게 다니시느냐" 등 질문 공세 시작. 이 나그네는 오롯이 혼자 여행하면 좋은 점 등을 강조하며 여행 일정과 소회를 설명하니 도대체가 그 위험한 자동차 도로를 어떻게 다닐 수 있냐는 사고의 우려를 가장 크게들 생각하는 것 같다.

이곳 사장님도 식대는 안 받겠다고 하시는데, 나는 그러면 안 된다고 하여 만 원으로 낙찰했다. 사장님 정이 넘치는 그 마음, 저도 꼭 간직하고 실행하며 살아가겠습니다.

우리나라는 예로부터 "임금님의 하늘은 백성이요, 백성의 하늘은 밥"이고 "금강산도 식후경"이라 했는데 그 누가 의식주(衣食住)라고 했는지, 의당 "식의주"로 바꾸어 말해야 맞는 거 아닌가. 우리나라에서 1950년대까지 시골에서 태어난 사람들은 배불리 세 끼를 밥에 쌀이 7~8할 들어간 밥을 먹은 사람이 그리 흔하지 않을 것이다.

다들 기억나는 보릿고개 춘궁기는 그 얼마나 힘든 시기였던가. 오늘의 시대에는 먹을 것이 넘쳐나서 너무 과하게 먹어서 건강에 이상이 오는 시절을 살고 있다. 세상이 이렇다 보니 음식을 대하는 사람들의 태도나 자세도 내돈내산(내가 돈 주고 내가 산 것)이라 하지만 뭘 아끼고, 아깝다는 의식이 너무 없는 것 같아, 이건 아닌데라는, 정말 잘못됐다는 생각을 하는 세태다.

조선시대 빙허각이라는 이름을 가진 이씨 가문의 여성이 지은 규합총서(閨閤叢書, 순조 9년, 1809년)에 가정 살림살이와 조리에 관한 내용이 있는데 식시오계(食時五戒)라고 하여 음식을 먹을 때에 생각해야 할 다섯 가지 덕목을 열거하고 있는데, 첫째, 내 앞에 놓여진 이 음식이 얼마나 어려운 과정을 거쳐서 여기 놓였는지를 생각해보라. 둘째, 음식을 먹기 전에 사람으로서 자기 할 도리를 다 했는지를 생각해보라. 셋째, 음식을 탐내는 마음을 막아 참다운 성정을 쌓아야 한다. 넷째, 모든 음식에는 저마다의 영양과 기운을 북돋아주는 힘이 있으니 음식의 맛에만 취하지 말고 약처럼 먹으라. 다섯째, 일하지 않는 자 먹지도 마라.

오늘을 살아가는 우리 모두는 위의 글들을 꼭 곰곰이 되씹어봐야 할 것이다.

학동 몽돌 해수욕장을 배경으로 휴대폰에 사진을 담고 있는데 사진

멈추지만 않는다면 도착할 수 있다

을 찍어주시는 분의 질문이 또 이어지고, 아니 그런데 내가 뭐 정말 쉬이 보기 힘든 여행을 하는 사람인가 하는 생각이 든다.

"네 선생님, 무탈한 여행 되세요"라는 상냥한 서울 말씨의 인사를 받고 장승포를 향하여 출발. 서서히 산길 경사도가 높아지고 180도로 꺾이는 지점에서 학동 해수욕장을 내려다보니 잔잔한 바다와 산 아래 새 각시 허리같이 굽은 몽돌해변 풍경이 너무 아름답다. 산을 넘고 넘어 돌아나가니 이름도 이상한 망치(望峙) 몽돌 해수욕장(거제시 일운면 망치리)을 지나간다.

거제도의 해안선 지형이 그냥 밋밋한 형상이 아니고 리아스식 해안으로 올록볼록 들어가고 나간 형세로 해수욕장과 마을은 당연히 안쪽에 위치해 있어 마을을 돌아서 그곳을 되돌아보면 모두가 평화로운 풍경이다. 해변 위 산길을 가는데 분명 동백나무인데 흰색이 보여 자전거를 멈추고 자세히 보니 흰 꽃의 동백나무다.

그런데 동백나무 주위 아스팔트 도로에 제비꽃 한 송이가 보이는데 이 마음 여린 나그네의 마음을 울린다. 마음 같아서는 캐내어서 산기슭에 심어주고 싶은데, 사진 한 컷 찍고서는 보고 또 보고 안쓰러운 마음이지만 제비꽃의 안녕을 빌며 길을 나선다.

저 아래 구조라 와현 해수욕장이 아담하게 깊이 자리 잡고 있다. 지금껏 여행하면서 처음 보는 안내간판이 보여 사진을 찍고 읽어보니 사연인즉 이 길 아래는 사유지이고 낚시하는 사람들이 많이 들어와 낚시를 하고 가면서 사유지인 해안을 너무 오염시켜서 제발 쓰레기 등을 남기지 말고 출입해달라는 내용이다.

지주분의 훈훈한 마음이 엿보이는 안내문을 보니 기분이 괜스레 좋다.

멈추지만 않는다면 도착할 수 있다

　구조라를 지나 천천히 산길을 오르니 우측에 서이말 등대 가는 도로 표지판이 보이는데 또 갈등이 시작된다. 그리고 이 고개 이름이 '누우래재'라 되어 있어 눕지는 않고 앉아서 휴식을 한다. 서이말 등대는 말을 많이 들어서 이번에 꼭 둘러보고 간다고 마음먹었건만 어제 무리한 까닭에 오늘 지금 몸이 꽤 무거운지라 통과하기로 한다.

　지세포 방향으로 시원하게 달려 내려간다. 일운면 소재지가 있는 시가지는 꽤나 교통량이 많아 서행으로 조심조심 지세포를 지나 장승포로 가자면 또 고개를 넘어야 하는 건 당연지사. 장승포항을 지나 고갯마루에 오르니 눈앞에 웅장한 상선들이 보이는데 정말 대단한 규모의 대우조선이다.

　산기슭으로 왕복 4차선 길로 이어지고 대우조선 정문 방향으로 진행하니 길은 왕복 8차선에 자전거 전용 길도 나 있어 아주 편하게 진행한다.

　옥포시내 길은 전부 자전거 전용 길로 진행하는데 중간에 조그마한 도로변 쉼터가 있어 막간을 이용해 휴식으로 몸에 에너지도 보충한다. 옥포시내를 벗어나니 왕복 4차선 도로로 바뀌고 인도가 꽤 넓은데 절반은 자전거 전용 도로로 포장되어 있고 옥포 중앙공원이 있다. 잠시 쉬면서 옥포 시가지와 대우조선을 내려다보니 참 우리나라가 대단하다는 생각이 든다.

산 고갯길을 오르니 오른쪽으로 옥포대첩기념공원 가는 길이 있고 고개를 내려가니 거제도 국제 펭귄수영대회가 열리는 덕포항이다. 덕포항부터는 도로는 왕복 2차선으로 바뀌고 굽이굽이 산길을 가는데 김영삼 대통령 생가 2.7㎞라는 팻말이 나타난다.

대계항에 당도하니 행락객 차들로 번잡스럽고 바로 이곳에 김영삼 대통령 생가와 기록전시관이 자리 잡고 있다.

이곳에서 떠오르는 글, '화무십일홍(花無十日紅) 권불십년(權不十年)'. 중국 남송의 시인 양만리가 지은 납전월계(臘前月季)에 나오는 글귀로, '아무리 탐스러운 꽃이라 하여도 열흘을 넘기기 어렵고 아무리 힘 있는 권세도 10년을 넘지 못한다'라는 뜻이다.

김영삼 대통령 생가와 기록관을 둘러보고 바로 붙어 있는 외포항에서 점심을 먹기 위하여 출발한다. 그런데 또 여기서도 사단이 나는데,

출발하려고 자전거를 끌고 나오는데 40대로 보이는 두 사람이 길을 막는다.

어떻게 묻는 대로 답변을 해야지 그 두 사람은 고교 친구이고 부산 거주하고 낙동강 자전거 종주를 했는데 뜻밖에 내 배낭에 쓰여진 '우리나라 한 바퀴 2,600㎞'를 보고 깜짝 놀라 물어본다고 한다. 잠깐의 인연은 서로에게 덕담을 나누고 안녕을 기원하며 헤어진다.

외포항에 도착하여 동네 분에게 식당을 물어보니 방파제로 가면 많이 있다고 말씀하시길래 슈웅. 회덮밥으로 환상의 맛 듬뿍 담아준 회의 맛과 질, 그리고 양에서 110% 만족하고 꼬불꼬불 산길과 들길 그리고 마을길을 따라 거가대교를 조망할 수 있는 유호전망대로 가는데 중간에 TV에 방영되어 많이 알려진 매미성(거제시 장목면)을 들러 간다.

매미성은 2003년 태풍 매미로 경작지를 잃은 백삼순 씨가 자연재해로부터 자기 농토를 지키기 위해 오랜 세월 돌을 쌓고 시멘트를 올리고 또 쌓고 한 것이 유럽의 중세시대를 연상케 하는 성의 모양을 띠게 되었는데 아무런 디자인이나 설계도 없이 했는데 하나의 훌륭한 작품이 만들어진 것이다.

긴 세월 한 사람의 땀으로 이루어진 결실로, 이 동네는 많은 방문객으로 인해 가게도 들어서고 따라서 지가도 폭등하여 이 동네 사람이 전부 부자가 되었다고 한다.

유호전망대에 오르니 저절로 환호성이 터져나온다. 가덕도와 부산신항, 그리고 저 멀리 다대포가 멀리 보인다.

바람아 구름아
함께 가는 우리 길
오늘은 어디에서나 머물러

멈추지만 않는다면 도착할 수 있다

마음의 벗을 찾아 평온을 얻을꺼나
지향 없이 오고 가는 덧없는 나그네 길만은 아니길

구름에 바람 싣고 바람에 구름 싣고
무량한 세상
마음 둘 곳 없는 한 마음 한 마음들
전할 길 없는 그대의 마음일랑
쉬어 쉬어 넘는 고갯마루에 걸터앉은 객에라도 전하려무나
그 한 마음도 정한이 그리울 테니

오다가다 눈길 주고받으며
정들면 손잡고 부비고 치대고 부대끼고
그리고는 온기가 있는 밤낮이 오고갈 것이거늘

인생이란
무엇이냐고 물으면 나는 이렇게 답하리
중천에 떠가는 구름이요
이 한 몸 스쳐 지나는 바람이더라고

이제 황포해수욕장(장목면 구영리)으로 간다. 산속으로 난 아주 조용한 숲길을 오르고 내리고 꾸불꾸불. 한 템포 늦추어 쉬엄쉬엄 간다. 또 간다.

산기슭을 따라오다 보니 지방도 1018호다. 그리고 보니 거제도 외곽을 일주하는 길이 이 지방도인 것 같다. 조그마하고 조용한 마을 앞

구영 해수욕장이 있고 바다에는 조그마한 섬들이 적당한 거리를 두고 아무런 기척 없이 앉아 있다. 저기 저 섬에도 사람이 사는지? 또 나의 방랑기가 발동하여 한번 가봐야겠다는 생각이 스물스물 오른다.

백사장 해안도로가 금방 끝나고 다시 산길을 오르는데 길은 국도 5호선으로 이름이 바뀐다. 그러고는 황포마을. 쉬었다 가야겠다. 많이도 피곤하다.

토요일 오후 시간이라 차량 통행량이 많을까 걱정했는데 외포항을 지나서부터는 조용한 길이라 천만다행이다. 시간은 오후 4시 반. 오늘 주행한 거리에 비해서는 꽤 시간이 많이 지났다. 이제 장목면 소재지 장목항까지 가면 오늘 여정이 무탈하게 마무리된다.

남은 길도 거제도 전형적인 길과 마찬가지인데 그렇게 높은 산 고개는 안 보여서 이 또한 감사하고 고마운 일. 나지막한 산 고개를 지나는데 노래가 절로 한 수 나온다.

감자 심고 수수 심는 두메산골 내 고향에
못살아도 나는 좋아 외로워도 나는 좋아
눈물 어린 보따리에 황혼빛이 젖어드네

제목을 가만히 생각해보니 '유정천리'네. 비치골프장 입구도 지나고 산 고개를 2개 넘으니 장목항. 제법 도시다운 냄새가 나는데 장목파출소가 보여 들어간다. 여차여차 말하니 민박이 있긴 있는데 주말이라 어떨지 모르겠다며 잠시만 기다리라고 하고 어디 전화하더니 파출소 밖으로 나가자고 한다. 밖에서 조금 기다리니 한 아주머니가 오시고, 경찰관 아저씨 감사해요. 당신은 멋쟁이 경찰관.

민박집 아주머니 따라갔는데 정리정돈 합격. 그런데 주말이라고 5만 원이라는데, 세상에 2년 동안 전국팔도 다녀도 이건 아니라는 생각에 "아이, 나 돈 없어요" 씨름하다 하다 4만 원으로 결정. 몸이 축 늘어진다.

좀 누워 있다 씻지 하고 크게 누웠다. 눈을 감고 누우니 나른하고 몽롱해진다. 정신을 차리고 샤워하고 세탁하고 그다음은 민생고 해결. 파출소 경찰하고 저녁 먹을까 하다, 아니야 돈 아껴야지 하는 결론에 이르러 민박집 사장님께 물어 소고기국밥집으로. 그렇게 그렇게 시간은 흘러 세상은 어둠에 잠기고 이 나그네는 거제도에서의 두 번째 밤을 맞는다.

글 한 줄 남기고 잠에 든다.

고통 속에서 깨달음을 얻고
또 그 깨달음으로
고통은 더 깊고 넓어지네
그러나 또 한편
마음의 품도 넓어지기도 하다만

이 찰나 같은 덧없는 세월
잃지 않고 얻는 것이
그 어디에 있으리오만
종국엔 그마저 놓아야 하는 법
그러나 사지 성한 그날까지
나만의 성을 쌓고 또 쌓아야 하리

▐ 4월 11일

장목면사무소 ···› 하청면사무소(9km) ···› 석포 마을회관(7km) ···› 성포항(21km) ···› 거제
대교(9km)

◉ 총 46km

2년 걸쳐 도전한 자전거 타고 '우리나라 한 바퀴 2,600km'의 여행길도 오늘 오전 거제 일주 236km(2박 4일)를 끝내면 마지막 구간인 부산 다대포부터 창원까지 62km만 남겨두고 있다.

'인간 자존감은 4~11세에 높아지기 시작해서 중년까지 완만하게 상승해 60세에 최고치에 이르고 70세까지 이를 유지하다가 서서히 낮아진다'라는 스위스 베른대학 연구진의 분석이 있다. 일본의 노화 연구진은 '60~70세가 인생에서 가장 빛나는 골든 에이지(Golden age, 황금기)'라고 평가한다.

현대 경영학의 창시자인 피터 드러커(1909~2005)는 93세 때 "언제가 인생의 가장 전성기였다고 생각하는가"라는 질문에 열심히 학술활동을 하던 60대 후반이었다고 답했다. 올해 102세인 김형석 교수가 "내 삶의 황금기는 60~75세였다"라고 말하는 것도 이와 통한다.

첼로의 거장 파블로 카잘스는 90세에도 하루 6시간씩 연습하며 "나는 지금도 조금씩 발전하고 있다"라고 말했다.

이런 분들의 사례처럼 인생의 황금기는 그냥 슬슬 편하게 살면서 그냥 주어지는 게 아니라 자신을 어떻게 가꾸느냐에 따라 달라진다.

나이만 들었다고 그냥 존경받는 건 아니다. 자칫하면 노욕(老慾)이나 노탐(老貪), 노추(老醜)에 빠질 수 있다. 또한 시대 조류에 뒤떨어진 '꼰대' 소리를 듣기 십상이다.

이 시점까지 살아오면서 축적된 삶의 지혜도 중요하지만 '지혜로운 노인'이 되려는 노력이 더 중요한 것이다.

세월은 나이만큼 빠른 속도로 간다는 말을 실감케 하는 오늘이다. 명절이나 생일 때면 또 한 살 나이를 먹으면서 자신을 되돌아본다.

나는 내 삶의 끝에서 어떤 열매를 거둘 수 있을까? 그때를 위해서 지금도 늦지 않았다. 쉬이 설렁설렁 그저 재미있게만 살아갈 시간이 아니다. 지금 씨앗을 뿌리고 가꾸어야 한다. 나만의 성을 위해 벽돌 한 장씩을 만들어 쌓아야 한다.

나는 소망한다. 죽을 때 한마디, "그래도 이만하면 잘 살았다"라고 하며 눈을 감고 싶다. 나에게 인정받는 나이고 싶다.

그렇기에 사지 성한 그날까지 계획하고 목표를 세우고 행동하고 도전할 것이다.

이른 아침 해변이라 그런지 제법 추위가 느껴진다. 민박집 앞 버스정류장에서 잠시 옷도 하나 더 걸치고 하는데 버스정류장에 설치된 벤치가 너무 따뜻하고 좋다.

세상에나, 이 시골 섬마을에 이런 시설까지 되어 있다는 사실이 놀랍고 한편으로는 내 스스로 우쭐해 본다. 뭐냐면 "그래, 이 나이에 내가 세금을 얼마나 내는데." 다 이런 데 쓰이는 거 아닐까.

장목항을 지나 산을 돌아나가니 오른쪽에 잔디 야구장이 보이는데 두 번째 놀라고 산 고개를 처음 넘고 또 살짝 넘으니 하청면 소재지. 해안도로를 따라가니 이번에는 인조잔디 야구장 2면이 보이는데, 이것으로 세 번째 놀란다. 이 면 소재지에 야구장이라, 눈으로 봤는데도 믿어지지가 않는다.

지금 진행하는 도로는 지방도도 아니고 그냥 마을과 마을을 연결하는 2차선 아스팔트 도로인데 잘 관리되어 있다. 거제 해안선으로 이렇게 4일째 다니고 있는데 지형의 형상이 말로 표현하자면 아기자기하다 해야 할까. 좌우간 나의 느낌은 어떻게 이렇게 기기묘묘하게 생겼는지 이 세상을 만드신 조물주님께 무한한 존경심이 일어난다.

조용한 석포마을 안길을 지나 고갯마루에 오르니 해안가는 모두 조선 관련 공업단지로 이어지고 도로는 4차선으로 변하여 삼성조선이 위치한 옥포로 향한다.

아침식사는 편의점 도시락으로 하는데 더 각별히 일용할 양식을 주신 하느님께 인사 올리고 감사한 마음으로 지나온 거제의 풍광을 그리며 먹는다.

일요일 이른 시간이라 그런지 조용한 옥포시내를 벗어나 거제대교로 향한다. 왕복 6차선 도로인지라 고속으로 통행하는 차량의 소음이 조용한 해안도로만 지나온 이 나그네에게는 공포로 다가온다.

제법 긴 고개를 하나 넘고 가조도 안내 도로 표지판을 보고 시끄러운 국도 14호선을 벗어나 가조도 입구 성포항(거제 사등면)으로 가는 소로를 따라 성포항 해변에 도착한다. 방파제에서 낚시하는 사람들도 구경하고 눈썰미 좋은 한 분에게 내 배낭이 발견되어 자전거 여행에 대해 이런저런 이야기를 나누고 해변가에 난 소로를 따라 말 그대로

멈추지만 않는다면 도착할 수 있다

쉬엄쉬엄 간다.

해안가 조그마한 산등성을 넘고 또 넘고….

길가 풀섶에 빼쪽이 고개 내밀고 피어난
제비꽃의 앙증맞고 수줍은 그 모습은
내 손녀마냥 너무 깨끗하고 고와서
눈길을 뗄 수가 없구나

켜켜이 쏟아져 내리는 밝은 햇살
남쪽 바다에 잔잔히 밀려들고 나는 소리 없는 파도
온 육신이 채여 있는 검은 때를 거두어 가는 푸른 바람

밝은 햇살과 푸른 바람에
오욕과 마음의 짐을 털어내며
나는 오늘도
해변가 산속 숲길을 가고 있네

신거제대교, 거제대교 밑을 지나 출발지에 도착했다. 4월 11일 일요일 11시 20분이다.

⚑ 4월 17일 2,600km의 마지막 구간

부산 다대포 ⋯ 낙동강 하굿둑(9㎞) ⋯ 진해구 남문동 흰돌메공원(24㎞) ⋯ 명동 도선장(7㎞) ⋯ 진해구 행암동 진해 해안도로(7㎞) ⋯ 소죽도공원(7㎞) ⋯ 창원시청(12㎞)

📍 총 66㎞

오늘은 작년 4월부터 시작한 자전거 타고 '우리나라 한 바퀴 2,600㎞' 여행의 마지막 여정인 부산 다대포에서 창원까지의 66㎞ 주행하는 날이다. 오늘은 내게 2019년 2월에 처음 자전거를 만나게 해준 김진호 친구가 부산 다대포 출발지까지 친구 차로 나와 자전거를 싣고 데려다 주는 수고를 자청해서 하는데 고맙고 또 고마운 마음이다.

친구 차를 타고 다대포에 도착하여 기념사진을 찍고 친구는 오후에 내가 창원시청에 도착할 때 환영 마중을 하기로 하고 돌아가고 나는 힘차게 최종 목적지 창원을 향하여 출발한다.

다대포에서 낙동강 하굿둑까지는 자전거 길로서는 한마디로 표현하면 비단길로서 자전거 전용 길이 넓게 그리고 경사도 하나 없고 빼어난 낙동강 하류의 조망이 아주 마음 편히 주행하기에 최상급의 자전거 길이다.

낙동강 하굿둑이 끝나는 지점에서 좌측 해변 길을 따라 명지 신도시를 가로질러 낙동강 서쪽 신호대교를 지나 녹산공단 중심도로를 무

멈추지만 않는다면 도착할 수 있다

조건 직진만 하면 되는 편안한 길이지만, 세상사 아무럼 다 좋을 리는 없는 법.

많고 많은 교차로 신호등. 녹산공단 중앙대로변 녹지대에서 휴식을 취하며 진행하니 어느덧 창원 방향의 도로 표지판이 보이고 국도 2호선을 만나 한참 고개를 오르는데 우측에 제법 그럴 듯한 짬뽕 전문점이 있어 이 웬 횡재지 하며 가던 길을 멈춘다.

이 코로나 시절에 식당에 손님들이 꽤 있는 걸 보니 품질은 분명 양호할 것이라는 예감에 절로 침이 난다. 오랜만에 먹는 짬뽕에 입과 마음이 호사를 하고 가다 만 고갯길을 한참을 영차영차 하며 용원에서 웅동 방향의 2호선 국도를 오른다.

"아이고 힘들어"가 입에서 나오고 고갯마루에서 카카오맵을 보는데 앞으로 진행할 방향을 숙지하고 2호선을 이탈하여 국도 아래 BOX 도로를 통과하여 자전거를 잠시 멈추고 동시에 좌우 주시하고 우측에 SUV 차량 한 대가 오는데 거리상 문제없다는 판단에 길을 가로질러 나가는데 신경질적인 클랙션 소리가 빵빵 연속 울리는데 이 자전거 여행 전국팔도 다 다니면서 세 번째 클랙션 소리 듣는데 정말 밉다 미워, 그것도 아주 신경질적으로 많이. 이에 나도 마음이 꿀꿀하여 자전거를 세우고 물 한 모금 하며 마음을 삭여야지. 뭐, 약자인데 삭여야지.

마천공단을 가로질러 왼쪽으로 잔잔한 바다를 끼고 해안도로를 가다 '황포돛대' 노래비를 만나 배도 부르겠다 쉬어간다. 노래 '황포돛대'는 이 고장 출신 이일윤 작사가가 만든 노랫말로, 이일윤 씨가 군 근무 당시 고향 바다인 영길만을 회상하며 노랫말을 만들었고 군 제대 후 1967년 백영호 작곡 이미자 노래로 발표되어 국민 애창곡이 되었다.

황포돛대

(노래 이미자)

마지막 석양빛을 깃 폭에 걸고
흘러가는 저 배는 어디로 가느냐
해풍아 비바람아 불지를 마라
파도 소리 구슬프면 이 마음도 구슬퍼
아 어디로 가는 배냐 어디로 가는 배냐
황포돛대야

 해안을 끼고 고개를 오르니 이름도 예쁜 '흰돌메공원'이 보인다. 이곳
의 이름은 원래 위에 있는 산이 白石山으로, 이곳에는 흰 돌이 많이
나온다 하여 이름 지었다고 한다. 공원에 있는 망원경으로 부산신항과

　　　　　　　멈추지만 않는다면 도착할 수 있다

거제 방향 바다를 보고 길을 나선다.

공원 길을 내려서니 신개발지로 아파트가 숲을 이루고 호젓한 해안 길을 따라 고개를 돌고 돌아가니 삼포마을 도로 안내 표지판과 '삼포로 가는 길' 노래비가 서 있다. 자전거를 끌고 공원으로 들어가 노래 듣는 버튼을 누르고 몇 번이고 따라 노래를 부르니 덩달아 기분이 좋다.

이 노래는 이혜민 작사·작곡, 가수 강은철 노래로, 이 노래가 만들어진 연유는 1970년대 한여름 어느 날의 해 질 녘 작사가 이혜민 씨가 조용하고 외진 해안가를 찾아 여행하다가 우연히 이 마을을 지나다 눈에 바라다보이는 푸른 산과, 바다와 하늘이 맞닿은 풍광과 뭉게구름이 떠 있는 그런 풍경이 이혜민 씨의 마음을 움직이게 하여 이 노래를 만들게 되었다고 한다.

삼포로 가는 길

(노래 강은철)

바람 부는 저 들길 끝에는
삼포로 가는 길 있겠지
구비구비 산길 걷다 보면
한 발 두 발 한숨만 나오네
아 뜬구름 하나 삼포로 가거든
정든 님 소식 좀 전해주렴
...(중략)...
나도 따라 삼포로 간다고
사랑도 이젠 소용없네
삼포로 나는 가야지

이제 나의 부모님이 잠들어 계시는 묘소를 찾아간다. 1980년 11월 해상사고로 두 분이 한날한시에 같이 돌아가신 이후 명절은 물론 내게 좋은 일, 힘든 일이 있을 때에 찾아오는 부모님 산소지만 오늘 각별히 의미가 있는 날이고 산소가 있는 곳을 지나가기에 인사를 드리러 간다.

아버님은 6·25 참전 유공자로 국립묘지에 안장을 할 수 있었으나 내가 가까이서 찾아뵈어야 한다는 마음에서 안장 신청을 하지 않고 이곳 아버님 고향 땅에 묘소를 잡았다.

아버지, 엄마. 이 아들 자전거 타고 대한민국 팔도강산 돌아돌아 지금 아버지, 엄마 앞에 이렇게 엎드려 인사 올립니다. 아버지, 엄마께서

멈추지만 않는다면 도착할 수 있다

살아오셨던 길을 생각하고 떠올릴 때면 이 자식 눈물이 앞섭니다.

아버지의 일생은 너무나 감당해내기 어려운 삶 그 자체였습니다. 10살의 어린 나이에 엄마를 잃으시고 4살 어린 여동생과 새엄마 밑에서 얼마나 배를 곯고 구박받는 생활을 하셨나요. 그 후 열아홉 청년이 되어서는 일본군에 징병되어 태평양 건너 보루네오 섬에서의 끔찍한 전선, 구사일생으로 온갖 곤욕을 치루며 고국으로 귀환. 그 이후 엄마와 가정을 이룬 후 새엄마의 자식 넷을 거두어야 했던 당신의 삶. 어이 그 고통 필설로 다 하리오.

엄마!

엄마 내가 좀 컸을 때 이렇게 말씀하셨어요. 나 죽기 전에 소원이 하나 있는데 "이 나라 온 세상 어디고 꼭 한번 훨훨 다녀보고 죽을 끼다"라고요. 제가 엄마 한을 이렇게 대신 풀고 왔습니다.

엄마!

엄마는 한평생 배고픔도, 더위도, 추위도 잊고 가시밭길 삶을, 너무나 짧은 생을 살다 가신 불쌍한 정말 불쌍한 여인, 나의 어머니였습니다.

퍼주고 또 퍼주고, 몸 한구석 성한 곳 없던 당신. 지금도 아침, 저녁 엄마의 사진을 보고 인사할 때면 이 아들은 울보가 됩니다. 힘든 그 시절 야매 이빨 하나 제대로 못 하고 50살밖에 되지 않은 나이에 양쪽 볼이 훌쩍 들어간 엄마의 모습은 이 자식의 가슴을 메이게 합니다.

아버지, 엄마.

당신은 배움은 없었지만 이 땅에 살아 있는 도덕 교과서였고 이 아들 삶의 기둥이요, 큰 스승이셨습니다.

두 분은 어째 그리도 황망히 이 세상을 떠나셨습니까.

아버지 57, 엄마 52.

이 자식에게 남겨질 아픔과 눈 뜨고는 잊지 못할 보고픔을 어이 하라고 그렇게도 황망히 떠나셨습니까.

희생만 하고 가신 당신.

사랑만 남기고 가신 당신.

그런 당신이 섧도록 보고 싶어서, 그런 당신이 한없이 그리워서, 저 아래에 바라보이는 바다, 그곳에는 지금도 파도가 일고 그 파도가 넘쳐 이 자식의 가슴에는 한의 눈물이 되어 흐릅니다.

두 분은 내가 이 땅에 서 있는 그날까지 영원한 삶의 스승이요 표상이십니다. 절대 아버지, 엄마의 기대에 어긋나는 자식이 되지 않을 것입니다.

꿈에서라도 한번만이라도 보고 싶은 아버지, 엄마.

이 내 가슴에 두 분 영원히 간직하고 살겠습니다.

STX 조선소(케이 조선소로 변경)를 끼고 산길을 돌아나와 진해 해안도로를 따라와서 안민터널을 지나 창원시청에 무사히 도착하여 대학 후배 안종수, 고교 친구 김진호와 뜻 깊은 포옹을 하고 꽃다발을 높이 들고 "나는 해냈다, 멈추지만 않는다면 도착할 수 있다" 하고 소리쳤다.

이 여행을 마무리하며

　모든 여행의 시작은 그 여행의 끝에 돌아올 곳이 있기 때문에 가능하다. 시련과 역경의 끝에 다가오는 달콤함은 하늘의 섭리다. 캄캄한 밤과 아침의 태양, 북극의 백야도 때가 되면 어둠으로 바뀐다. 삶에는 과거도 미래도 없다. 오직 오늘이라는 현재를 살 뿐이다. 현재에 최선을 다해야 한다.

　여행을 계획하고 길을 나선 것은 나 자신이지만 보이지 않는 신의 손길을 느꼈다. 행복은 자기답게 살고, 홀로 있어도 언제나 의연하게 늘 제자리에 서 있는 나무처럼 나 자신의 길을 나답게 가는 것이다.

　나도 한 시절에는 벗어날 길이 없는, 앞이 보이지 않는 컴컴한 어둠 속에서 고통을 떨칠 수가 없었고 방황도 했다. 그러나 결코 절망하지 않았고 내 생의 길에 있어서 넘고 가야 할 운명이라 생각하고 일하고 또 일하고 남달리 일했다. 그리고 이제는, 아니 오래 전 세월의 부족과 궁핍의 터널을 내 스스로 걷어내고 안분지족(安分知足)의 삶을 이어갈 수 있는 오늘에 감사하고 또 감사한다.

　이 세상사의 모든 일에는 때가 있다고 한다. 잎이 돋을 때가 있고, 꽃이 필 때가 있으며, 열매를 맺을 때가 있듯 천지만물 다 때를 따라 움직이고, 순환하고, 순응한다.

　그래서 사람도 때를 알아야 하고, 때를 따라 움직여야 한다. 삶은, 인생은 시간이라는 배를 타고 세상의 바다를 항해하는 것이다. 살아 있다는 것은 아직 시간이 있다는 것이요, 하루하루 죽음의 시간으로 다가간다는 것이다.

오늘 지금 이 시간, 내 인생의 시간은 몇 시인가?

나는 이 여행을 통하여 빛나는 아침 햇살, 상쾌한 공기, 옷깃을 스쳐 가는 바람을 보았고 느꼈고 감사했다. 자동차 도로에 피어난 꽃을 보고 마음 아파했고 막 허물을 벗고 있는 풍뎅이를 보고 한 생명의 존귀함과 무게를 보고 느꼈다.

햇빛이 내리쪼이는 한낮 밭두렁을 넘는 굼벵이, 지렁이를 보며 살아 있다는 것, 살아간다는 그 원초적 본능을 보고 가슴이 찡하기도 했다.

"내려갈 때 보았네 올라갈 때 못 본 그 꽃을(시인 고은)."

이 시 구절이 갖는 의미도 이제 이 여행을 통해서 알 것도 같다.

이제 내 나이 70. 이 땅에 살아있을 날이 언제까지일지는 모른다. 결코 남아 있는 그 시간이 잉여의 시간은 더더욱 아니다. 흔히 "나이는 숫자일 뿐, 생각이 젊으면 육체도 젊어진다"라고들 한다.

맞는 말이다. 영혼이 젊으면 육체적 나이에 상관없이 끝없이 도전하고 성취하는 인생길을 살아갈 수 있다.

이 여행의 시간과 공간 속에서 많은 배움과 깨달음을 얻었다. 해와 달, 바람과 구름, 나무와 들에 핀 이름모를 꽃들이 이 여행자에게 어떻게 생각하고 무엇을 행동하고 어떻게 살아가야 할지를 느끼게 해주었다.

이제 욕심도 비우고, 미움도 원망도, 후회도 버리게 되었다. 흐르는 강물 소리, 울창한 자연의 말 없는 외침을, 내 마음의 소리를 들었다. 생에 남은 시간, 나 자신은 물론 공짜로 태어난 이 세상에 힘 닿는 데까지 선한 영향력을 남기고 가는 것이 한 인간으로서의 몫과 값어치를 다하고 가는 것이라 생각한다.

인생은 한 편의 영화라고 한다. 자신의 삶이 세상에 하나뿐인 작품임을 알고 자신의 것으로 채워보기를. 그것보다 더 소중하고 아름답고 뜻있는 것이 세상 어디에 있겠는가.

나는 그 장면들을 하나 또 하나 만들기 위해 내 사지가 성한 그날까지 그 길을 가고 또 갈 것이다.

#헌혈하기

2021년 6월 9일 적십자헌혈유공장(은장) 수상

#지역사회 나눔 활동

2017년 2월 14일 창원시장 감사패

#사랑의 열매 공동 모금회

2009년 9월부터 현재까지 매달 10만 원씩 총 2,680만 원 기부

작성일 : 2020.05.15.   수정일 : 2020.10.21.   작성자 : 신유미   조회수 : 1621

동문 인터뷰-이성윤(산업공학72) 경남지역 동문회장

INTERVIEW

동문 인터뷰 | 이성윤 회장님

· 올해로 8년 째 경남동문회장 맡아

· 국토종주 중 스승의날 맞아 방문

· 기부 통해 후배들에게 도움주고자

Q1.

간단한 본인소개 부탁드립니다.

안녕하세요. 인하대 산업공학과 72학번 이성윤입니다. 입학한지는
48년이 되었으며 졸업한지는 어느덧 43년이 되었네요. 올해로 8년 째
경남동문회장을 맡아 인하대의 발전과 동문 상호간의 친목 도모에 힘을
쏟기 위해 노력하고 있습니다. 현재는 경남 창원시 의창구 북면 월계길에
위치한 "동전목재"의 대표이사를 맡고 있는데요. 앞으로도 인하대의
빛나는 발전을 위한 일이라면 발벗고 나설 생각입니다.

Q2.

스승의날에 국토 종주 중 모교에 방문하셨는데 그 이유와 소감 한말씀해주세요.

사실 작년에 학교에 방문하려 했는데 사정이 있어 오지 못했습니다. 그
때의 아쉬움을 달래기 위해 오늘, 5월 15일 스승의날을 맞이하여 모교에
방문했습니다. 지금은 뵐 수 없지만 그리운 교수님들도 다시 생각이 났고
오랜만에 학교를 와서 정취를 느끼니 더할나위 없이 좋았습니다.
학창시절 학업으로 힘들 때도 있었지만 좋았던 추억이 많았기 때문에 꼭
오고 싶었습니다. 지금 이렇게 와서 오랜만에 학교를 둘러보니 변화한
것도 많고 추억이 다시 떠올라 가슴이 벅차 오릅니다. 코로나19로 거의
없지만 학교 주변에 몇몇 지나가는 어린 학생들을 보며 다시 대학시절로

돌아간 것 같은 기운도 받았네요. 오랜만에 오니 앞으로도 가능한 한 모교에 종종 방문하고 싶다는 생각이 들었습니다.

Q3.

자전거를 이용하여 국토 종주를 시작하게 된 이유가 있으신지?

옛날에는 항상 차를 타고 이동하는 일이 많았습니다. 직접 땀을 흘리고 자연의 정취를 느끼고자 자전거를 한 번 이용하게 되었는데 정말 마음으로 와닿는게 많았습니다. 그 이후로 계속 자전거를 타다보니까 국토 종주까지 하게 되었습니다. 작년에는 4대강(한강,낙동강,연산강, 금강), 제주도 일주, 섬진강, 동해안종주(강원-경북), 충북 오천길 종주, 국토 종주(부산 낙동강 하구둑-인천 서해 아라갑문) 총 1900km를 국토 완주를 하여 그랜드슬램 인증서를 받았습니다. 참고로 그랜드슬램이란 나라에서 지정한 길을 완주하여 스탬프를 모아야 받을 수 있는 인정서입니다. 올해에도 우리나라 육지부 외곽으로 한바퀴, 2600km 완주를 목표로 새로운 도전을 진행하고 있습니다.

Q4.

학창시절 가장 기억에 남는 에피소드는 무엇인가요?

저도 학생이었으니 학교에서 수업을 들었던 게 기억에 많이 남습니다. 항상 열정을 다해 가르쳐주셨던 교수님들과 열심히 하는 동기들 덕분에 인하공대가 지금 이 자리까지 온 것 같기도 합니다. 매 강의를 그냥 마치지 않고 하나라도 더 알려주고 싶어했던 인하대 교수님들 덕분에 저 또한 항상 수업 시간에 집중하며 들었습니다. 교수님들의 많은 가르침이 있었기에 학창시절을 알차게 보낼 수 있었던 것 같습니다. 오늘 이렇게 학교에 오니 선생님 생각이 더욱 나네요.

Q5.

학교를 위한 기부도 여러 번 하셨다고 들었는데요? 기부를 결심하시게 된 계기는 무엇인가요?

사실은 학창시절, 집안 형편이 부유하지 못해 친구들과 술자리를 일부러 가지 않은 적이 있어요. 먹고 싶은 음식도 못 먹었던 기억이 있습니다. 그러나 인하대학교를 만나 여러 훌륭하신 교수님과 학우들을 통해 많은 걸 배우면서 성장하고 현재의 자리까지 올 수 있었다고 생각합니다. 학교에 대한 보답을 기부를 통해 후배들에게 더 나은 학교를 만들어주고자 결심하게 되었습니다. 과거 조경 개선 관련 기부를 비롯해

학교에 종종 기부를 하곤 했는데요. 앞으로도 힘이 닿는 한 기부 활동을
지속 하고 싶습니다

Q6.

마지막으로 인하인에게 한 마디 부탁드립니다.

간혹 몇몇 후배들을 보며 학교에 대한 자부심과 끈기가 부족한 게 보여
아쉬운 적이 많았습니다. 인하대학교는 정말 전통 깊고 배울 것이 많은
학교입니다. 그만큼 인하대 후배 학우 분들도 마음속으로 학교에 대한
자부심을 강하게 갖고 사회에서 당당히 다녔으면 좋겠습니다. 졸업한지
40년이 넘게 지난 제가 학교를 그리워하는 것처럼, 졸업 후 학교를
떠나가도 모교를 잊지 말고 애정을 갖고 한 번씩 찾아서 생각해줬으면
좋겠습니다.

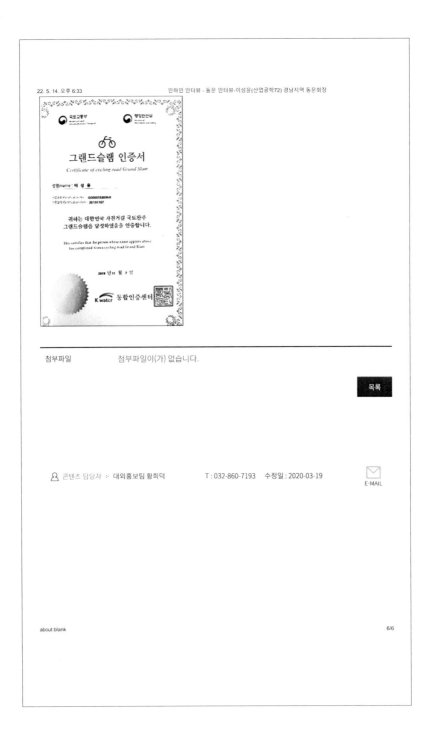

첨부파일　　　　　첨부파일이(가) 없습니다.

목록

콘텐츠 담당자 :▸ 대외홍보팀 황희덕　　　T : 032-860-7193　수정일 : 2020-03-19　E-MAIL

창원시보

http://www.changwon.go.kr

2020년 9월 10일 제245호

사회봉사와 자전거로 제2인생 도전하는 '67세 청년'

이상훈 씨, 이웃사랑과 나눔문화 실천하며 자전거로 국토 완주 그랜드슬램 달성